名作欣赏

徐志摩

名家析名著丛书

谢冕 主编

中国和平出版社

图书在版编目（CIP）数据

徐志摩名作欣赏 / 徐志摩著 ；谢冕主编. -- 北京：
中国和平出版社，2010.10
（名家析名著丛书）
ISBN 978-7-5137-0004-7
Ⅰ．①徐… Ⅱ．①徐… ②谢… Ⅲ．①徐志摩
（1896～1931）－文学欣赏 Ⅳ．①I206.6

中国版本图书馆CIP数据核字(2010)第174197号
图书在版编目（ＣＩＰ）数据

《**徐志摩名作欣赏**》
　　　　徐志摩 著　　谢冕 主编

出 版 人：肖　斌
责任编辑：庞　旸
美术编辑：杨　都
责任校对：邸　洁
责任印务：宋小仓　　曲利华

出版发行：中国和平出版社
社　　址：北京市西城区鼓楼西大街154号　　（100009）
发 行 部：(010) 84026164　84026019（传真）
网　　址：www.hpbook.com
E－mail：hpbook@hpbook.com
经　　销：新华书店
印　　刷：小森印刷（北京）有限公司

开　　本：720毫米×980毫米　1/16
印　　张：20
字　　数：200千字
版　　次：2010年10月北京第1版　　2010年10月北京第 1 次印刷

ISBN 978-7-5137-0004-7　　　　　　　　定价：29.80元

我不知道风
是在哪一个方向吹

徐志摩

徐志摩

名作欣赏

目 录

徐志摩

名作欣赏

志摩

徐　生
志　平
摩

　　徐志摩(1897～1931)，男，浙江海宁人。笔名南湖、云中鹤等。留学美国时改字志摩，小字又申。新月诗派的代表人物，现代诗人、散文家。

　　1916年入北京大学法科。1918年赴美学习银行学。1921年赴英留学，入伦敦剑桥大学当特别生，同年开始新诗创作。1922年回国。1923年参与成立新月社，同时加入了文学研究会。1924年，与胡适、陈西滢等创办《现代评论》周刊，并任北京大学教授。1925年3～7月，历游苏、德、意、法诸国，同年出版第一本诗集《志摩的诗》。1925年10月～1926年10月，主编《晨报副刊》。1927年参加创办新月书店。次年《新月》月刊创刊后任主编。并出国游历英、美、日、印度诸国。1930年任中华文化基金委员会委员，被选为英国诗社社员。同年冬到北京大学与北京女子大学任教。1931年初，与陈梦家、方玮德创办《诗刊》季刊，被推选为笔会中国分会理事。同年11月19日，由南京乘飞机到北平，因遇雾在济南附近触山，机坠身亡。

　　著有诗集《志摩的诗》《翡冷翠的一夜》《猛虎集》等，戏剧《卞昆冈》（与陆小曼合写），日记《爱眉小札》《志摩日记》，译著《曼殊斐尔小说集》等。他的作品已编为《徐志摩文集》出版。徐诗字句清新，韵律谐和，比喻新奇，想象丰富，意境优美，神思飘逸，富于变化，并追求艺术形式的整饬、华美，具有鲜明的艺术个性。

鉴赏文撰稿人（部分）

王光明　首都师范大学文学院教授、博士生导师
王利芬　北京大学博士，中央电视台节目主持人暨制片人
王德红　福建省总工会干部
龙清涛　北京大学对外教育学院教授
李　玲　北京语言大学教授、博士生导师
陈旭光　北京大学艺术学院教授、博士生导师
何言宏　南京大学文学院教授
荒　林　首都师范大学文学院副教授
郜积意　南开大学文学院教授、博士生导师
涂秀虹　福建师范大学文学院教授、博士生导师
楚　楚　散文家，福建省文联编审

序言一

谢 冕

云 游

在记忆中永存

悄悄的我走了，
　正如我悄悄的来；
我挥一挥衣袖，
　不带走一片云彩。
　　　　——《再别康桥》

　　他是这么悄悄地来，又这么悄悄地去了。他虽然不曾带走人间的一片云彩，却把永远的思念留给了中国诗坛。像徐志摩这样做一个诗人是幸运的，因为他被人们谈论。要知道，不是每一个写诗的人都能获得这般宠遇的。也许一个诗人生前就寂寥，也许一个诗人死后就被忘却。历史有时显得十分冷酷。徐志摩以他短暂的一生而被人们谈论了这么久（相信今后仍将被谈论下去），而且谈论的人们中毁誉的"反差"是如此之大，这一切就说明了他的价值。不论是人们要弃置他，或是要历史忘掉他，也许他真的曾被湮没，但他却在人们抹不掉的记忆中顽强地存在着。

越复杂越有魅力

　　半个多世纪过去了，我们今天仍然觉得他以三十五岁的年华而"云游"不返是个悲剧。但是，诗人的才情也许因这种悲剧性的流星般的闪现而益显其光耀：普希金死于维护爱情尊严的决斗，雪莱死于大海的拥抱，拜伦以英国公民的身份而成为希腊的民族英雄，在一场大雷雨中结束了生命……当然，徐志摩的名字不及他们辉煌。他的一生尽管有过激烈的冲动，爱情的焦躁与渴望，内心也不乏风暴的来袭，但他也只是这么并不轰轰烈烈地甚至是悄悄地来了、又悄悄地去了。但这一来一去之间，却给我们留下了恒久的思念。

　　也许历史正是这样启示着人们，愈是复杂的诗人，就愈是有魅力。因为他把人生的全部复杂性做了诗意的提炼，我们从中不仅窥见自己，而且也窥见社会。而这一切，要不凭借诗人的笔墨，常常是难以曲尽其幽的。

　　这是一位生前乃至死后都有争议的诗人。像他这样一位出身于巨商名门的富家子弟，社交极广泛，又在剑桥那样相当贵族化的学校受到深刻熏陶的人（正如他在《吸烟与文化》中说的："就我个人说，我的眼是康桥教我睁的，我的求知欲是康桥给我拨动的，我的自由的意识，是康桥给我胚胎的。"）他的思想的驳杂以及个性的凸现，自然会很容易地被判定为不同于众的布尔乔亚的诗人，特别是在二三十年代之交那种革命情绪高涨的年代。

　　茅盾以阶级意识对徐志摩所做的判断，即使在现在读来，也还是给人以深刻印象的："志摩是中国布尔乔亚'开山'的同时，又是'末代'的诗人。""圆熟的外形，配着淡到几乎没有的内容，而且这淡极了的内容，也不外乎感伤的情绪，——轻烟似的微哀，神秘的、象征的依恋感喟追求：这些都是发展到最后一阶段的、现代布尔乔亚诗人的特色。"[①] 茅盾从徐志摩《婴儿》一诗入手，分析徐志摩所痛苦地期待着的"未来的婴儿"乃是"英

---

①茅盾：《徐志摩论》。

美式的资产阶级的德谟克拉西。"但是茅盾依然注意到了徐志摩自己颇为得意的一位朋友对他的两个字的评语：这便是"浮"和"杂"（"志摩感情之浮，使他不能为诗人，思想之杂，使他不能为文人。"[①]）这两个字概括了这位诗人性格和思想的特点。徐志摩思想的"杂"是与他为人处世的"浮"联系在一起的。"他没有闻（一多）氏那样精密，但也没有他那样冷静。他是跳着溅着不舍昼夜的一道生命水。"[②] 朱自清这一评语是知人之言。他接受得快，但却始终在波动之中。

茅盾对徐志摩的批判是尖锐的。人们今天可能会不赞成他的判断，但

◎ 茅盾先生

这种判断是建立于具体材料之上的，没有后来为我们所熟悉的那种极端化。在相当长的时期内，人们习惯于以《秋虫》《西窗》两诗的个别诗句和基本倾向给徐志摩"定性"。但是，思想驳杂的徐志摩的确也有过相当闪光的思想火花。他曾经热情赞美过苏联革命："那红色是一个伟大的象征，代表人类史里最伟大的一个时期；不仅标示俄国民族流血的成绩，却也为人类立下了一个勇敢尝试的榜样。"他在这篇题为《落叶》的讲演的最后用英语所呼喊的"Everlasting yea！"（"永远用积极的态度去对待人生"）应当说是真诚的。

徐志摩为世所诟病的《秋虫》《西窗》二诗均发表于一九二八年。也就是这一年，徐志摩在五三惨案当日的日记中对时事发表了相当激烈的意见："上面的政府也真是糟，总司令不能发令的，外交部长是欺骗专家，中央政府是昏庸老朽收容所，没有一件我们受人侮辱的事不可以追源到我们自己

---

①朱自清：《中国新文学大系诗集·导言》。
②邵华强：《徐志摩文学系年》。

的昏庸。"(《志摩日记》)同年七月，在美国哥伦比亚大学致恩厚之信中，谈到国内形势："虽然国民党是胜利了，但中国经历的灾难极为深重。"[①] 又，在纽约致安德鲁信："内战白热化，毫无原则的毁灭性行动弄到整个社会结构都摇动了。少数有勇气敢抗议的人简直是在荆棘丛中过日子……"[②] 同年十二月二十三日致陆小曼信，谈旅途中见到劳苦者生活状况时的心情："回想我辈穿棉食肉，居处奢华，尚嫌不足，这是何处说起""我每当感情冲动时，每每自觉惭愧，总有一天，我也到苦难的人生中间去尝一份甘苦。"[③]

徐志摩就是这样的一位说不清楚的复杂的人。他一方面可以对一七八九年的法国大革命极为景仰，一方面又可以极有兴味地谈论巴黎令人目眩的糜烂以及那里的"艳丽的肉"[④]。他的思想驳杂这一事实，长期地受到了忽视。特别是五十年代以后，一些评论家论及他的艺术，往往以漫不经心的方式进行概括，判之以"唯美"、"为艺术而艺术"一类结论；论及他的思想倾向，则更为粗暴，大概总是"反动、消极、感伤"一类。

建立在这样一种并不全面的认识基础之上，否定一位有才华的诗人的地位是容易的。不容易的是改变一种旧观念和建立一种新观念。这种新观念是承认诗人作为人，他有自己的素质（包括他对人生和历史的基本态度）以及可能有的局限，并且承认产生这种现象是自然的。诗人作为一个易于受到社会的和自然的各种条件影响的人，他的思想情感是一种动态的存在，前进或后退都是可以理解的必然。

我们要求于诗人的首先是真。真正的诗人必须是真实的人，作为社会的人。这本身就先天地意味着"不单纯"。要是我们以这种观念看徐志摩，那么，在徐志摩身上体现出来的复杂、矛盾、不单纯，正是作为诗人所必有的素质。我们不妨进一步论证：处于徐志摩那样的年代，一批出国留学的知识分子，因长期的闭塞而对世界上的事物怀有新鲜感，他们的广泛兴趣和不及分析的"吞噬"，不仅是求知欲的显示，而且体现了"寻找药方"的热情。所谓的——

_____

①②③邵华强：《徐志摩文学系年》。
④徐志摩：《巴黎的鳞爪》。

徐志摩

序言一
4

名作欣赏

我不知道风
是在哪一个方向吹——
我是在梦中，
黯淡是梦里的光辉。

这当然表现了他的惶惑。但是，这惶惑却正是"风来四面"的急切间，难以判断与选择的复杂局面所造成。

当时的知识界普遍地有一种以学业报效国家的热情，徐志摩无疑也怀有这样的信念。一九一八年，徐志摩离国后曾作启行赴美分致亲友书："今弃祖国五万里，违父母之养，入异俗之域，舍安乐而耽劳苦，固未尝不痛心欲泣，而卒不得已者，将以忍小剧而克大绪也。耻德业之不立，遑恤斯须之辛苦，悼邦国之殄瘁，敢恋晨昏之小节，刘子舞剑，良有以也，祖生击楫，岂徒然哉。"徐志摩曾经作过《自剖》《再剖》。他对自己的解剖是无情的，他也深知自己的性格："我的心灵的活动是冲动性的，简直可以说痉挛性的。"（《落叶》）

只要我们不把诗人当作超人，那么，以一句或两句不理想的诗来否定一个诗人丰富的和复杂的存在的偏向，就会失去全部意义。显然是结束上述状态的时候了。因为新的时代召唤我们审视历史留下的误差，并提醒我们注意像徐志摩这样长期受到另种看待的诗人重新唤起人们热情的原因。

文化性格：一种新的融汇

从清末以来，中国先进知识界不同程度地有了一种向着西方寻求救国救民道理的觉醒。由于长期的闭锁状态，中国知识分子接触外来文化时一般总持着一种"拿来"实用的直接功利目的。更有甚者，他们急于把这一切"中国化"（有时则干脆叫做"民族化"），即以中国的思维观念模式急切地把外来文化予以"中国式"的改造。因此，一般的表现形态是"拿来就用"、"拿来就走"，很少能真正"溶入"这个交流，并获得一个宽广的文化视野，从而加入到世界文化的大系统中成为其中的一个有机组成部分。中国传统文化性格的闭锁性，限制了许多与西方文化有过直接接触的人们的充分发展。徐志摩在这个交流中的某些特点，也许是我们期待的。他的"布尔乔亚诗人"的名称，也许与他的文化性格的"西方化"有关。这从另一侧面看，却正是徐志摩有异于他人的地方。在新文学历史中，像徐志摩这样全身心"溶入"世界文化海洋而摄取其精髓的人是不多的。不无遗憾的是，他的生命过于短暂，他还来不及充分地施展。但是，即使在有限的岁月中，他的交游的广泛和深入是相当引人注目的。

◎ 徐志摩故居前的雕像

一九一八年夏，徐志摩离国去美。一九二〇年得哥伦比亚大学文学硕士学位后离美赴英，一心要跟罗素学习。他在《我所知道的康桥》中说："我到英国是为要从罗素。……我摆脱了哥伦比亚大博士衔的引诱，买船票过大西洋，想跟这位二十世纪的福禄泰尔认真念一点书去。"这个愿望因罗素在剑桥的特殊变动而未果，但次年他还是与罗素会了面。

徐志摩于一九二二年会见英国女作家曼殊斐儿。这次会见留给他毕生不忘的记忆。"我见曼殊斐儿，比方说只不过二十分钟模样的谈话，但我怎么能形容我那时在美的神奇的启示中的全生的震荡？——我与你虽一度相见——但那二十分不死的时间，果然，要不是那一次巧合的相见，我这一辈子，就永远也见不着她——会面后不到六个月她就死了。"从《哀曼殊斐儿》中可以看出他们由片刻造成的永恒的友谊：

我昨夜梦入幽谷，

听子规在百合丛中泣血，

我昨夜梦登高峰，

　　　见一颗光明泪自天堕落。

……

我与你虽仅一度相见——

　　　但那二十分不死的时间！

谁能信你那仙姿灵态，

　　　竟已朝雾似的永别人间？

　　至于徐志摩与印度诗人泰戈尔的友谊，更是中印文化交流中的一段佳话。他与泰戈尔的认识，是从他负责筹备接待工作开始的。他们的交往迅速发展为深厚的个人友谊。一九二九年三月十九日泰戈尔专程自印度来上海徐志摩家中作客，二三天后始去美国、日本讲学。泰戈尔回国途中又住徐家。据陆小曼介绍，"泰戈尔对待我俩像自己的儿女一样的宠爱"，而且向他的朋友们介绍他们是他的儿子、儿媳（陆小曼：《泰戈尔在我家作客》）。

　　在徐志摩那里，由于视野的开阔，培养了一个世界性的文化性格。他对于世界了解的迫切感，那种因隔膜而产生的强烈求知欲，对当时中国一批最先醒悟的知识分子的文化倾向有很大的影响。徐志摩是这批知识分子中行动最有力的一位。他对外来文化的态度不是停留于一般的了解；而是一种积极的加入。

　　热情好动的习性，使徐志摩拥有众多的朋友。"志摩的国际学术交往也是频繁的。他被选为英国诗社社员，'笔会'中国分会理事，印度老诗人泰戈尔与他最是忘年之交，还与英国哈代、赖斯基、威尔斯，法国罗曼·罗兰等等，都有交往。"（陈从周：《记徐志摩》）据陆小曼回忆，"志摩是个对

◎ 徐志摩与泰戈尔有忘年之交。

朋友最热情的人，所以他的朋友很多，我家是常常座上客满的：连外国朋友都跟他亲善，如英国的哈代、狄更生、迦耐脱。"(《泰戈尔在我家作客》)这种交往基于深刻的内心要求，而不是外在原因的驱遣。

据邵华强《徐志摩文学系年》及徐志摩《欧游漫记》，一九二五年出国期间他的活动充分体现了上述的特点：三月下旬拜访托尔斯泰的女儿，祭扫克鲁泡特金、契诃夫、列宁墓；四月初赴法国，祭扫波特莱尔、小仲马、伏尔泰、卢梭、雨果、曼殊斐儿等人墓；在罗马，上雪莱、济慈墓……徐志摩说自己："我这次到来倒像是专做清明来的。"

他显然不是作为一位旅游者，甚至还不仅是怀着文化景仰的心情进行这些活动的。他是主动深入另一种文化氛围，最终也还是提供一种参照。一九二四年写的《留别日本》，留别的是日本，寄托的是故国的沉思，以及使命感的萌醒。目睹日本对于往古风尚的保全，他掩抑不住内心的羡慕，为祈祷"古家邦的重光"，他深深地陷入沉思：

> 但这千余年的瘰痹，千余年的懵懂：
> 　更无从辨认——当初华族的优美，从容！
> 摧残这生命的艺术，是何处来的狂风？——
> 　缅念那遍中原的白骨，我不能无恸！
> ……
> 我欲化一阵春风，一阵吹嘘生命的春风，
> 　催促那寂寞的大木，惊破他深长的迷梦；
> 我要一把倔强的铁锹，铲除淤塞与臃肿，
> 　开放那伟大的潜流，又一度在宇宙间汹涌。

徐志摩这番感慨因人及己而发，由此可以窥见他旨在"惊破他深长的迷梦"的愿心。徐志摩在西方文化面前表现出相当程度的迷恋，如他在《巴黎的鳞爪》中所显示的陶醉感，便是此种表现。但这正是徐志摩复杂性之所在。要是不存在这种复杂性，徐志摩也就失去他的有局限的存在。

东西方文化的隔膜太遥远。由于国情，也由于语言、文字，中国知识

徐志摩

序言一

8

名作欣赏

分子在世界性的交往中，往往充当了"孤独者"的角色。能够像徐志摩这样以充分的认同、而又不忘借他山之石以攻玉的诗人是很少的。要是他活得更长一些，随着他年龄的增长、影响的扩大，他一定会在促进东西方的交流与了解中起更为显著的作用。

诗艺的"创格"

"整十年前我吹着了一阵奇异的风，也许照著了什么奇异的月色，从此起我的思想就倾向于分行的抒写。一份深刻的忧郁占定了我；这忧郁，我信，竟于渐渐的潜化了我的气质。"这里所述是一九二一年徐志摩开始诗歌创作的最初半年的情景。那诗情竟如山洪暴发，不择方向地乱冲：

> 生命受了一种伟大力量的震撼，什么半成熟的未成熟的意念都在指顾间散作缤纷的花雨。我那时是绝无依傍，也不知顾虑，心头有什么郁积，就付托腕底胡乱给爬梳了去，救命似的迫切，那还顾得了什么美丑！我在短时期内写了很多，但几乎全部都是见不得人面的。这是一个教训。
>
> ——《猛虎集·序》

徐志摩一九二一年的诗作据邵华强考订"绝大部分已经散失"，另有一部分未曾入集。这说明他对此类作品的基本态度，即他不仅对自己早期的艺术追求，而且对进入二十年代的中国新诗的反思。如今我们从《夜》（1922）《私语》（1922）等一类诗作看来，散文化的现象甚为明显。《康桥，再会罢》一诗，《时事新报·学灯》的编者开始也把它当做散文来排（后重排发表）。这说明他当时的创作还未能与五四新诗运动初期尚直白、少含蕴，以及形式趋于散漫的诗风相区别。上述《猛虎集·序》中的一番话，已经预示了新月诗派早期的某些艺术变格的因素。

新诗自胡适等人开始倡导，文学研究会诸诗人以质朴无华的自由诗风奠下基础，至创造社郭沫若《女神》的出现而臻于自立的佳境。但新诗因对旧诗的抗争而忽视艺术形式的完美则是一种缺陷。新月派以闻一多、徐志摩为代表的新诗"创格"运动，是针对这一历史缺陷而提出的。

一九二六年徐志摩提出"要把创格的新诗当一件认真事情做"，"我们信我们这民族这时期的精神解放或精神革命没有一部像样的诗式的表现是不完全的；我们信我们自身灵性里以及周遭空气里多的是要求投胎的思想的灵魂，我们的责任是替它们搏造适当的躯壳，这就是诗文与各种美术的新格式与新音节的发见。"（《诗刊弁言》）

中国新诗史上第一次有组织的格律诗运动是由闻一多、徐志摩领导的，他们以《晨报副刊·诗镌》为阵地，鲜明地提出自己的艺术主张。所谓新月诗派即指此。新月派的艺术实践对于早期新诗的散漫倾向确是勇敢有力的反拨。要是说，在此之前的新诗运动，重点在于争取白话新诗地位的确立，以及诗歌内容更加贴近现代社会生活和现实人生的

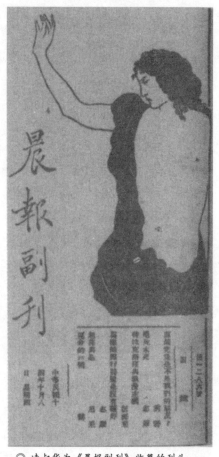

○ 凌叔华为《晨报副刊》临摹的刊头

争取；那么，在此之后，以新月派为中心的新诗运动的目的，则在于新诗向着艺术自身本质的靠拢。这一历史性功绩曾长期受到歧视和曲解。这一事实的存在，并不以新月派本身究竟有多少弱点为判断之依据。徐志摩是这一派理论的最忠实的实践者，正如朱自清说的，他努力于"体制的输入与试验"，而且"他尝试的体制最多"①。

新诗自五四起始，到新月派的锐意"创格"，这个过程体现新诗开始成熟地把目光转向诗艺的探求。陈梦家讲的"主张本质的醇正、技巧的周密

_____

①朱自清：《中国新文学大系·诗集·导言》。

和格律的严谨"①，正是这种探求的理论概括。也许就是从徐志摩开始，诗人们把情感的反复吟咏当做了一种合理的正常的追求，而不再把叙述和说明当做基本的和唯一的目的。徐志摩的一些名篇如《为要寻一颗明星》《苏苏》《再不见雷峰》《半夜深巷琵琶》等，都追求把活泼的情绪纳入一个严谨的框架，以有变化的复沓来获得音乐的效果。

他的《"我不知道风是在哪一个方向吹"》曾经受到茅盾的批评②。茅盾讲："我们能够指出这首诗形式上的美丽：章法很整饬，音调是铿锵的。但是这位诗人告诉了我们什么呢？这就只有很少很少一点儿。"这首诗以单纯的复沓展现不定的绵延意绪，若就它"告诉了我们什么"作内容的考察，则确乎是"很少很少"的。但对于一种凄迷的、彷徨的心绪的抒写，这种"回肠荡气"的回环往复，却体现了一种新的诗美价值——这一价值是不以说了多少内容为衡量之标准的。该诗共有六节，每节均四行，其中两行是完全相同的："我不知道风是在哪一个方向吹。"而正是此种重复才产生了回肠荡气的音乐效果。又如《为要寻一颗明星》：

> 我骑着一匹拐腿的瞎马，
> 　　向着黑夜里加鞭；——
> 　　向着黑夜里加鞭，
> 我跨着一匹拐腿的瞎马。
>
> 我冲入这黑绵绵的昏夜，
> 　　为要寻一颗明星；——
> 　　为要寻一颗明星，
> 我冲入这黑茫茫的荒野。

格式是单纯的，诗句也是单纯的，但自定的诗格中却繁衍出丰富的节律变化。着意的复沓，大部相同中微小的变异，造出既繁富又单纯的综合美感；

①陈梦家：《新月诗选·序言》。
②茅盾：《徐志摩论》。

通过有规律的变化，把寻求理想的艰难行旅写得极其动人——寻找明星的追求者的最后的殒身，终以乐观调子完成悲哀的美。

徐志摩的复杂而认真的实践，造出了迷人的艺术奇观。一方面，他的确是"纯艺术"的忠实实行者，说他的趣味有点贵族化实在并不过分。他的诗歌本质只要举如同《沙扬娜拉一首》那样的诗，便足以说明一切。我们从他的那些精心结构的典雅的艺术建筑中，看到的是《残诗》那样一点也不"残"的艺术完整性。在那里，几乎每一个音节都是经过精心选择后安放在最妥切的位置上的。最奇异的现象是它能以纯粹的口语，展示那种失去锦衣玉食的没落的哀叹；那种无可奈何的眷恋，被极完美的音韵包裹起来，而且闪闪发光。

徐志摩让人捉摸不透，他的存在就是一个矛盾杂糅的奇迹。一方面，他拥有五光十色的巴黎，剑桥河上的灯影波光，与世界上最有文化的高贵的先生女士的交往。他的诗也充满了那种豪华富贵的天上的情调：

> 她是睡着了——
> 星光下一朵斜欹的白莲；
> 她入梦境了——
> 香炉里袅起一缕碧螺烟。
>
> 她是眠熟了——
> 涧泉幽抑了喧响的琴弦；
> 她在梦乡了——
> 粉蝶儿，翠蝶儿，翻飞的欢恋。
> ——《她是睡着了》

另一方面，他又有《叫化活该》那样对社会最卑微者的同情。在此类诗篇中，他可以非常出色地把"最卑贱"的语言镶嵌在他那依然完好的艺术框架之中，如——

> "行善的大姑，修好的爷，"
> 西北风尖刀似的猛刺着他的脸，
> "赏给我一点你们吃剩的油水吧！"
> 一团模糊的黑影，挨紧在大门边。

他用"碳石土白"写成的《一条金色的光痕》，也是这样一种从内容到形式都是奇妙的"土洋结合"的艺术精品。这种汇聚矛盾于一体的完美纯净的境界，在五四以后的诗人中很少有人能够达到。他以一个从里到外都十分布尔乔亚化的诗人，自愿"降格"写《庐山石工歌》那样堪称典型的"下里巴人"的"唉浩"之歌。一九二五年三月徐志摩赴苏联访问途经西伯利亚，写信给《晨报副刊》刘勉己说该诗的写作："住庐山一个半月，差不多每天都听着那石工的喊声，一时缓，一时急，一时断，一时续，一时高，一时低，尤其是在浓雾凄迷的早晚，这悠扬的音调在山谷里震荡着，格外使人感动，那是痛苦人间的呼吁，还是你听着自己灵魂里的悲声？"[①]这首《庐山石工歌》内容空泛、艺术平庸，诚如周良沛说的："作者写的附记比原诗还有意思。"[②] 但徐志摩写这首诗时心中回响着"表现俄国民族伟大沉默的悲哀"的《伏尔加船夫曲》的动人号子声，他无疑受到了感动。它让我们窥见徐志摩徬徨于夜路中的火光。

他保举自己作情人

徐志摩的爱情诗为他的诗名争得了很大的荣誉，但这类爱情诗又使他遭到更大的误解。艾青说他"擅长的是爱情诗"，"他在女性面前显得特别饶舌"（《中国新诗六十年》），就体现了批判的意向。徐志摩江南才子型的温情在他的爱情诗中有鲜明的展示。这些诗确有真实生活写照的成分。但对此理解若是过实了，难免要产生误差。好在人们对此均有不同程度的警觉。朱自清说："他的情诗，为爱情而咏爱情：不一定是实生活的表现，只是想

---

① 徐志摩《庐山石工歌》附录《致刘勉己函》。
② 周良沛：《徐志摩诗集·编后》。

象着自己保举自己作情人，如西方诗家一样。"①茅盾讲："我以为志摩的许多披着恋爱外衣的诗，不能够把来当做单纯的情诗看的；透过那恋爱的外衣，有他的那个对于人生的单纯信仰。"②这些评论都精辟地指出了徐志摩的"假想"的恋爱。这种发现对于揭示徐志摩作为一位重要诗人的奥秘有重大的价值。

徐志摩的诗风受英国诗的影响很大。卞之琳对此作过精确的说明：

◎《爱眉小扎》早期版本——良友文学丛书之二十四

"尽管徐志摩在身体上、思想上、感情上，好动不好静，海内外奔波'云游'，但是一落到英国、英国的十九世纪浪漫派诗境，他的思想感情发而为诗，就从没有能超出这个笼子。""尽管听说徐志摩也译过美国民主诗人惠特曼的自由体诗，也译过法国象征派先驱波德莱的《死尸》，尽管他还对年轻人讲过未来派，他的诗思、诗艺几乎没有越出过十九世纪英国浪漫派雷池一步。"③

徐志摩生活的时代，正是中国社会从封闭走向开放的现代思想苏醒的时代，人的个性意识终于挣脱了封建思想桎梏而获得解放。这时，英国湖畔诗人对于自然风物的清远超脱，以及拜伦式的斗争激情的宣泄，自然地触动了青年徐志摩的诗心，从而成为他的浪漫诗情的母体。

徐志摩吸收和承继了英国浪漫派的诗歌艺术，为自己树立了理想目标。作为浪漫主义诗人的徐志摩，他为自己确定的人生信仰而不竭地歌唱："这不是完全放弃希冀，宇宙还得往下延……为维护这思想的尊严，诗人他不敢怠惰。"（《哈代》）胡适认为徐志摩的人生观是一种"单纯

①朱自清：《中国新文学大系·诗集·导言》。
②茅盾：《徐志摩论》。
③卞之琳：《徐志摩诗重读志感》。

的信仰"；"这里面只有三个大字：一个是爱，一个是自由，一个是美。他梦想这三个理想的条件能够会合在一个人生里，这是他的单纯的信仰。他的一生的历史，只是他追求这个单纯信仰的实现的历史。"①　在很大程度上，徐志摩诗中的恋爱，指的是这种对于单纯的信仰即理想的人生的追求。

> 我有一个恋爱；——
> 我爱天上的明星；
> 我爱它们的晶莹；
> 　人间没有这异样的神明。
> 　　　　——《我有一个恋爱》

　　矛盾而复杂的徐志摩，他的执着的爱情的追求是远离了人间的天上。他的理想是单纯的、非现实的。但单纯到了到处受到人世烦扰的碰撞以至于毁灭，他于是失望。胡适说："这个现实世界太复杂了，他的单纯的信仰禁不起这个现实世界的摧毁……"②这就是他的许多诗篇夸饰自己痛苦的原因。徐志摩完全继承了西方文艺复兴以后的文学观念。他确认此岸世界，讴歌自然界神秘的美。他全盘接受了个性解放的思想，他美化自己憧憬的爱情。徐志摩以欢乐意识为轴心奠定了自己的浪漫主义诗歌基础。

　　许多论者不约而同地发现了他的诗中活动着的乐观的因子："他的诗，永远是愉快的空气，不曾有一些儿伤感或颓废的调子，他的眼泪也闪耀着欢喜的圆光。这自我解放与空灵的飘忽，安放在他柔丽清爽的诗句中，给人总是那舒快的感悟。好像一只聪明玲珑的鸟，是欢喜，是怨，她唱的皆是美妙的歌。"③"他是跳着溅着不舍昼夜的一道生命水……他让你觉着世上一切都是活泼的、鲜明的。陈西滢氏评他的诗，所谓不是平常的欧化，按说就是这个。又说他的诗的音调多近羯鼓饶钹，很少提琴洞箫等抑扬缠绵的风趣，那正是他老在跳着溅着的缘故。"④

---

①②胡适：《追忆志摩》，载《新月》四卷一期《志摩纪念号》。
③陈梦家：《新月诗选·序言》。
④朱自清：《新中国文学大系·诗集·导言》。

徐志摩诗中这种生命的欢乐，来自他对生活的理想，尽管他这个理想只是一个朦胧的意念。他总是不知道风在往哪个方向吹，他也总是骑着一匹拐腿的瞎马向着黑夜里加鞭，而他的心灵总幻想有一颗明星。徐志摩诗的"柔美流丽"（陈梦家语）是有名的，他即使在讲痛苦和死，也充满了浪漫色彩，总是闪耀着让人欣喜的光辉。但是他的颓唐也是有名的，这是由于他把人生的理想建立在欢乐意识之上，一旦理想的明星熄灭（这是肯定的），伴随而来的就是一种无可言状的悲哀和绝望。这就是茅盾说的"一旦人生的转变出乎他意料之外，而且超过了他期待的耐心，于是他的曾经有过的单纯信仰发生动摇，于是他流入于怀疑的颓废了。"①

尾声：云游

他的一生像划过天边的美丽的流星。那一首短短的《黄鹂》似乎是他短短一生的写照——

> 一掠颜色飞上了树。
> "看，一只黄鹂！"有人说。
> 翘着尾尖，它不作声，
> 艳异照亮了浓密——
> 像是春光，火焰，像是热情。
>
> 等候它唱，我们静着望，
> 怕惊了它。但它一展翅，
> 冲破浓密，化一朵彩云；
> 它飞了，不见了，没了——
> 像是春光，火焰，像是热情。

令人惊怵的是冲破浓密的彩云的消失——"它飞了，不见了，没了"，如同他的生命。这是一位始终"想飞"的诗人。他生活在自己想

---

①茅盾：《徐志摩论》。

象的世界里，望见"当前有无穷的无穷"，喊着"去罢，人间，去罢"（《去罢》）。

他的所爱是在天上。他总是以忘情的笔墨写他所向往的飞翔：那美丽的翅膀在半空中沙沙的摇响，朵朵的春云，跳过来拥着他们的肩背，望着最光明的来处翩翩的，冉冉的，轻烟似的化出了你的视线，像云雀似的只留下一泻光明的骤雨。但他几乎不放过一个可能的机会，留下预言式的"诗谶"，总是如此这般让人们预感着他不幸的、匆忙的，然而又是美丽的死亡。请看这篇《想飞》的结束，读起来真有点让人心颤——

天上那一点子黑的已经迫近在我的头顶，形成一架鸟形的机器，忽的机沿一侧，一球光直往下注，砰的一声炸响，——炸碎了我在飞行中的幻想，青天里平添了几堆破碎的浮云。

这篇文章写得早，是一九二六年。到了他的生命的最后一年，一九三一年的《诗刊》创刊号上，他发表《爱的灵感》，那里的诗句更让人惊怵。那仿佛竟是这位诗人对世间的诀别之辞：

> 现在我
> 真正可以死了，我要你
> 这样抱着我直到我去，
> 直到我的眼再不睁开，
> 直到我飞，飞，飞去太空，
> 散成沙，散成光，散成风，
> 呵苦痛，但苦痛是短的，
> 是暂时的；快乐是长的，
> 爱是不死的；
>
> 我，我要睡……

他的最后一个集子以《云游》命名。《云游》是一首诗的名字："那天你翩翩的在空际云游，自在，轻盈，你本不想停留，在天的那方或地的那角，你的愉快是无拦阻的逍遥。"他云游永远不归。留给我们的只是一种永恒的失望。我们所能做的，只能是——

　　无尽的盼望，盼望你飞回！

◎伦敦剑河叹息桥

序言二

短暂的久远

谢冕

这位诗人的才情是公认的。他的一生短暂，他的艺术生命却长久，而且看来岁月愈往后推移，人们对他的兴趣也越浓厚。

他为新诗"创格"功效卓著。他把闻一多关于格律诗的理论主张以诸多广泛的艺术实践具体化了。他创造了规整一路的诗风，并且纠正了自由体诗因过于散漫而流于平淡肤浅的弊端。他开创了中国新诗格律化的新格局。他和新月诗人的工作推进了中国新诗的发展。

他的诗名显赫，掩盖了他在其他文体方面的才能。一位真实的人，一位纯情的人，加上一位才识和文学修养超群的人，使他完全有可能成为别具一格的大师而留名于世。可惜他因贪恋天外的云游而未能在人间进行更为辉煌的创造。他终究只是一朵冲破浓密的彩云，"像是春光，火焰，像是热情"。

作为散文家的徐志摩，他的成就并不下于作为诗人的徐志摩。在五四名家蜂起的局面中，徐志摩之所以能够在周作人、冰心、林语堂、丰子恺、朱自清、梁实秋这些散文大家丛中而卓然自立，若是没有属于他的独到的品质是难以想象的。他以浓郁而奇艳的风格出现在当日的散文界，使人们能够从周作人的冲淡、冰心的灵俊、朱自清的清丽、丰子恺的趣味之间辨识出他的特殊风采。

《浓得化不开》是徐志摩的散文名篇。这篇名恰可用来概括他的散文风格。要是说周作人的好处是他的自然，朱自清的好处是他的严谨，则徐志摩散文的好处便是他的"罗嗦"。一件平常的事，一个并不特别的经历，他可以铺排繁彩到极致。他有一种能力，可以把别人习以为常的场景写得奇艳诡异，在他人可能无话可说的地方，他却可以说得天花乱坠，让你目不暇接，并不觉其冗繁而取得曲径通幽奇岳揽胜之效。

把复杂说成简单固不易，把简单说成复杂而又显示出惊人的缜密和宏大的，却极少有人臻此佳境。唯有超常的大家才能把人们习以为常的感受表现得铺张、繁彩、华艳、奇特。徐志摩便是在这里站在了五四散文大家的位置上。他的成功给予后人的启示是深远的。

人们在文学创造这个领域中，都是有意或无意的竞争者。参与这个才智与毅力的角逐的，固然需要一定和相当数量的创作实绩，但数量大体上只能是勤奋的证明。而历史的选择似乎更为重视创造性的加入。一个作家能够在某一个侧面或层次（例如境界、风格、技巧或语言等）以有异于人的面目出现、并以个别的异质而丰富了全体的，便有可能获得冷酷历史的一丝微笑。文学史是一个无情的领域，这里的杀戮也如商业社会，不过它仅仅只是智力和精神上的决死而已。

文学史不可能把所有的事实都纳入它的怀抱。因为要保存，于是又要淘汰。淘汰是分层次进行的，开始可能是自思想到艺术的平庸；后来可能是上述两个方面的无创造；最后一个层次便可能是独创性——思想上的精深博大和艺术上的别树一帜——的贫乏。这是一个"尸横遍野"的战场，成为英雄的只是万千死者中的若干幸存者。尽管文学历史残酷无情，但仍有无尽的勇者奔涌前来——文学毕竟不同于社会其他部门——这里的竞争和博击与个人的精神需求、以及创造的愉悦攸关，这里的战败者并不会真的死去，他们终究只是一个快乐的输家。

诗歌

徐志摩

诗歌
21
名作欣赏

雪花的快乐①

假如我是一朵雪花，
翩翩的在半空里潇洒，
　我一定认清我的方向——
　　飞扬，飞扬，飞扬，——
　这地面上有我的方向。

不去那冷寞的幽谷，
不去那凄清的山麓，
　也不上荒街去惆怅——
　　飞扬，飞扬，飞扬，——
　你看，我有我的方向！

在半空里娟娟的飞舞，
认明了那清幽的住处，
　等着她来花园里探望——
　　飞扬，飞扬，飞扬，——
　啊，她身上有朱砂梅的清香！

那时我凭借我的身轻，
盈盈的②，沾住了她的衣襟，
　贴近她柔波似的心胸——
　　消溶，消溶，消溶——
　溶入了她柔波似的心胸！

---

①此诗写于1924年12月30日。发表于1925年1月17日《现代评论》第一卷第6期。
②亦作凝凝的。

赏析

　　诗人徐志摩在他的《猛虎集》序文中写道："诗人也是一种痴鸟，他把他的柔软的心窝紧抵着蔷薇的花刺，口里不住地唱着星月的光辉与人类的希望，非到他的心血滴出来把白花染成大红他不住口。他的痛苦与快乐是浑成的一片。"如果把徐诗中《雪花的快乐》《再别康桥》和《"我不知道风是在哪一个方向吹"》(以下简称《雪花》《康桥》《风》)放在一起，它们正好从这样的角度展示了诗人写作的连续、希望与理想追寻的深入。这实在是一个有趣的比较，因为这三首名篇风格之一致，内在韵脉之清晰，很易令人想到茅盾的一句话："不是徐志摩，做不出这首诗！"(茅盾《徐志摩论》)

　　徐诗中表现理想和希望感情最为激烈、思想最为激进的诗篇当推《婴儿》。然而，最真实传达"一个曾经单纯信仰的，流入怀疑的颓废"(《猛虎集》志摩自序)诗人心路历程的诗作，却是上述三首。在现代主义阶段，象征不仅作为一种艺术手段，更是一种思维方式。诗人朝向一生信仰的心路历程是一个纷繁的文学世界，其中曲折的足迹读者往往需追随及终点方恍然大悟。胡适之在《追忆志摩》中指出："他的人生观真是一种单纯的信仰，这里面只有三个大字：一个是爱，一个是自由，一个是美。……他的一生的历史，只是他追求这个单纯信仰实现的历史。"(《新月》四卷一期《志摩纪念号》)是的，徐志摩用了许多文字来抵抗现实世界的重荷、复杂，在现实世界的摧毁面前，他最终保持的却是"雪花的快乐"、"康桥的梦"及"我不知道风在哪一个方向吹"的无限惆怅。如果说现代诗的本质就是诗人穿越现实去获取内心清白、坚守理想高贵(传统诗是建筑于理想尚未破裂的古典主义时代的)，那么,我们不难理解人们对于《雪花》《康桥》和《风》的偏爱。

《雪花的快乐》无疑是一首纯诗(即瓦雷里所提出的纯诗)。在这里,现实的我被彻底抽空,雪花代替我出场,"翩翩的在半空里潇洒"。但这是被诗人意念填充的雪花,被灵魂穿着的雪花。这是灵性的雪花,人的精灵,他要为美而死。值得回味的是,他在追求美的过程丝毫不感痛苦、绝望,恰恰相反,他充分享受着选择的自由、热爱的快乐。雪花"飞扬,飞扬,飞扬"这是多么坚定、欢快和轻松自由的执著,实在是自明和自觉的结果。而这个美的她,住在清幽之地,出入雪中花园,浑身散发朱砂梅的清香,心胸恰似万缕柔波的湖泊!她是现代美学时期永恒的幻像。对于诗人徐志摩而言,或许隐含着很深的个人对象因素,但身处其中而加入新世纪曙光找寻,自然是诗人选择"她"而不是"他"的内驱力。

与阅读相反,写作时的诗人或许面对窗外飞扬的雪花热泪盈眶,或许独自漫步于雪花漫舞的天地间。他的灵魂正在深受囚禁之苦。现实和肉身的沉重正在折磨他。当"星月的光辉与人类的希望"令他唱出《雪花的快乐》,或许可以说,诗的过程本身就是灵魂飞扬的过程?这首诗共四节。与其说这四节韵律铿锵的诗具有启承转合的章法结构之美,不如说它体现了诗人激情起伏的思路之奇。清醒的诗人避开现实藩篱,把一切展开建筑在"假如"之上。"假如"使这首诗定下了柔美、朦胧的格调,使其中的热烈和自由无不笼罩于淡淡的忧伤的光环里。雪花的旋转、延宕和最终归宿完全吻合诗人优美灵魂的自由、坚定和执著。这首诗的韵律是大自然的音籁、灵魂的交响。重复出现的"飞扬,飞扬,飞扬"织出一幅深邃的灵魂图画。难道我们还要诗人告诉我们更多东西吗?

步入"假如"建筑的世界，人们往往不仅受到美的沐浴，还要萌发美的守护。简单地理解纯诗，"象牙塔"这个词仍不过时，只是我们需有宽容的气度。《康桥》便是《雪花》之后徐诗又一首杰出的纯诗。在大自然的美色、人类的精神之乡前，我轻轻地来，又轻轻地走，"不带走一片云彩。"这种守护之情完全是诗意情怀。而这又是与《雪花》中灵魂的选择完全相承。只当追求和守护的梦幻终被现实的锐利刺破之时，《风》才最后敞开了"不知道"的真相以及"在梦的轻波里依洄"的无限留恋和惆怅。因此我们说，《雪花》《康桥》和《风》之成为徐志摩诗风的代表作，不仅是表面语言风格的一致，更重要的是内在灵魂气韵的相吸相连。茅盾在三十年代即说："我觉得新诗人中间的志摩最可以注意。因为他的作品最足供我们研究。"（《徐志摩论》）《雪花的快乐》是徐志摩诗第一集《志摩的诗》首篇。诗人自己这样的编排决非随意。顺着《雪花》→《康桥》→《风》的顺序，我们可以看到纯诗能够抵达的境界，也可以感悟纯诗的极限。如是，对徐志摩的全景观或许有另一个视角吧！

（荒林）

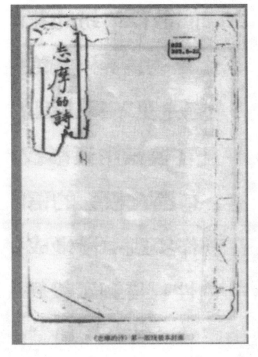

《志摩的诗》第一版残本封面

◎ 徐志摩出版的第一本诗集

志摩的诗

沙扬娜拉一首①

赠日本女郎

最是那一低头的温柔，

　　像一朵水莲花不胜凉风的娇羞，

　道一声珍重，道一声珍重，

　　那一声珍重里有蜜甜的忧愁——

　　沙扬娜拉！

徐志摩

诗歌

26

名作欣赏

---

① 写于1924年5月陪泰戈尔访日期间。这是长诗《沙扬娜拉十八首》中的最后一首。《沙扬娜拉十八首》收入1925年8月版《志摩的诗》，再版时删去前十七首（见《集外诗集》），仅留这一首。沙扬娜拉，日语"再见"的音译。

赏析

　　1924 年 5 月，徐志摩与泰戈尔携手游历了东瀛岛国，这次日本之行给他留下深刻的印象。在回国后撰写的《落叶》一文中，徐志摩盛赞日本人民在经历了毁灭性大地震后，万众一心重建家园的勇毅精神，并呼吁中国青年"Everlasting yea！"——要永远以积极的态度对待人生！

　　这次扶桑之行的另一个纪念品便是长诗《沙扬娜拉》。最初的规模是 18 个小节，收入 1925 年 8 月版的《志摩的诗》。再版时，诗人拿掉了前面 17 个小节，只剩下题献为"赠日本女郎"的最后一个小节，便是我们看到的这首玲珑之作了。也许是受泰戈尔耳提面命之故吧，《沙扬娜拉》这组诗无论在情趣和文体上，都明显受泰翁田园小诗的影响，所短的只是长者的睿智和彻悟，所长的却是浪漫诗人的灵动和风流情怀。诚如徐志摩后来在《猛虎集·序文》里所说的："在这集子（指《志摩的诗》）里，初期的汹涌性虽已消减，但大部分还是情感的无关拦的泛滥，……"不过这情实在是"滥"得可以，"滥"得美丽，特别是"赠日本女郎"这一节，那萍水相逢、执手相看的朦胧情意，被诗人淋漓尽致地发挥出来。

　　诗的伊始，以一个构思精巧的比喻，描摹了少女的娇羞之态。"低头的温柔"与"水莲花不胜凉风的娇羞"，两个并列的意象妥贴地重叠在一起，人耶？花耶？抑或花亦人，人亦花？我们已分辨不清了，但感到一股朦胧的美感透彻肺腑，像吸进了水仙花的香气一样。接下来，是阳关三叠式的互道珍重，情透纸背，浓得化不开。"蜜甜的忧愁"当是全诗的诗眼，使用矛盾修辞法，不仅拉大了情感之间的张力，而且使其更趋于饱满。"沙扬娜拉"是迄今为止对日语"再见"一词最美丽的移译，既是杨柳依依的挥手作别，又仿佛在呼唤那女郎温柔的名字。悠悠离愁，千种风情，尽在不言之中！

　　这诗是简单的，也是美丽的；其美丽也许正因为其简单。诗人仅以廖廖数语，便构建起一座审美的舞台，将司空见惯的人生戏剧搬演上去，让人们品味其中亘古不变的世道人情！这一份驾诗驭词的功力，即使在现代诗人中也是罕有其匹的。而隐在诗后面的态度则无疑是：既然岁月荏苒，光阴似箭，我们更应该以审美的态度，对待每一寸人生！

（王川）

徐志摩
诗歌
28
名作欣赏

这是一个懦怯的世界[1]

这是一个懦怯的世界：

　容不得恋爱，容不得恋爱！

披散你的满头发，

赤露你的一双脚；

　跟着我来，我的恋爱，

抛弃这个世界

殉我们的恋爱！

我拉着你的手，

爱，你跟着我走；

　听凭荆棘把我们的脚心刺透，

　听凭冰雹劈破我们的头，

你跟着我走，

我拉着你的手，

　逃出了牢笼，恢复我们的自由！

　跟着我来，

　我的恋爱！

人间已经掉落在我们的后背，——

看呀，这不是白茫茫的大海？

白茫茫的大海，

白茫茫的大海，

　无边的自由，我与你与恋爱！

---

①写于1925年2月，发表报刊不详。

顺着我的指头看，

那天边一小星的蓝——

　　那是一座岛，岛上有青草，

　　鲜花，美丽的走兽与飞鸟；

快上这轻快的小艇，

去到那理想的天庭——

　　恋爱，欢欣，自由——

　　辞别了人间，永远！

◎ 徐志摩故居后圆"爱之清泉"。1926年秋，徐志摩偕新婚的陆小曼返回故里，打算在这里过隐士般的生活。这是他送给新婚妻子的礼物。他写道："眉，这潭清冽的泉水，你不来洗濯谁来；你不来照型谁来？"

赏析

　　徐志摩虽然生命短暂，他的一生却曾执拗痴迷地追求"爱、自由、美"——现实中的和梦幻里的。徐志摩出身于一个封建、买办的富裕商人家庭，但受西方资产阶级自由民主思想的影响和"五四"精神的濡染，使他成为一名反封建的资产阶级知识分子，追求一种"爱、自由、美"的理想。他的这种理想在当时的现实社会里不仅不易开花结果，还常常遭到扼制与摧残。"理想主义"的碰壁，使徐志摩对黑暗的现实环境产生不满与反抗，同时他也把理想寄托在一个幻想的世界里。他曾在《自剖》一文中写道："个人最大的悲剧是设想一个虚无的境界来谬骗自己；骗不到底的时候，你就得忍受'幻灭'的莫大痛苦。"虽然也常感幻灭的痛苦，但在美好的幻境里，诗人无疑可以找到一个与现实世界相对抗的精神世界，使得他那颗受损的灵魂得到抚慰和憩息，再者，对于一个富有浪漫主义气质和激情的诗人来说，他往往能在幻想的理想世界里找到灵感的泉源，使心灵想象的翅膀得以自由翱翔。

　　《这是一个懦怯的世界》，正是诗人否定和拒绝黑暗的现实世界、肯定和向往理想世界的作品。这首诗写于1925年，时值徐志摩与有夫之妇的陆小曼相爱，他们恋爱遭到许多人反对，徐志摩痛感传统的道德观念对人的束缚，深深感受到重荷压制下的精神痛苦，他写作这首诗与当时的处境和心境有关。他咒诅"懦怯的世界"，"容不得恋爱"，决心"逃出牢笼"，"恢复我们的自由"。我们理解这首诗时，自然不必拘囿于诗人的恋爱生活，一首诗一旦完成，就形成自己独立的品格和价值。如果说《这是一个懦怯的世界》是反映现实黑暗的作品，不如说这是诗人性灵和浪漫激情的抒发。诗人有感于现实生活中恋爱不自由而写下这首诗，他在诗的开头直截了当地指出这个世界是"懦怯"的，是"容不得恋爱"的，但诗人接下去并未对现实世界作任何客观的描绘，实际上，现实只是触动他性灵和浪漫激情的"元素"，他想表现的不是现实世界如何"懦怯"、如何黑暗，而是要抒发自己对黑暗现实的不满与愤懑之情，表达自己同黑暗现实誓不两立的决绝态度与抗争精神，以及对理想世界的美好向往和热烈追求。诗人的浪漫主义使他在否定一个旧世界的同时，以更大的热情去肯定一个理想中的世界。让我们看看诗人描绘了一幅怎样美丽非常的幻境：有象征无边自由的"白茫茫的大海"，大海上有座美丽的岛屿，岛上有青草，有鲜花，有美丽的走兽与飞鸟，更令人向往的是，这是一个"恋爱、欢欣、自由"的"理想的天庭"。为寻求这一理想世界，诗人曾抱着怎样义无反顾的坚定决心："抛弃这个世界，殉我们的恋爱"、"听凭荆棘把我们的脚心刺透，听凭冰雹劈破我们的头"。这首诗以一个浪漫主义者的激情，表达了对封建礼教的决绝态度，对理想世界的美好向往与热烈追求，体现了"五四"精神——要求个性解放、争取婚姻自由的反封建的强烈精神，这在当时是难能可贵的。

徐志摩的《再别康桥》《偶然》《沙扬娜拉一首　赠日本女郎》等一类诗作，婉转柔靡、情致曲折；《这是一个懦怯的世界》则格调明朗激越，诗的前二节表现诗人逃出现实牢笼的坚定决心，后两节则描绘一种理想的幻景，全诗从"跟着我来，我的恋爱"直至看到"理想的天庭"，一气呵成，抒发出诗人溢满胸腔的浪漫激情。诗的最后一段，像一幅美丽的画，如一首欢快的歌，流溢其中的是诗人掩饰不住的喜悦与激动，最后一句"辞别了人间，永远！"，宛如一曲轻盈欢快的调子戛然而止，又像是"逃出牢笼"、看到"理想天庭"的诗人发自内心的舒坦的舒气。我们欣赏《再别康桥》这类诗作，从其低徊曲折、一咏三叹中细细地品出诗独特的韵味，而这首诗，我们感受更多的是诗人美好的理想、澎湃的激情以及敢于否定黑暗现实的精神。《这是一个懦怯的世界》也是颇具徐志摩艺术个性的诗篇，体现出徐志摩诗歌结构严谨整饬、形式灵活多变、鲜明的节奏感和旋律感以及情感想象的节制与简洁等艺术特色。

（王德红）

志摩的诗

去吧^①

去吧，人间，去吧！
　我独立在高山的峰上；
去吧，人间，去吧！
　我面对着无极的穹苍。

去吧，青年，去吧！
　与幽谷的香草同埋；
去吧，青年，去吧！
　悲哀付与暮天的群鸦。

去吧，梦乡，去吧！
　我把幻景的玉杯摔破；
去吧，梦乡，去吧！
　我笑受山风与海涛之贺。

去吧，种种，去吧！
　当前有插天的高峰；
去吧，一切，去吧！
　当前有无穷的无穷！

---

①写于1924年5月20日，原题为《诗一首》，载于同年6月17日《晨报副刊》，署名徐志摩。

赏析

　　《去吧》这首诗，好像是一个对现实世界彻底绝望的人，对人间、对青春和理想、对一切的一切表现出的不再留恋的决绝态度，对这个世界所发出的愤激而又无望的呐喊。

　　诗的第一节，写诗人决心与人间告别，远离人间，"独立在高山的峰上"、"面对着无极的穹苍"。此时的他，应是看不见人间的喧闹、感受不到人间的烦恼了吧？面对着阔大深邃的天宇，胸中的郁闷也会遣散消尽吧？显然，诗人因受人间的压迫而希冀远离人间，幻想着一块能抒泄心中郁闷的地方，但他与人间的对抗，分明透出一股孤寂苍凉之感；他的希冀，终究也是虚幻的希冀，是一个浪漫主义诗人逃避现实的一种方式。

　　由于诗人深感现实的黑暗及对人的压迫，他看到，青年——青春、理想和激情的化身，更是与现实世界誓不两立，自然不能被容存于世，那么，就最好"与幽谷的香草同埋"，在人迹罕至的幽谷中能不被世俗所染污、能不被现实所压迫，同香草作伴，还能保持一己的清洁与孤傲，由此可看出诗人希望在大自然中求得精神品格的独立性。然而，诗人的心境又何尝不是悲哀的，"与幽谷的香草同埋"，岂是出于初衷，而是不为世所容，为世所迫的啊！"青年"与"幽谷的香草同埋"的命运，不正是道出诗人自己的处境与命运吗？想解脱悲哀？"付与暮天的群鸦"。也许暮天的群鸦会帮诗人解脱心中的悲哀，也许也会使悲哀愈加沉重，愈难排解，终究与诗人的愿望相悖。这节诗抒写出了诗人受压抑的悲愤之情以及消极、凄凉的心境。

　　"梦乡"这一意象，在这里喻指"理想的社会"，也即指诗人怀抱的"理想主义"。

诗人留学回国后，感受到人民的疾苦、社会的黑暗，他的"理想主义"开始碰壁，故有"我把幻景的玉杯摔破"的诗句。但与其说是诗人把"幻景的玉杯摔破"，不如说是现实摔破了诗人"幻景的玉杯"，所以诗人在现实面前才会有一种愤激之情、一种悲观失望之意；诗人似乎被现实触醒了，但诗人并不是去正视现实，而是要逃避现实，"笑受山风与海涛之贺"，在山风与海涛之间去昂奋和张扬抑郁的精神。这节诗与前两节一样，同样表现了一个浪漫主义诗人在现实面前碰壁后，转向大自然求得一方精神栖息之地，但从这逃避现实的消极情绪中却也显示出诗人一种笑傲人间的洒脱气质。

第四节诗是诗人情感发展的顶点，诗人至此好像万念俱灭，对一切都抱着决绝的态度："去吧，种种，去吧！""去吧，一切，去吧！"但诗人在否定、拒绝现实世界的同时，却肯定"当前有插天的高峰"、"当前有无穷的无穷"，这是对第一节诗中"我独立在高山的峰上"、"我面对着无极的穹苍"的呼应和再次肯定，也是对第二节、第三节诗中所表达思绪的正方向引深，从而完成了这首诗的内涵意蕴，即诗人在对现实世界悲观绝望中，仍有一种执着的精神指向——希望能在大自然中、在博大深邃的宙宇里寻得精神的归宿。

《去吧》这首诗，流露出诗人逃避现实的消极感伤情绪，是诗人情感低谷时的创作，是他的"理想主义"在现实面前碰壁后一种心境的反映。诗人是个极富浪漫气质的人，当他的理想在现实面前碰壁后，把眼光转向了现实世界的对立面——大自然，希望在"高峰"、"幽谷的香草"、"暮天的群鸦"、"山风与海涛"之中求得精神的慰藉，在"无极的穹苍"下对"无穷的无穷"的冥思中求得精神的超脱。即使诗人是以消极悲观的态度来反抗现实世界的，但他仍以一个浪漫主义的激情表达了精神品格的昂奋和张扬，所以，完全把这首诗看成是消极颓废的作品，是不公允的。

（王德红）

为要寻一个明星[①]

我骑着一匹拐腿的瞎马，
　　向着黑夜里加鞭；——
　　向着黑夜里加鞭，
我跨着一匹拐腿的瞎马！

我冲入这黑绵绵的昏夜，
　　为要寻一颗明星；——
　　为要寻一颗明星，
我冲入这黑茫茫的荒野。

累坏了，累坏了我胯下的牲口，
　　那明星还不出现；——
　　那明星还不出现，
累坏了，累坏了马鞍上的身手。

这回天上透出了水晶似的光明，
　　荒野里倒着一只牲口，
　　黑夜里躺着一具尸首。——
这回天上透出了水晶似的光明！

①曾编入《志摩的诗》。原载1924年12月1日《晨报六周年纪念增刊》。

赏析

　　处在挣扎和战斗的历史境况中的现代中国作家，大多数人不是通过营造独立的艺术世界来与外部现实中的黑暗、庸俗和守旧的生活世界相对抗，而是把社会内容、信息的要求高悬于美学要求之上，总是想把广阔的生存现实和社会经验意识纳进艺术的内容之中。与这种创作现象相对应的，则是形成了一种只重视内容形态而忽视美感的文学批评。例如茅盾，他在论述徐志摩的诗歌的时候，就很不满意《"我不知道风是在哪一个方向吹"》一类轻灵飘逸的抒情诗，认为"圆熟的外形，配着淡到几乎没有的内容"，不足取。这种创作和批评潮流的直接后果之一，是影响了纯粹艺术品的产生。纯粹精美的抒情诗不多，纯粹的抒情诗人更少。

　　但徐志摩算得上是现代比较纯粹的抒情诗人，《为要寻一个明星》也是比较纯粹的抒情诗之一。什么是比较纯粹的抒情诗？瓦雷里认为这类诗的追求是"探索词与词之间的关系所产生的效果，或者说得确切一点，探索词与词之间的共鸣关系所产生的效果；总之，这是对语言所支配的整个感觉领域的探索。"（《纯诗》）就是说，它不是直接地承担我们这个生存世界的实在内容，而是探索语言所支配的整个感觉领域；既包容、又超越；最终以一个独立的艺术与美学的秩序呈现在人们面前。

　　不是现实世界的摹写，而是感觉领域的探索；不是粘恋，而是超越；不是理念与说教，而是追求词与词关系间产生的情感共鸣和美感；——这就是我所理解的比较纯粹的抒情诗，它的最终评判，是离开地面而飞腾起来。在这个意义上，徐志摩的《为要寻一个明星》算得上是一首比较纯粹的诗。在这首诗里，拐腿的瞎马、

骑手、明星、荒野、天空、黑暗，这些具体的意象全不指向实在的生活内容。凡非诗的语言总会在被理解后就消失，被所指事物替代；但在这首诗里，情形恰恰相反，它使我们对言词本身保持着持久的兴趣，在言词的经验之内留连。它让我们相信诗人真正钻进了语言，把握住词语功能的生长性，到达了通常文字难以达到的境界，——让你感到词语与心灵之间融洽的应和，让你体会灵魂悲凉而又美丽的挣扎。"为了寻一个明星"，这"明星"是什么？意象的隐喻是不确定的。但你可以感受到它与寻求者之间的严峻关系，黑绵绵的昏夜是对明星的一种严丝密缝的遮蔽，而执著的骑手却寻求它的敞亮，这中间隔着的是黑茫茫的荒野，骑手的胯下却是匹拐腿的瞎马。想往和可能之间的紧张关系就这样构成了。至于这种意象关系中的终极所指，人们去意会好了，根据自己的经验去"填充"好了：理想，美，信仰或者爱情，甚至现代诗人的自况，等等，均无不可。它可囊括其中任何单个的内容，但任何单个的释义却无法囊括，——诗已经从个别经验里飞腾、超越出来了。这里是一种诗的抽象，建构成为一种人性经验的"空筐"，装得下丰富的人生表象。

然而这究竟是一种诗的抽象，诗的凝聚和诗的创造，不似哲学把经验提炼为一句警语，而是将感觉和经验转化为意象的创造和结构的营建。像诗中的意象非常具体、生动、澄明一样，诗人组织了一个线条明晰(单纯洁净)的情节来作为诗的悲剧结构：向着黑夜→冲入荒野→无望在荒野→倒毙在荒野。结尾写得最为出色，它像一幅震撼心灵的油画：

> 这回天上透出了水晶似的光明，
>
> 　荒野里倒着一只牲口，
>
> 　黑夜里躺着一具尸首。——
>
> 这回天上透出了水晶似的光明！

犹如基督受难图一般，以无声的安详表达殉难的壮美。那"天上透出的水晶似的光明"，是对明星寻求者静穆庄严的祭奠，也是徐志摩作为浪漫主义诗人的标志。可贵的是画面如此静穆，水晶似的光明只有天边的一抹，因而更显得神圣而又高贵！

　　情节与纯粹的抒情诗通常是矛盾的。情节和事件像走路，要有起点、过程和终点，而情感的抒发却像是跳舞，目的只是表现情感本身的价值和美，它的姿态、色调、质感和律动。但这首诗处理得很好。看得出来，这里的"情节"不仅是根据经验和情感虚拟的，为情感的展开与运动服务的，而且是内敛式的，像人体的骨骼，完全被血肉所充盈。不仅如此，在演奏这种情感时，诗人采用了一种复沓变奏的曲谱式抒情手段；每段的演奏方式大致相同，从一个意象出发、展开，又逆向回归这个起点。但每一个回归都同时是一种加强和新的展开。这样，就使每一个词都在"关系场"中得到了可能的功能性敞开，并让我们的经验和情感得到了充分的调动。

（王光明）

我有一个恋爱[①]

我有一个恋爱；——
我爱天上的明星；
我爱他们的晶莹：
　　人间没有这异样的神明。

在冷峭的暮冬的黄昏，
在寂寞的灰色的清晨。
在海上，在风雨后的山顶——
　　永远有一颗，万颗的明星！

山涧边小草花的知心，
高楼上小孩童的欢欣，
旅行人的灯亮与南针：——
　　万万里外闪烁的精灵！

我有一个破碎的魂灵，
像一堆破碎的水晶，
散布在荒野的枯草里——
　　饱啜你一瞬瞬的殷勤。

---

①写作时间和发表报刊不详。手稿篇末注明："二十六日，半夜"。与原稿有出入的是：第3行"晶莹"为"光明"；第4行为"我爱他们的恒心"；第6行"清晨"为"侵晨"；第9行"山涧边"为"涧边"；第13行"魂灵"为"心灵"；第17行"冰激"为"冷激"；第20行"心伤"为"伤心"。

人生的冰激与柔情，

我也曾尝味，我也曾容忍；

有时阶砌下蟋蟀的秋吟，

　　引起我心伤，逼迫我泪零。

我袒露我的坦白的胸襟，

献爱与一天的明星，

任凭人生是幻是真

地球在或是消泯——

　　大空中永远有不昧的明星！

赏析

　　《我有一个恋爱》中抒情主人公的恋爱对象是"天上的明星。"明星闪烁于天穹，照耀着地球，但并不带感情色彩。把"天上的明星"作为恋爱对象，这本身就表明，明星所指的不是常人眼中的自然现象，对明星的描写不只是纯客观的描摹。这明星是诗人眼中人格化的明星，带有强烈的主观色彩。"明星"这一艺术形象具有自然和情感双重属性。

　　有的人仰望满天繁星，寄托内心的乡愁；有的人描写依着祖母的怀抱数星星，忆起童年的天真。徐志摩描写的则是在"暮冬的黄昏"，在"灰色的清晨"，在"荒野的枯草间"，明星闪烁的晶莹。这是诗人对自然景物的审美摹仿，是"这一个"诗人独特的摹仿。诗人接受了西方自由、民主的思想，但这种思想的觉醒只令他对现实更为不满，当时国家"混乱的局面使他感到他是镀着灰色的人生"（蒲风语），个人爱情的挫折尤使他痛苦，国事、家事，"人生的冰激与柔情"，把他那颗充满浪漫梦幻的诗心折磨成"破碎的魂灵"。但是，像许多浪漫主义者一样，理想屡屡受挫但仍追求不舍，他是永远不甘平庸的，他要在灰色的人生里"唱一支野蛮的大胆的骇人的新歌"（《灰色的人生》）。与他同期的诗作《灰色的人生》相比，同是写灰色人生，但《灰色的人生》重于现实的暴露与反抗，激愤粗犷，格调沉重凝滞，果然有"野蛮"、"大胆"、"骇人"之气。而《我有一个恋爱》里明星晶莹闪烁，创造了一个轻盈、空灵而又宁静、神圣的意境，与诗人灰暗、沉闷的人生感受侧面相比衬，这种反差也正是两者的契合点。在晶莹的星光里诗人看见了自己人生的追求，得到了"知心"、"欢欣"、"灯亮与南针"，这一光明慰藉了现实人生的抑郁苦闷，理想的歌颂重于现实的暴露。在这首诗里，诗人对明星的审美摹仿勿宁说是

◎少年徐志摩

对自己的理想、自己的思想感情的审美观照，他造出了一个独立的纯美的艺术境界与现实人生相抗衡，并以此作为坚定的信仰慰藉与激励自己人生的追求。诗之末了，诗人高歌："任凭人生是幻是真，／地球存在或是消泯——／大空中永远有不昧的明星。"这是一曲人生理想之歌，在这里，诗人的人生追求与晶莹的星光互为融合，表达出诗人执著的爱恋与坚定的信仰。

这首诗在艺术上比较集中地体现了徐志摩诗歌的特点。形式上或追求变幻的自由，或力求单纯和统一，前者更适宜表达激荡的心灵，所以这首诗前三节句式整饬、节奏单纯，及至诉说衷心，便改用错综交替、自由变幻的句子。但都工而有变，散而有序，错落有致。这首诗在爱的感激昂奋中每每略带抑郁，表现了诗人感受人世沧桑的心怀。这种矛盾的情绪以对比手法表现得尤为突出：如二、三、四节各以现实人生与天上明星作视觉、触觉与心灵感受上的对比，现实人生越灰暗，明星越显得光明美好；明星越亮，现实越灰暗。诗人便忧郁人生，更深深爱恋明星。

徐志摩是个浪漫主义诗人，他以"爱、美、自由"为人生信仰，对爱情、人生、社会都抱着美好的理想，希望这三者能在同一人生里得到实现。正如梁实秋所说："志摩的单纯的信仰，换个说法，即是'浪漫的爱'……这爱永远处于可望不可及的地步，永远存在于追求的状态中，永远被视为一种极圣洁高贵极虚无缥缈的东西。"诗中"我爱天上的明星"便是这么一种爱，把它理解为对具体人物的爱也好，理解为人生的理想也好，这都是一种神圣、热忱的爱。

（涂秀虹）

月下雷峰影片①

我送你一个雷峰塔影，
　满天稠密的黑云与白云；
我送你一个雷峰塔顶，
　明月泻影在眠熟的波心。

深深的黑夜，依依的塔影，
　团团的月彩，纤纤的波鳞——
假如你我荡一支无遮的小艇，
　假如你我创一个完全的梦境！

———————————————————
①此诗写于1923年9月26日。志摩在《西湖记》中说："三潭印月——我不爱什么九曲，也不爱什么三潭，我爱在月光下看雷峰静极了的影子——我见了那个，便不要性命。"

赏析

　　"三潭印月——我不爱什么九曲，也不爱什么三潭，我爱在月下看雷峰静极了的影子——我见了那个，便不要性命。"徐志摩在《西湖记》中说的这段极情的话，自然是诗人话。然而正是诗人话，月下雷峰静影所具有的梦幻效果就可想而知，虽然这其中更必然渗透了诗人隐秘的审美观。

　　然而要让读者都进入诗人这个审美世界，并非一种描述能够做到。描述可以使人想象，却不能使人彻底进入。诗所要做到的，便是带领读者去冒险、去沉醉，彻底投入。诗仿佛是另一个世界，有另一双眼睛。"我送你一个雷峰塔影，／满天稠密的黑云与白云；／我送你一个雷峰塔顶，／明月泻影在眠熟的波心。"这第一阕如果没有"我送你"三个字，不亚于白开水一杯；借助"我送你"的强制力，所有平淡无奇的句子被聚合。被突出的"雷峰影片"由于隐私性或个人色彩而变成一杯浓酒。第二阕则将这杯浓酒传递于对饮之中，使之飘散出了迷人的芬芳："假如你我荡一支无遮的小艇，／假如你我创一个完全的梦境！"至此，诗人将读者完全醉入了他的"月下雷峰影片"里。

　　《月下雷峰影片》仅短短八句，其浓郁的诗意得力于卓越的构思手法。即诗人自我的切入。由于自我的切入，写景不再成为复制或呈现，写景即写诗人之景——"完全的梦境"。在切入之时，现实的我抽身离去，自我的情感看不见了，个人的经历、思想看不见了，闪耀于读者眼前的是自然之美的形体和光辉。整首诗的韵律就是情感和思想的旋律。正如《雪花的快乐》建筑于"假如"这一脆弱的词根，这首小诗的美学效果也是借助"假如"而显现。第一阕景物实写和"我送你"

的强制，由于有了"假如"的虚拟、缓和，使美妙的设想得以如鸟翅舒展，从而全诗明亮美好起来。

　　《月下雷峰影片》既立体地呈现了自然美景，又梦幻地塑造了"另一个世界。"当诗人逃离现实而转入语言创造，哪怕小小的诗行也可触出灵魂的搏动。这首小诗所具有的荡船波心的音乐美，显然得力于叠音词的运用。《月下雷峰影片》尤如一曲优美小夜曲，望不见隔岸的琴弦，悠悠回荡的琴音却令人不忍离去。

（荒林）

◎ 雷峰塔

沪杭车中[1]

匆匆匆！催催催！

一卷烟，一片山，几点云影，

一道水，一条桥，一支橹声，

一林松，一丛竹，红叶纷纷；

艳色的田野，艳色的秋景，

梦境似的分明，模糊，消隐，——

催催催！是车轮还是光阴？

催老了秋容，催老了人生！

◎上世纪二三十年代的沪杭铁路

徐志摩

诗歌

47

名作欣赏

---

①此诗作于1923年10月30日。发表于1923年《小说月报》第14卷第11号，原名《沪杭道中》。

将朱自清的散文《匆匆》与徐志摩这首《沪杭车中》比较来读或许是饶有趣味的事。朱自清用舒缓从容的笔墨描写了时光匆匆流逝的步履、印痕，徐志摩却用极其简洁的文字再现了匆匆时光的形态、身姿。朱自清的时光是拟人化的，徐志摩的时光却是强大的建筑式的。

有谁目睹过时光？尽管时间以昼夜黑白的形式重复升降在我们生命之中，时光的本质到现代才真正成为人类致命的敏感。如果说朱自清的《匆匆》让我们注意到时光在细小事物中的停留和消逝，徐志摩的《沪杭车中》则要我

◎ 朱自清

们与时光对视、相向而行。它以诗所特有的语言将空间竖起，时间化为隧道。《沪杭车中》给人的感受是紧张和尖锐。这首诗的诗题就是动态空间：沪杭车中。上海与杭州短暂的距离已被现代交通工具火车不经意打破了。时间和空间本是相对物，此刻简直就是浑然一体了："匆匆匆！催催催！"两组拟声词把这种浑然表达得淋漓尽致。随着这到来的时空的浑然，时空中原本浑然一体的自然反被切割成零碎的片断："一卷烟，一片山，几点云影，/一道水，一条桥，一支橹声，/一林松，一丛竹，红叶纷纷"，更深刻的、实质意义的分裂乃是人类自身的安宁的梦境的分

裂。和大自然一样安宁而永恒的梦境（或说大自然本身就是一个梦境）由分明而"模糊，消隐。""催催催！"这现代文明的速度和频率不能不使诗人惊叹："催老了秋容，催老了人生！"

第一段写现代时空对自然的影响，第二段写现代时空在人类精神深处的投影，二段互为呼应、递进，通过"催催催"这逼人惊醒的声音让人正视时间。这种强烈的现代时间意识，正是现代诗创作的原动力。徐志摩曾在《猛虎集》序文中谈到时间意识迟钝的痛苦："尤其是最近几年，有时候自己想着了都害怕：日子悠悠的过去，内心竟可以一无消息，不透一点亮，不见丝纹的动。"迟钝和敏感或许是一枚硬币的两面。事实上诗人的时间感是现代时间意识的多重折射。徐志摩写于《沪杭车中》之后的1930年的《车眺》和1931年的《车上》所表达的便分别是时间永恒和时间在生命中生生不息的主题。无论"车"这一意象多么富于流动动荡的时间感，如下的诗句带给我们的安宁几乎是不可击碎的："绿的是豆畦，阴的是桑树林，／幽郁是溪水傍的草丛，／静是这黄昏时的田景，／但你听，草虫们的飞动！"（《车眺》）而"她是一个小孩，欢欣摇开了她的歌喉，／在这冥盲的旅程上，在这昏黄时候，／像是奔发的山泉，／像是狂欢的晓鸟，／她唱，直唱得一车上满是音乐的幽妙。"（《车上》）则使我们无不为生命与时间同在并使时间生机勃勃而感动。徐诗三篇写时间的诗皆以车为象征，而《沪杭车中》堪称象征的一个小奇迹：沪杭车这一具体事物及催与匆同声同义不同态拟声词的巧妙运用，实在是诗人天才的悟性和语言敏感的反应。然而，如果我们读《沪杭车中》而不去读《车眺》和《车上》，便是一个不小的遗憾。它们是徐志摩时间观的统一体。

既有朱自清洋洋洒洒的《匆匆》，又有徐志摩雕塑建筑式的《沪杭车中》，现代文学史中的时间概念才真正是可触可感。

（荒林）

石虎胡同七号①

赠骞季常先生②

我们的小园庭，有时荡漾着无限温柔：
善笑的藤娘，袒酥怀任团团的柿掌绸缪，
百尺的槐翁，在微风中俯身将棠姑抱搂，
黄狗在篱边，守候睡熟的珀儿，它的小友，
小雀儿新制求婚的艳曲，在媚唱无休——
我们的小园庭，有时荡漾着无限温柔。

我们的小园庭，有时淡描着依稀的梦景；
雨过的苍茫与满庭荫绿，织成无声幽冥，
小蛙独坐在残兰的胸前，听隔院蚓鸣，
一片化不尽的雨云，倦展在老槐树顶，
掠檐前作圆形的舞旋，是蝙蝠，还是蜻蜓？
我们的小园庭，有时淡描着依稀的梦景。

我们的小园庭，有时轻喟着一声奈何；
奈何在暴雨时，雨槌下捣烂鲜红无数，
奈何在新秋时，未凋的青叶惆怅地辞树，
奈何在深夜里，月儿乘云艇归去，西墙已度，
远巷蔷露的乐音，一阵阵被冷风吹过——
我们的小园庭，有时轻喟着一声奈何。

---

①北京西单牌楼石虎胡同七号，是松坡图书馆专藏外文书籍之处。徐志摩曾在此工作过。
②骞季常，松坡图书馆的实际负责人，著名作家骞先艾的叔父。

◎1924年前后梁思成、林徽因等人摄于北京西单石虎胡同7号(新月社原址)。

◎ 松坡图书馆工作人员合影,前排右四为梁启超。

我们的小园庭,有时沉浸在快乐之中;
雨后的黄昏,满院只美荫,清香与凉风,
大量的塞翁,巨樽在手,塞足直指天空,
一斤,两斤,杯底喝尽,满怀酒欢,满面酒红,
连珠的笑响中,浮沉着神仙似的酒翁——
我们的小园庭,有时沉浸在快乐之中。

徐志摩

◎ 石虎胡同7号"小园庭"

赏析

　　如果说，那脱尽尘埃、清澈秀逸的康桥，是诗人在异国的"楼高车快"的现代生活之外找寻的一块精神净土，那么，北京西单牌楼石虎胡同七号，则是诗人在风雨摇荡的故国古都觅到的一块生存绿洲。这里"滋生"着诗人所追求和向往的"诗化生活"：它没有人与人之间的争斗与冷漠，只有温情和友爱；没有外面世界的喧闹与繁杂，这是一个宁静的和谐的世界，灵魂能够得以憩息；你可以轻轻地叹息，抒遣善感的忧伤，可以暂时忘却荣辱得失，沉浸在田园牧歌式的情调中。它仿佛像个"世外桃源"，宁静、温馨、和谐，洋溢着无限的诗趣。诗人无疑在"石虎胡同七号"寄寓着他的理想人生——"诗化生活"。

　　《石虎胡同七号》一诗用拟喻手法写成。诗的第一节，诗人把自己的意趣赋予小园庭的一景一物，不仅把它们拟人化："藤娘"、"槐翁"、"棠姑"，还赋予它们的人的性格、神态、动作："善笑"、"绸缪"、"抱搂"、"守候"、"媚唱"；他写它们间的情意，写它们和睦融洽得像一个家庭，使整个小园庭洋溢着欢愉的气氛，充满着生机盎然的诗趣。对温情和友爱的歌吟，是徐志摩诗歌的重要特色之一。诗人曾在一篇诗中歌吟过"人生至宝是情爱交感"。诚然，诗人所渴慕的"诗化生活"是不能没有爱意和温情的，这是他的人生信仰，是他所追求和向往的人生境界。诗的第二节，诗人给我们描绘了另一幅生活情境。不同于前一节的欢愉气氛，这节描绘的是一幅幽深静谧的雨后情景，一切都那么默契，那么恬适，灵魂不再在喧闹摇荡的风雨声中惊悸不宁，而是怡然自得地享受着大雨后的和平宁静。这不是现实中的生活情境，而是小园庭所淡描的"依稀的梦景"，是理想的"幻象"。这"依稀的梦景"其实正寄寓着诗人所憧憬的理想生活，即希冀在孤独和焦虑的现代生活之外寻得静谧恬宁的处所，与大自然和谐地融为一体。这同样是诗人所追求的一种人生境界。诗的第三节与其他几节有所不同，它不是对一种生活景象或自然景致的描绘，它表现的是一种善感的情怀、感伤惆怅的思绪，可以说，这是诗人情感心灵世界的披露。为一片落花、一片落叶而伤心叹息；在夜深人静时，看着天上的月儿西斜滑落，听着从远处被冷风吹来的乐音，淡淡地品味内心的孤独、寂静和凄冷。这种情怀、这种心境，不是一般整日介为生计忙碌奔波的人而有的。清静幽美的小园庭，不仅成为诗人寄托情思、坦露内心情感的小天地，它还是一块能让人解脱人生羁绊、偿还人的天真和本性的"快乐之地"，诗的第四节描绘的就是这样一幅充满着爽朗尽情的欢笑，洋溢着率性天真、忘乎所以的快乐的生活画面。至此，《石虎胡同七号》一诗，给我们描绘了四幅富有诗趣的生活情境，从中我们不仅可以看到诗人所谓的理想人生——"诗化生活"，还可以看到一位超然物外，追求宁静、和谐、性灵生活的诗人的形象。

徐志摩诗歌有一特色，即他喜欢用"开门见山"式的起句，定下全诗的基调和氛围。《石虎胡同七号》这首诗，诗起句"我们的小园庭，有时荡漾着无限温柔"，一开始就把我们带进一种独特的诗歌语境和叙述语调中：诗人赋予小园庭以人的性格和情感，用富有诗意的、童话般的语言叙写田园牧歌式的生活情境，叙述语调是舒缓、柔婉的。基于这种语境和语调，诗的每一节采用大致相同的句法和章法，押大致相同的韵，形式结构整齐有规律，只是规律中又灵活多变。综观全诗，诗人不是平面地去描绘一种画面或营造一种氛围，而是截取日常生活的几幅剪影，描绘四种不同的情境，这些不同的情境由于被置于共同的诗歌语境和叙述语调中，就成功地构成了一幅小园庭立体的画面，具有工笔描绘与光色感应相结合的效果。

（王德红）

徐志摩

诗歌
53
名作欣赏

残诗①

怨谁?怨谁?这是青天里打雷?

关着,锁上;赶明儿瓷花砖上堆灰!

别瞧这白石台阶儿光润②,赶明儿,唉,

石缝里长草,石上松上青青的全是莓!

那廊下的青玉缸里养着鱼,真凤尾,

可还有谁给换水,谁给捞草,谁给喂?

要不了三五天准翻着白肚鼓着眼,

不浮着死,也就让冰分儿压一个扁!

顶可怜是那几个红嘴绿毛的鹦哥,

让娘娘教得顶乖,会跟着洞箫唱歌,

真娇养惯,喂食一迟,就叫人名儿骂,

现在,您叫去!就剩空院子给您答话!……

①写于1925年1月,初载于同年1月15日《晨报·文学旬刊》,署名徐志摩,原题为《残诗一首》。
②1925年8月版《志摩的诗》"光润"为"光滑"。

赏析

　　《残诗》写于清朝末代皇帝被逐出皇宫的时候。题目叫《残诗》，可能有两种命意：一是作者自己废弃的一篇较长的诗仅留下来的一部分（像现在这个样子，却是一首完整的独立的短诗）；二是和作者常慨叹的当时国家的"残破"和他自己所谓思想感情的残破有一定关系。但不管其命意如何，《残诗》有着较高的艺术价值。在语言上，全诗用口语写成，这在作者的全部诗作中也是相当突出的，值得注意的是，作者采用社会下层人民的日常口语来描绘满清上层阶级的败落景象。本来卑下与高贵在昔日有着森严的界限，但时过境迁，今非昔比，原先强盛的现已残败，作者用市井语言去写显贵宫廷的败落，脱尽了宫廷的脂粉气，还原了世俗的纯朴自然，在语境和情调上形成一种特殊的氛围，这是仅用书面语所无法达到的效果。当然，《残诗》中的日常口语，经过了作者精心提炼，已经没有日常口语的零乱芜杂，可说是"珠圆玉润"。在诗的句法与章法的安排上，《残诗》也有独到之处，它不像徐志摩的其他许多新诗那样，在句法和章法上注重排比和对称，相反，这里追求的是句子结构的错杂，力避句子结构的类同，虽然整首诗在外在形象上齐整得像块豆腐干，但句子结构极其灵活多变，句子与句子之间是一种松散的、自由的流动关系，加之作者不断地变化句子语气，用疑问、反诘、感叹、否定语气来避免过多的直陈句，表达出一种变幻不定的思绪，增强了诗内在的张力和弹性。在押韵技巧上，从脚韵安排讲，是西诗常用的偶韵体，两行押一韵，两行换一韵，这种诗体在英国过去叫"英雄偶韵体"，但到后来，却适于用来写讽刺诗。《残诗》作者也这样用而没有流于庸俗，既自然贴切，又极富音律美。

◎ 徐志摩墨迹

《残诗》在语言、节奏和韵律、句法和章法上有许多成功之处，但它最耐人品味的还在于意象的选择和情境的表现上。作者构思新颖，不落窠臼，避免了一般诗人可能写的老套法（即用铺叙的手法展现昔日的豪华显贵、借以感慨今日的冷落残败），直接从意象入手，选用几个极富意味的有代表性的意象：瓷花砖、白石台阶、凤尾鱼、鹦鹉，这些意象本身就能让人联想到宫廷昔日的豪华显贵；他也直接从表现"今天"着手，预示昔日的一切都将褪去原有的色彩、将消隐原有的存在：瓷花砖上将堆积灰尘、白石台阶也要长草和生苔、珍贵的凤尾鱼将要饿死、聪明而刁钻的鹦鹉不再有人理会，展示出一幅由盛而衰的封建帝王没落的画面。值得一提的是，鹦鹉这一意象的选择在深化意境、渲染情调上有着重要的作用。鹦鹉出现前，满清废宫的败落景象被统一在一种无声的寂静的视觉画面中，鹦鹉的声音打破了这种寂静，出现了听觉的喧闹，但随即这种听觉的喧闹又与"空院子"一同归于沉寂。以有声衬托无声，就显得更加寂静了，废宫的景象也就愈显得败落。《残诗》也有感于兴衰、沧桑的表现，但决不是我国旧日诗人的怀旧恋古，其基调是嘲弄的，为此，诗人选择了鹦鹉这一意象，让它们以喜剧的角色出现，这些鹦鹉们，聪明乖巧，也骄横刁钻，怎奈它们不能解人世的沧桑和世事的沉浮，在主子失去权势后，仍然愚蠢地聒噪不已，真真可怜又可笑！作者最后巧用一个"您"字和"空"字，既点出了其可怜的必然的结局，又极富嘲讽意味，让人回味无穷。

（王德红）

翡冷翠的一夜①

你真的走了，明天?那我，那我，……
你也不用管，迟早有那一天；
你愿意记着我，就记着我，
要不然趁早忘了这世界上，
有我，省得想起时空着恼，
只当是一个梦，一个幻想；
只当是前天我们见的残红，
怯怜怜的在风前抖擞，一瓣，
两瓣，落地，叫人踩，变泥……
唉，叫人踩，变泥——变了泥倒干净，
这半死不活的才叫是受罪，
看着寒伧，累赘，叫人白眼——
天呀!你何苦来，你何苦来……
我可忘不了你，那一天你来，
就比如黑暗的前途见了光彩，
你是我的先生，我爱，我的恩人，
你教给我什么是生命，什么是爱，
你惊醒我的昏迷，偿还我的天真。
没有你我哪知道天是高，草是青?

徐志摩

诗歌

57

名作欣赏

---

①翡冷翠（Firenze意大利文），现通译佛罗伦萨，意大利一个城市的名字。

你摸摸我的心，它这下跳得多快；
再摸我的脸，烧得多焦，亏这夜黑
看不见；爱，我气都喘不过来了，
别亲我了；我受不住这烈火似的活，
这阵子我的灵魂就像是火砖上的
熟铁，在爱的槌子下，砸，砸，火花
四散的飞洒……我晕了，抱着我，
爱，就让我在这儿清静的园内，
闭着眼，死在你的胸前，多美！
头顶白树上的风声，沙沙的，
算是我的丧歌，这一阵清风，
橄榄林里吹来的，带着石榴花香，
就带了我的灵魂走，还有那萤火，
多情的殷勤的萤火，有他们照路，
我到了那三环洞的桥上再停步，
听你在这儿抱着我半暖的身体，
悲声的叫我，亲我，摇我，咂我，……
我就微笑的再跟着清风走，
随他领着我，天堂，地狱，哪儿都成，
反正丢了这可厌的人生，实现这死
在爱里，这爱中心的死，不强如
五百次的投生？……自私，我知道，

可我也管不着……你伴着我死?
什么,不成双就不是完全的"爱死",
要飞升也得两对翅膀儿打伙,
进了天堂还不一样的要照顾,
我少不了你,你也不能没有我;
要是地狱,我单身去你更不放心,
你说地狱不定比这世界文明
(虽则我不信,)像我这娇嫩的花朵,
难保不再遭风暴,不叫雨打,
那时候我喊你,你也听不分明,——
那不是求解脱反投进了泥坑,
倒叫冷眼的鬼串通了冷心的人,
笑我的命运,笑你懦怯的粗心?
这话也有理,那叫我怎么办呢?
活着难,太难就死也不得自由,
我又不愿你为我牺牲你的前程……
唉!你说还是活着等,等那一天!
有那一天吗?——你在,就是我的信心;
可是天亮你就得走,你真的忍心
丢了我走?我又不能留你,这是命;
但这花,没阳光晒,没甘露浸,
不死也不免瓣尖儿焦萎,多可怜!

你不能忘我，爱，除了在你的心里，

我再没有命；是，我听你的话，我等，

等铁树儿开花我也得耐心等；

爱，你永远是我头顶的一颗明星：

要是不幸死了，我就变一个萤火，

在这园里，挨着草根，暗沉沉的飞，

黄昏飞到半夜，半夜飞到天明，

只愿天空不生云，我望得见天

天上那颗不变的大星，那是你，

但愿你为我多放光明，隔着夜，

隔着天，通着恋爱的灵犀一点……

六月十一日，一九二五年翡冷翠山中

◎《翡冷翠的一夜》旧版本

赏析

我们可能还记得徐志摩的名诗《偶然》中的最后三句：

> 你记得也好，
> 最好你忘掉，
> 在这交会时互放的光亮！

显然，这三句诗强调的不是"忘却"，而是"铭记"，自己对偶然邂逅的一段美好时光难以忘怀，希望对方也记住这段缘情；语气以退为进，似轻实重，表面上故示豁达，实际上却隐寓着留恋。这可谓是"拐弯抹角"的表达方式。这是一种艺术的而非科学的、是间接的而非直接的表达方式。诗人或艺术家总是尽量隐蔽情感和思想，不让它们站出来"直接"说话，而是让它们隐寓在诗人为其创造的种种意象和设置的层层矛盾中，拐弯抹角、迂回曲折地"间接"表现出来。在《翡冷翠的一夜》这首诗里，我们将看到诗人是怎样"间接地"而不是"直接地"表现抒情主人公——弱女子错综复杂、变幻不定的情感思绪的。

诗一开始就切入抒情主人公的心理活动："你真的走了，明天？那我，那我，……"爱人的行期应该是早已决定了的，对这本没有什么可疑问的，但这女子心里并不愿意爱人离她而去，也不相信爱人真的忍心离她而去。这样，外在的既定事实同女子的内心愿望形成"错位"，产生了对不是猝然而至的行期却感到突然的心理反应。"那我，那我，……"这是一句未说完的话，它的意思应是"你走了，那我怎么办？"

◎ 徐志摩和刘海粟（此照片是送给胡适先生的）

但如果这样说，就缺乏一种诗意，也欠缺含蓄，不能揭示这一弱女子复杂的心理活动。这里用重复和省略号，很好地传达出女子喃喃自语、一时不知如何是好的心理状态。"你愿意记着我，就记着我，／要不然趁早忘了这世界上，有我"，这是因留不住爱人而说的"赌气"话，女子心里仍在嗔怪爱人，她明知爱人是不可能忘记她的，却偏这么说，言外之意自然是要爱人记住她。但不管怎样，爱人的即将离别在她心里投下了沉重的阴影，对"残红"这一意象的联想，反映了她的精神负担和心理压力，她对爱人走后自己将独自面对现实处境而感到焦虑和害怕。她随即把苦楚的因由转嫁给爱人："天呀！你何苦来，你何苦来……"爱情让人幸福，爱情也会让人苦恼，特别是相爱的人不为社会所理解、不为亲朋好友所支持时，更会有苦恼的感受。女子责怪爱人带给她爱情的苦恼。对爱的表现，诗从开头到这里，切入的是爱的"反题"，它不是正面表现爱，而是从爱人的即将远离在女子心中引起的难过、嗔怒、责怪等情绪反应，反衬出爱人在她生活中的重要以及她对爱人的挚爱和依恋。有了这层铺垫后，诗便从"反题"转入"正题"的表现，指出这爱是一种刻骨铭心的爱："我可忘不了你，那一天你来，／就比如黑暗的前途见了光彩，／你是我的先生，我爱，我的恩人，／你教给我什么是生命，什么是爱，／你惊醒我的昏迷，偿还我的天真。／没有你我哪知道天是高，草是青？"爱情因溶进了生命、溶进了人的自然情感、溶进了智性和灵性而闪耀着其独特的光彩。这种爱是让人难以忘怀的。能够拥有这种爱是值得自豪、叫人羡慕的。女子的苦恼与自怜被她所拥有的爱的幸福和爱的自豪湮没了，她再一次沉浸在烈火般的爱情体验中："这阵子我的灵魂就像是火砖上的／熟铁，在爱的槌子下，砸，砸，火花／四散的飞洒……"写到这，诗人没有让爱的昂奋、情感的高潮继续持续下去，而是笔锋一转，描绘了一幅非常优美的、令人陶醉的"死"的幻象。生与死是具有强烈对照意味的范畴，生意味着"动"，意味着生命；死则意味着"静"，意味着生命的结束。但生的含义和死的含义并不是固定不变的，在一定的价值坐标上，没有意义的生不如有意义的死，没有爱情的生不如为爱情而死，正如这女子所说，在爱中心的死强如五百次的投生。为爱而死，这"死"，实际上是另一层次的"生"，爱情因死而获得自由、获得永恒。诗人让抒情主人公从对爱情的幸福体验中转入对死的向往，这似乎来得有点突兀，其实并不矛盾，正是对爱情有着深刻的体验，才萌生了要实现爱情自由和爱情幸福的美好愿望，而这种愿望既然在现实世界中不能实现，也只能通过死来实现了。然而，如果诗就以弱女子为爱而死、进入到天堂或地狱的冥冥之界中而结束，这在艺术表现上并不能充分展开抒情主人公丰富复杂的内心情感，抒情主人公的精神境界也不能真正得以升华。实际上，诗人为抒情主人公设置了另一层矛盾。这矛盾来自现实世界与非现实世界（天堂或地狱）并不存在着本质的区别。也许天堂一如人们想象的是个幸福的世界，那么地狱呢？"地狱不定比这世界文明"，在现实世界里，这弱女子有如"残红"般"叫人踩，变泥"——不被人怜惜反遭摧残的命运，进了地狱，她也"难保不再遭风暴，不叫雨打"，"那不是求解脱反投进了泥坑"。这就不能不感叹"活着难，太难就死也不得自由"的生存处境了。这种矛盾痛苦只有爱才能够抚平。这个弱女子可以舍弃现实世界，可以舍弃天堂或地狱，但不能没有爱——人间至真至美的爱情。有的人把生存的精神力量、精神支柱寄托在一个虚幻的世界里，比如天堂；或寄托给一个虚幻的偶像，比如上帝。但徐志摩笔下的这个弱女子既不把希望寄托在天堂，也不寄托给上帝；如果她心中也有天堂或上帝的话，那么这天堂是有着至真至美的爱的天堂，爱人便是她的上帝。"——你在，就是我的信心"，"爱，除了在你的心里，我再没有命"，"爱，你永远是我头顶的一颗明星"——爱，爱人，是她生活的一切；爱，成为她人生的信仰。因此，即使她不幸死了，也不是飞到天堂或下到地狱，而是要变一个萤火，"在这园里，挨着草根，暗沉沉的飞"，从"黄昏飞到半夜，半夜飞到天明"，只因天上有她的爱人——那颗不变的明星。"但愿你为我多放光明，隔着夜，／隔着天，通着恋爱的灵犀一点……"抒情主人公错综复杂的情感思绪、爱怨交织的心理矛盾，终于在爱的执著与爱的信仰中得到了舒缓和统一，并萌发出美好的愿望，闪烁着爱情浪漫而又动人的光彩。

　　徐志摩的这篇《翡冷翠的一夜》是摹拟一个弱女子的口吻写成的，他用细腻的笔调，写出依恋、哀怨、感激、自怜、幸福、痛苦、无奈、温柔、挚爱、执著等种种情致，层层婉转，层层递深，真实而感人地传达出一弱女子在同爱人别离前夕复杂变幻的情感思绪。抒情主人公这种复杂的思绪，也正是诗人当时真实心境的反映。写作这首诗时，诗人正身处异国他乡(意大利佛罗伦萨)，客居异地的孤寂、对远方恋人的思念、爱情不为社会所容的痛苦等等，形成他抑郁的情怀，这种抑郁的情怀同他一贯的人生追求和人生信仰结合起来，便构成了这首诗独特的意蕴。这首诗不像徐志摩的许多抒情短诗那样，以高度的艺术凝聚力和艺术表现力显示其魅力；它是以细腻的笔调，对一种复杂情感思绪的铺叙，对一种自由流动的心理活动的铺展，有许多细致的细节描绘，这在艺术表现上也许会显得比较错杂凌乱、纷繁琐碎，然而这正吻合了抒情主人公复杂变幻的思绪。在语言上，这首诗通篇用一种平白的、近乎喃喃自语的口语写成。口语表达不仅亲切真实如在目前，它比书面语更适宜表现"独语"；当一个人独自抒遣情怀、倾诉情感时，用口语表达方式(说话间的重复、停顿、省略、感叹等等)更适宜表现内心情感的变化和自由变幻的心理活动。口语表达自然、生动、贴切、灵活多变，是这首诗的成功所在。

（王德红　涂秀虹）

呻吟语①

我亦愿意赞美这神奇的宇宙，
我亦愿意忘却了人间有忧愁，
　　像一只没挂累的梅花雀，
　　清朝上歌唱，黄昏时跳跃；——
假如她清风似的常在我的左右！

我亦想望我的诗句清水似的流，
我亦想望我的心池鱼似的悠悠；
　　但如今膏火是我的心，
　　再休问我闲暇的诗情？——
上帝！你一天不还她生命与自由！

徐志摩

诗歌

65

名作欣赏

---

① 此诗发表于1925年9月3日《晨报副刊·诗镌》。

赏析

　　这是一首诗题颇具直接打击感官效果的抒情诗。然而诗里并没有赤裸裸的爱的痛楚和呻吟，这里并没有颓废派的风景。诗人着笔虚处，通过对另一世界的向往、赞美来反衬此世界的黑暗和不合人道。痛楚隐匿暗处，埋得很深。然而正如教堂肃穆气氛里的祈祷，祈祷者的容颜和眼神使我们看得见祈祷者的身世、遭遇，感人的圣洁的祈祷词后面，必有潜流的呻吟。

　　对于这首曲折回旋的小诗来说，构思的巧妙无疑是首要特色。而这一特色显然源于诗人高超的立意。《翡冷翠的一夜》是徐志摩的第二个诗集，用他的话说，"是我的生活上又一个较大的波折的留痕。"（《猛虎集》自序）既写生活的波折，原是可以写得很琐细、具体和体贴的，比如与诗集同名的《翡冷翠的一夜》这首诗，读起来就更像真正的呻吟语：对爱的痴迷、疑惑及旦旦信誓在呻吟般的文字间迂回。这首《呻吟语》反从呻吟中脱颖而出，（诗题与诗行的悖离形成的空白本身就留给了读者回味的空间。）将抒情主人公置于一个文字的圣殿中。他如此虔诚的唱道："我亦愿意赞美这神奇的宇宙，／我亦愿意忘却了人间有忧愁，／像一只没挂累的梅花雀，／清朝上歌唱，黄昏时跳跃；"这个圣殿其实是他自己爱的美梦所造："假如她清风似的常在我的左右！"至平至淡又至真的一句，透露了琐细现实中真爱之不易和艰难。如果生活能像人们理想的那样，"我亦想望我的诗句清水似的流，／我亦想望我的心池鱼似的悠悠。""我愿意"是实现于"我想望"得以实现的基础之上的。用词之精确正是诗人诗思意线清澈的体现。"但如今膏火是我的心"，最平凡的

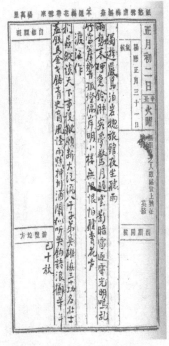

◎ 徐志摩日记

人的愿望都非现实所容，一切的理想不是空诺又是什么？！因此，从"上帝！你一天不还她生命与自由！"这强烈的质询反读上去，抒情主人公强烈的反叛精神就跃然纸上。对上帝的信仰是由于上帝能拯救，反之，信仰就变成背叛。《呻吟语》是人在现存重负下希望的呻吟，更是对永恒清醒追问的痛楚。因此，《呻吟语》是一首格调并不低沉的小诗。

对于一首小诗而言，语言的杰出运用显得格外重要。《呻吟语》两节结构相同，用的整句和散句也完全一致，如果不是诗人在选用其重要虚词"亦"、"假如"、"但"、"再"时格外周密，迂回转折的语言效果就会顿然散失。把虚词当成串连语言珍珠的链条，在此我们可以看到徐志摩诗歌语言的一个重要特征。

（荒林）

翡冷翠的一夜

偶然^①

我是天空里的一片云，
偶尔投影在你的波心——
　　你不必讶异，
　　更无须欢喜——
在转瞬间消灭了踪影。

你我相逢在黑夜的海上，
你有你的，我有我的，方向；
　　你记得也好，
　　最好你忘掉，
在这交会时互放的光亮！

徐志摩

诗歌

68

名作欣赏

---

①写于1926年5月，初载同年5月27日《晨报副刊·诗镌》第9期，署名志摩。这是徐志摩和陆小曼合写剧本《卞昆冈》第五幕里老瞎子的唱词。

赏析

　　能把"偶然'，这样一个极为抽象的时间副词，使之形象化，置入象征性的结构，充满情趣哲理，不但珠润玉圆，朗朗上口而且余味无穷，意溢于言外——徐志摩的这首《偶然》小诗，对我来说，用上"情有独钟"之语而不为过。

　　诗史上，一部洋洋洒洒上千行长诗可以随似水流年埋没于无情的历史沉积中，而某些玲珑之短诗，却能够经历史年代之久而独放异彩。这首两段十行的小诗，在现代诗歌长廊中，应堪称别具一格之作。

　　这首《偶然》小诗，在徐志摩诗美追求的历程中，还具有一些独特的"转折"性意义。按徐志摩的学生，著名诗人卞之琳的说法："这首诗在作者诗中是在形式上最完美的一首。"（卞之琳编《徐志摩诗集》第94页）新月诗人陈梦家也认为："《偶然》以及《丁当－清新》等几首诗，划开了他前后两期的鸿沟，他抹去了以前的火气，用整齐柔丽清爽的诗句，来写那微妙的灵魂的秘密。"（《纪念徐志摩》）。的确，此诗在格律上是颇能看出徐志摩的功力与匠意的。全诗两节，上下节格律对称。每一节的第一句，第二句，第五句都是用三个音步组成。如："偶尔＼投影在＼你的波心，""在这交会时互放的＼光亮，"每节的第三、第四句则都是两音步构成，如："你不必＼讶异，""你记得也好＼最好你忘掉。"在音步的安排处理上显然严谨中不乏洒脱，较长的音步与较短的音步相间，读起来纡徐从容、委婉顿挫而朗朗上口。

　　而我在这里尤需着重指出的是，这首诗歌内部充满着的，又使人不易察觉的诸种"张力"结构，这种"张力"结构在"肌质"与"构架"之间，"意象"与"意象"之间，"意向"与"意向"之间诸方面都存在着。独特的"张力"结构应当说是此诗富于艺术魅力的一个奥秘。

所谓"张力",是英美新批评所主张和实践的一个批评术语。通俗点说,可看作是在整体诗歌的有机体中却包含着共存着的互相矛盾、背向而驰的辨证关系。一首诗歌,总体上必须是有机的,具备整体性的,但内部却允许并且应该充满各种各样的矛盾和张力。充满"张力"的诗歌,才能蕴含深刻、耐人咀嚼、回味无穷。因为只有这样的诗歌才不是静止的,而是"寓动于静"的。打个比方,满张的弓虽是静止不动的,但却蕴满饱含着随时可以爆发的能量和力度。

就此诗说,首先,诗题与文本之间就蕴蓄着一定的张力。"偶然"是一个完全抽象化的时间副词,在这个标题下写什么内容,应当说是自由随意的,而作者在这抽象的标题下,写的是两件比较实在的事情,一是天空里的云偶尔投影在水里的波心,二是"你"、"我"(都是象征性的意象)相逢在海上。如果我们用"我和你","相遇"之类作标题,虽然未尝不可,但诗味当是相去甚远的;若用"我和你"、"相遇"之类谁都能从诗歌中概括出来的相当实际的词作标题,这抽象和具象之间的张力,自然就荡然无存了。

再次,诗歌文本内部的张力结构则更多。"你／我"就是一对"二项对立",或是"偶尔投影在波心,"或是"相遇在海上,"都是人生旅途中擦肩而过的匆匆过客,"你不必讶异／更无须欢喜"、"你记得也好／最好你忘掉,"都以"二元对立"式的情感态度,及语义上的"矛盾修辞法"而呈现出充足的"张力"。尤其是

◎少年徐志摩

"你有你的，我有我的，方向"一句诗，我以为把它推崇为"新批评"所称许的最适合于"张力"分析的经典诗句也不为过。"你"、"我"因各有自己的方向在茫茫人海中偶然相遇，交会着放出光芒，但却擦肩而过，各奔自己的方向。两个完全相异、背道而驰的意向——"你有你的"和"我有我的"恰恰统一、包孕在同一个句子里，归结在同样的字眼——"方向"上。

　　作为给读者以强烈的"浪漫主义诗人"印象的徐志摩，这首诗歌的象征性——既有总体象征，又有局部性意象象征——也许格外值得注意。这首诗歌的总体象征是与前面我们所分析的"诗题"与"文本"间的张力结构相一致的。在"偶然"这样一个可以化生众多具象的标题下，"云——水"，"你——我"、"黑夜的海"、"互放的光亮"等意象及意象与意象之间的关系构成，都可以因为读者个人情感阅历的差异及体验强度的深浅而进行不同的理解或组构。这正是"其称名也小，其取类也大"（《易·系辞》）的"象征"之以少喻多、以小喻大、以个别喻一般的妙用。或人世遭际挫折，或情感阴差阳错，或追悔莫及、痛苦有加，或无奈苦笑，怅然若失……人生，必然会有这样一些"偶然"的"相逢"和"交会"，而这"交会时互放的光亮"，必将成为永难忘怀的记忆而长伴人生。

（陈旭光）

翡冷翠的一夜

我来扬子江边买一把莲蓬[1]

我来扬子江边买一把莲蓬；

　　手剥一层层莲衣，

　　看江鸥在眼前飞，

　　忍含着一眼悲泪——

我想着你，我想着你，啊小龙[2]！

我尝一尝莲瓤，回味曾经的温存：——

　　那阶前不卷的重帘，

　　掩护着同心[3] 的欢恋：

　　我又听着你的盟言，

"永远是你的，我的身体，我的灵魂。"

徐志摩

诗歌

72

名作欣赏

①本诗最初见于1925年9月9日《志摩日记·爱眉小札》内。
②发表时"龙"为"红"。
③日记中"同心"为"消魂"。

我尝一尝莲心，我的心比莲心苦；

　　我长夜里怔忡，

　　挣不开的恶梦，

　　谁知我的苦痛？

你害了我，爱，这日子叫我如何过？

但我不能责你负，我不忍猜你变，

　　我心肠只是一片柔：^①

　　你是我的！我依旧

　　将你紧紧的抱搂——^②

除非是天翻——^③但谁能想象那一天？^④

---

①日记中此处无"："。
②日记中"——"为"，"。
③日记中"——"为"，"。
④日记中此句为"但我不能想象那一天！"篇末署有："九月四日沪宁道上"。

赏析

　　爱情，是最具个人化的感情，是人的一生中最耐咀嚼品味的情感之一。描写爱情，既可以直抒胸臆，抒发炽烈的感情，也可以表现得蕴藉含蓄，艺术手法和风格是多种多样的，唯其表现得真诚深切，方能打动他人之心；唯其找到一个独特的艺术视镜和表现角度，方能显出诗的新意和诗人的创造。《我来到扬子江边买一把莲蓬》就是一首有特色而又写得真切的爱情诗篇，它的特色不仅在其所表现的情感内容上，还在其新颖的艺术构思和艺术表现技巧。

　　在这首诗里，诗人没有采用直抒胸臆的表现方式，而是选取了一个客体——"莲蓬"，作为诗人这个主体倾诉心曲的"楔子"，因莲蓬而生情，借莲蓬而把思绪渐渐铺展开来、把情感层层深入下去，这是此诗的一个特色。诗的第一节写诗人在扬子江边买了一把莲蓬，在他一层层剥莲壳的时候，他的思绪被眼前江上飞旋的鸥鸟带到了远方情人那里，一股思念之情油然而生，而更感孤苦悲痛的是有情人不能在一起，"忍含着一眼悲泪"，虽有满怀的忧愁悲伤也只得忍着，没有痛苦的呐喊，也没有痛苦的流涕，诗人的感情相当节制。诗的第二节写诗人在品尝莲瓤，莲瓤的清甜像曾经有过的温存，诗人的思绪又回到了昔日美好快乐的时光，那是多么令人心醉的欢恋，心心相印、情投意合，是一种将身体和灵魂都交予对方的爱情，诗人似乎又听到了情人那甜蜜而又坚贞的盟言，"永远是你的，我的身体，我的灵魂"。诗的第三节写诗人品尝莲心，莲心是苦的，但诗人说，他的心比莲心还苦，"我长夜里怔忡，／挣不开的恶梦，／谁知我的苦痛？"有情人难成眷属，诗人应该从生活环境中去寻找痛苦的因由，但诗人偏把痛苦归罪于情人，"你害了我，爱，这日子叫我如何过?"爱不是给诗人带来过温存和欢乐吗?现在怎么反倒成了一种罪过?实际上，诗人并未否认爱的美好和欢乐，只是事过境迁，相爱的人不在眼前，诗人思念爱人有多深切，他的痛苦也就有多深切，唯其爱得深，才会有"苦"、有"怨"；另外，他的痛苦还源于一种担忧和顾虑，他害怕社会上种种阻梗他们结合的势力会迫使爱人退怯，从而辜负了他的一片真情和痴心，但诗人随即又说，"但我不能责你负，我不忍猜你变，"对爱人爱得如此深切，即使爱人变了心、负了你，也不能责备她、猜疑她，诗人心中有的只是一片柔情，一种对爱情不渝的忠贞。诗人不能想象真会有那么一天，他们之间谁会辜负了谁，"除非是天翻——但谁能想象那一天?"诗人相信，只要是忠贞不渝的爱情，只要是心心相印的爱情，又有什么力量可以阻止相爱的人在一起呢?

　　在这首诗里，诗人似在品尝莲蓬，其实诗人真正咀嚼品味的是自己内心的情感。全诗以莲蓬作"楔子"，情感表现层次分明，转接自然，层层铺叙，从剥莲壳开始，思绪从眼前的景物想到远方的情人，从品尝莲瓤回味起昔日的温存，从品尝莲心联想到自己受爱情煎熬的痛苦。这期间，情感有起伏变化，也愈渐强烈，并自然地过渡到诗的第四节。在诗的第一节里，诗人的感情还相当有节制，但经过层层铺叙，到这节时，诗不再以莲蓬楔子，而是直接转入抒情，转折词"但"既把它同前一节的思绪连接起来，在情感表现上又推入了一个新层次，把情感强化、升华到全诗的最高峰。纵观全诗的时空结构，第一节从"此地"到"彼地"，第二节从"此时"到"彼时"，第三节则回到"此地"、"此时"，这种交错的时空结构由莲蓬作"楔子"，衔接过渡得相当自然。诗人手中的莲蓬似乎在割裂他的思绪，实际上却是在铺展他的思绪，扩展诗的时空。诗人的思绪似断实联又是起伏变化，外在的"剥莲壳——尝莲瓤——尝莲心"的动作与内在的诗人流动的思绪和谐地统一在诗的结构中。

（王德红）

翡冷翠的一夜

半夜深巷琵琶①

又被它从睡梦中惊醒，深夜里的琵琶！

是谁的悲思，

是谁的手指，

像一阵凄风，像一阵惨雨，像一阵落花，

在这夜深深时，

在这睡昏昏时，

挑动着紧促的弦索，乱弹着宫商角徵，

和着这深夜，荒街，

柳梢头有残月挂，

啊，半轮的残月，像是破碎的希望他，他

头戴一顶开花帽，

身上带着铁链条，

在光阴的道上疯了似的跳，疯了似的笑，

完了，他说，吹糊你的灯，

她在坟墓的那一边等，

等你去亲吻，等你去亲吻，等你去亲吻！

徐志摩

诗歌

76

名作欣赏

---

①写于1926年5月，初载同年5月20日《晨报副刊·诗镌》第8期，署名志摩。

赏析

　　徐志摩的诗歌常有一起句就紧紧抓住读者的力量。本诗第一句以"又被它从睡梦中惊醒"造成触目惊心的效果，立刻将琵琶声和抒情主人公同时凸现出来。"又"说明这不是第一回，增强了这种"惊醒"的效果。这深夜里的琵琶声表达的是"凄风"、"惨雨"、"落花"般的"悲思"。它出现的时间是"夜深深时""睡昏昏时"，空间是"荒街"、"柳梢"、"残月"。在这荒凉沉寂的时空之间骤然响起的凄苦之声，风格哀婉精美，它奠定了全诗抒写爱情悲剧的基调。"是谁的悲思，／是谁的手指，"这样紧促的询问传达出诗人心灵深处翻涌的波澜。琵琶声在构思上既是比，又是兴。它直接引发了诗人心中久郁的痛苦，为后半部分抒发诗人的内心感慨作了必要的准备。全诗一到九行都是铺垫，从第十行开始由对琵琶声的描写形容转入内心悲思的抒发，是全诗的重心所在，也是琵琶声抒情意蕴的直接升华。

　　在诗的后半部，诗人内心感慨的抒发，是通过"他"的形象及与"他"有关的一系列意象来表达。"他"共出现三次，第一、二次紧紧粘连："啊，半轮的残月，像是破碎的希望他，他／头戴一顶开花帽，／身上带着铁链条，／在光阴的道上疯了似的跳，疯了似的笑"。这两个"他"既可指抒情主人公心中"破碎的希望"，是无形无影情感的形象化表现，是一种比喻，又可指怀着这"破碎的希望"的抒情主人公自身，是一个人。"他"由"半轮""残月"的比喻导引入诗，其抒情意蕴又通过肖像和行动的详细描写来表达。囚徒般落魄的面貌、绝不妥协的挣扎跳动以及跃出常态的疯笑构成一个多层面的悲剧形象，充分体现出诗人为追求自由的爱情受尽磨难、深感绝望又仍要苦苦挣扎的痛苦心情。这种疯狂而惨痛形象的出现，使本诗

◎ 徐志摩英文日记

在审美风格上突破并发展了传统琵琶声哀而不伤、精美怨婉的基调。全诗在这里形成一个情感高潮。伴随第三个"他"而出现的人物有"你"和"她"。徐志摩是个"生命诚可贵，爱情价更高"的个性主义者，诗句中的"她"既指与诗人深深相恋而又不可望及的女子，又指与爱人相关的幸福、理想等人生希望，既是实指又是象征。自由的爱情总难为现实所容，"吹糊你的灯"也就熄灭了希望之光、生命之火。爱人甜美的亲吻却隔着标志生死界限的坟墓，"坟墓"与"亲吻"这情感色彩强烈反差的事物构成一种巨大的张力，将爱情、希望与其追寻者统一于寂灭，写尽了诗人对爱的热切渴望，更写尽了诗人受尽磨难之后的凄苦、绝望。这里，"他"和"你"实际上是同一的，抒情主人公分身为一个旁观的"他"对一个当局的"你"发出如此残酷而又绝望的告示，表现出诗人对命运的深深无奈。诗的末尾部分以"灯"、"坟墓"、"她"、"亲吻"构成凄艳诡秘的氛围。这种气氛，我们常可从李贺诗歌中感受到。

　　诗人在深夜一阵悲凄的琵琶声中，把落魄困扰又"发疯似地""跳"着、"笑"着的"他"置于有"柳梢"、"残月"的"荒街"，继而又示之以"吹糊"的"灯"和"在

◎ 恩厚之：泰戈尔的英文秘书，达丁顿艺术学院院长，徐志摩的好友。

坟墓的那一边""等你去亲吻"的"她"，造成一种凄迷顽艳的独特意境。其丰富的内涵使得全诗既疑炼精致又丰润舒阔，充分传达出诗人不惜一切、热烈追求爱情又倍受苦难的惨痛心情。

极富音乐美是本诗突出的艺术特色。各诗行根据情感的变化精心调配音韵节奏。"是谁的悲思，／是谁的手指"的急切寻问和"像一阵凄风，／像一阵惨雨，／像一阵落花"的比喻排比，句型短小，音调急促清脆，如一批雨珠紧落玉盘，与作者初闻琵琶、骤生感触的情境正相谐和。而后的"夜深深"、"睡昏昏"以 eng、un 沉稳浑然的音调叠韵，为琵琶声设置了一个深厚、昏沉、寂静的背景，如一个宽厚的灰色帷幕，与前台跳跃的音调共成一个立体的世界。接着，"挑动着紧促的弦索，乱弹着官商角徵"，这稍长的句式，因多个入声字连用，其声虽又如一阵急雨，但已不再有珠圆玉润的亮色，显得阴暗惨促，正合作者深受触动、万绪将起的紊乱心境。临末，"疯了似的跳，疯了似的笑"，以入声"iào"押韵，音调促仄尖刺，正与诗中作疯狂挣扎的绝望形象一致。最后三声"等你去亲吻"的复沓，如声嘶力竭的哭喊，一声高过一声，撕人肺腑。全诗长短诗行有规律地间隔着，长句每行六个节拍，短句每行三个或四个拍，整齐且富有变化。短句诗行押韵，并多次换韵。全诗节奏鲜明，音调和谐悦耳，宛若一支琵琶曲，悲切而并不沉寂，与本诗既凄迷又顽艳的抒情风格相一致，达到了心曲与琴曲的统一，也使诗歌获得了形式上的美感。

(李玲)

翡冷翠的一夜

"起造一座墙" [①]

你我千万不可亵渎那一个字，
别忘了在上帝跟前起的誓。
我不仅要你最柔软的柔情，
蕉衣似的永远裹着我的心；
我要你的爱有纯钢似的强，
在这流动的生里起造一座墙；
任凭秋风吹尽满园的黄叶，
任凭白蚁蛀烂千年的画壁；
就使有一天霹雳震翻了宇宙，——
也震不翻你我"爱墙"内的自由！

◎ 徐志摩故居小楼的外墙

徐志摩

诗歌
80

名作欣赏

---

① 写于1925年8月，初载同年9月5日《现代评论》第2卷第39期，署名徐志摩。
后收入诗集《翡冷翠的一夜》。

赏析

　　对于爱情，徐志摩说过："我将于茫茫人海中访我唯一灵魂之伴侣；得之，我幸；不得，我命，如此而已。"足见其态度是坚决的。可是，他留学英国时与"人艳如花"的"才女"林徽因恋爱却未能成功。回国后，他与陆小曼恋爱，虽然有情人终成了眷属，但在当时社会上引起了不少的反响，遭到了很大的压力。诗人自己说："我的第二集诗——《翡冷翠的一夜》——可以说是我的生活上的又一个较大的波折的留痕。"收在这个诗集中的《起造一座墙》就是诗人当时追求坚贞爱情的自白，也是自由人生的颂歌！

　　此诗采用了对第二者讲话的形式，亲切而热烈。毫无疑问，诗中的"你"正是诗人当时爱得如醉如痴的陆小曼。"你我千万不可亵渎那一个字／别忘了在上帝跟前起的誓。"起始这两句诗便点出了诗人之爱，诗人之爱热烈而圣洁。对天起誓，这让我们看到了热恋中的男女那一番纯情与执著，投入与天真。诗人之爱，不仅与平常人之爱一样热烈、坚贞，而且多了一份美丽和想象力。古往今来不乏勇敢追求爱情的人，但在这里，爱情与"上帝"相连，实表明着诗人对爱情的理解与追求是基于特定的思想背景的，这种爱情观和"上帝"一样，是五四前后西风东渐的结果，爱情被认为是天赋人权之一，具有神圣性和正义性。正因为有这种崭新的理性认识，诗人对属于自己权利的自由爱情的追求才更加热烈、勇敢，义无反顾；感性中渗透着理性，理性更激励着感性。

　　爱情是生命之花，美丽神奇，像月似水，如清风似美酒，柔媚无比，芬芳醉人。诗人当然渴望这样的爱情："我不仅要你最柔软的柔情／蕉衣似的永远裹着我的心。"

这是一种什么样的爱情哪！诗人用了两个限定词，"最柔软的"和"永远"，写尽了他对自己爱情的忠贞与渴望。诗人还嫌这不足以表达自己的心情，又用芭蕉作比，芭蕉用外皮一层层地包裹着蕉干的心子，坚固无比，正象征着诗人的爱情；可是诗人的深意却不止这些，或不在这里，芭蕉树能没有心么？没有心它就会枯萎，诗人用芭蕉作比，意味着今日的爱情对他来说就是生命，失去了这次爱情就会失去生命！爱情，对诗人来说，不是人生的奢侈品，而是生命的必需品。

可是诗人之爱也是艰难的，持久地拥有着她不容易，诗人写道："我要你的爱有纯钢似的强／在这流动的生里起造一座墙。"在这里流露了诗人

◎ 陆小曼

内心中的一点不便明言的忧虑。爱情，就是相爱的双方彼此之间的情感，社会中各种外在的压力对这种情感起拆散作用也必须通过相爱的双方的放弃才发生，换言之，压力永远只是外因。诗人用"流动的生里"，强调人生的变动，而不强调社会这一方面，可见他意识到个人的变化才是爱情消失的主要原因。于是诗人才这样要求自己的爱人，"爱有纯钢似的强"，所谓强，就是对自己的爱人要坚定，只有坚定了才可以抵御各种社会的压力。爱情的力量来源于爱情的忠贞；只要忠贞，那种爱情才可以经风经雨，经久弥坚。

接下来诗人用三组不同的意象构成一个层层深化的语意序列："秋风吹尽满园的黄叶，""白蚁蛀烂千年的画壁"代指时间在不停地流逝，美好的东西也会一去不还；"霹雳震翻了宇宙，"就不仅是美好的东西不存在，而是一切都不存在，——即

使在这样的压力和动荡之下，彼此的爱情常在！秋风吹黄叶，白蚁蛀画壁，霹雳震宇宙，本来是或悲哀的、或丑的，或恐怖的景象，可是在诗人爱情之光的照耀下别具一种悲壮的美丽！

在前边，我说过诗人这种勇敢追求爱情的态度是在新的文化背景上发生的。这种新的爱情观的核心就在于把爱情的享有上升到人生自由权利的高度，从这个意义上说，诗人追求爱情，不单单是为了享受爱情之幸福、美满，也是确证自己的人生权利和自由选择。胡适在《追悼志摩》中说："真生命必自奋斗自求得来，真幸福亦必自奋斗得来！真恋爱亦必自奋斗自求得来！"这里不仅强调"奋斗"，更重要的是强调自我选择的自由权利，所以追求爱情在更高的层次上也就是将"自由之偿还自由。"诗人在这首诗的最后说："就使有一天霹雳震翻了宇宙，——／也震不翻你我'爱墙'内的自由！"既体现了诗人对爱情的挚着追求，也体现了诗人对自由人生的信仰。因此，这首诗既是诗人的爱情自白，也是自由人生的颂歌！

徐志摩创作《翡冷翠的一夜》前后，正和闻一多等人组织诗社，他们不满传统的呆板僵化的格律诗，也不满于五四之后有一些仅仅是分行的散文的白话诗，他们热心于输入和再造西洋体诗，努力构建一种多样化的中国特色的现代格律诗。他们运用音尺、押韵、色彩感的意象和匀称的诗行等，达到音乐美、绘画美与建筑美等三美的和谐统一。本诗就是一首从西方引进的十四行诗形式，每句字数相近，而且相关的两句诗押相近的韵：字／誓、情／心、强／墙、宙／由，这样使全诗在总体上形成了一种错落而有规律的节奏，增强了乐感；从而有助于轻灵而热烈的爱情主题的表现。

（吴怀东）

再不见雷峰①

再不见雷峰，雷峰坍成了一座大荒冢，

　　顶上有不少交抱的青葱；

　　顶上有不少交抱的青葱，

再不见雷峰，雷峰坍成了一座大荒冢。

为什么感慨，对着这光阴应分的摧残？

　　世上多的是不应分的变态；

　　世上多的是不应分的变态，

为什么感慨，对着这光阴应分的摧残？

为什么感慨：这塔是镇压，这坟是掩埋，

　　镇压还不如掩埋来得痛快！

　　镇压还不如掩埋来得痛快，

为什么感慨：这塔是镇压，这坟是掩埋。

再没有雷峰；雷峰从此掩埋在人的记忆中：

　　像曾经的幻梦，曾经的爱宠；

　　像曾经的幻梦，曾经的爱宠，

再没有雷峰；雷峰从此掩埋在人的记忆中。

　　　　　　　　　　　　　　九月，西湖。

徐志摩

诗歌

84

名作欣赏

---

①写于1925年9月，初载同年10月5日《晨报副刊》，署名志摩。

赏析

一九二四年九月二十五日，西湖边上，一座历史悠久，贮满神异传说的雷峰塔的倒掉，曾牵动引发了多少文人的诗心和感慨！

别的且不说，光是鲁迅，就有著名的系列杂文《论雷峰塔的倒掉》《再论雷峰塔的倒掉》等，一再借题议论，深沉感慨。而徐志摩对待"雷峰塔倒掉"这一事件的态度及在诗歌中的表现都是迥然有异于鲁迅的。

鲁迅眼中的雷峰塔，其景象是："但我却见过未倒的雷峰塔，破破烂烂的映掩于湖光山色之间，落山的太阳照着这些四近的地方，就是'雷峰夕照'，西湖十景之一。'雷峰夕照'的真景我也见过，并不见佳，我以为。"（《论雷峰塔的倒掉》）此真可谓一切景语皆情语。

对于徐志摩来说，雷峰塔的轰然倒塌震醒了他的"完全的梦境"！这个极其偶然的事件，不啻于是徐志摩个人理想和精神追求遭受现实的摧残而幻灭的一个预言或象征。

徐志摩不能不面对坍成一座大荒冢的雷峰塔而感叹唏嘘不已。"再不见雷峰\雷峰坍成了一座大荒冢"。描述性的起句就满蕴惋惜感喟之情。"顶上交抱的青葱"，虽象征生命的绿意，但却恰与倒坍成的废墟构成鲜明的对比，勿宁更显出雷峰塔坍成大荒冢后的荒凉。在诗歌格律上，徐志摩是"新格律体诗"热情的倡导者和实践者，他惯用相同或相似的句式(仅变更少许字眼)的重叠与复沓，反复吟唱以渲染诗情，此诗亦足以见出徐志摩在新诗格律化及音乐美方面所作的追求。第一节中，第二句与第三句相同，第四句又与第一句相同。呈现为"a，b； b，a"式的格律形式。诗行排列上，则第二、第三句都次于第一、第四句两个字格，这也是徐志摩诗歌中常见的，用意当然是希图借略有变化的"差异"与"延宕"以获得音乐的美和表情达意的效果。如此，首尾呼应、长短相间、一唱三叹，极状惋惜感喟之情。诗歌其余三节的格律也完全与第一节相同。

第二节和第三节从正反两个方面，以抒情主人公自问自答的设问形式表现出诗人主体心态的矛盾和情感的复杂。第二节对雷峰塔的倒掉，抱有明显的惋惜态度，因为诗人是把雷峰塔视如其理想追求的美好象征的。也正因此，诗人把塔的倒掉归结为"摧残"和"变态"。而注意一下"摧残"和"变态"这两个意象前的修饰语(矛盾修饰语)，则是颇有意味的。"摧残"是"光阴应分"的摧残，说明这是无可奈何的自然发展规律，"沉舟侧畔千帆过，病树前头万木春"，尤如人生的生老病死，世事之沧海桑田，除了像孔夫子那样慨叹几声"逝者如斯夫"外也别无他法。然而，"变态"呢？却又是"不应分的变态"。的确，美好的事物为什么又偏不能永在，而要遭受摧残呢？这当然是一种不公正、"不应分"的"变态"了。诗人还通过这自然界的"不应分的变态"联想到事态人情和现实人生，反复慨叹着："世上多的是不应分的变态／世上多的是不应分的变态。"这对徐志摩来说，或许可以说是夫子自道、感慨尤深吧！

在第三节中，诗人似乎总算联想到了关于雷峰塔的传说了。在传说中，雷峰塔下镇压着因追求爱情自由而遭受"不应分的变态"和"摧残"的白蛇仙女。在徐志摩看来，这塔虽然是镇压，但倒坍成坟冢也仍然是"掩埋"(而非"解放")，而且，"镇压还不如掩埋来得痛快。"这似乎是说，"掩埋"比"镇压"更彻底决绝地把追求幸福自由的弱小者永世不得翻身地埋葬在了坟茔中。正因这个原因，作者才反复咏叹："这塔是镇压，这坟是掩埋。"

雷峰塔倒掉了，依依的塔影，团团的月彩和纤纤的波鳞……它那曾被诗人特有的"诗性思维"所天真、浪漫、纯美地寄寓的所有幻梦和爱宠，都从此破灭。"再没有雷峰，雷峰从此掩埋在人的记忆中"。全诗就在徐志摩感同身受的唏嘘感慨和一唱三叹的优美旋律和节奏中，如曲终收拨，当心一划，到此戛然而止。然而，却留下袅袅之余音，让人回味无穷。

结合徐志摩的创作历程和人生经历来看，《月下雷峰影片》和《雷峰塔》都是诗人回国之初创作的，都收于诗人第一部诗集《志摩的诗》。值此之际，诗人满怀单纯的英国康桥式的资产阶级理想，如同一个母亲那样，为要"盼望一个伟大的事实出现"，"守候一个馨香的婴儿出世"（《婴儿》）。这时他的诗歌往往充满理想主义和乐观主义精神，也创造了许多优美单纯的理想化的意境——"完全的梦境"。然而，他与林徽因恋爱的破灭，与陆小曼恋爱的艰难重重，倍遭世俗反对，以及当时"五卅事件"、"三·一八"惨案等政治变故，都使诗人脆弱稚嫩的单纯信仰和美好理想遭受一次次不亚于雷峰塔倒掉的幻灭般的打击。因此，到了第二本诗集《翡冷翠的一夜》，诗风就发生了一些较明显的变化。而这首《再不见雷峰》正收于《翡冷翠的一夜》，正处于徐志摩人生历程的转折点上。

　　正是在这个意义上，我们不妨把此诗看作徐志摩信仰理想的幻灭史和心路历程的自叙状。

（陈旭光）

◎ 重修的雷峰塔

徐志摩

诗歌

87

名作欣赏

翡冷翠的一夜

"这年头活着不易" ①

昨天我冒着大雨到烟霞岭下访桂；

南高峰在烟霞中不见，

在一家松毛铺的屋檐前

我停步，问一个村姑今年

翁家山的桂花有没有去年开的媚，

那村姑先对着我身上细细的端详；

活像只羽毛浸湿了的鸟，

我心想，她定觉得蹊跷，

在这大雨天单身走远道，

倒来没来头的问桂花今年香不香。

"客人，你运气不好，来得太迟又太早；

这里就是有名的满家弄，

往年这时候到处香得凶，

这几天连绵的雨，外加风，

弄得这稀糟，今年的早桂就算完了。"

果然这桂子林也不能给我点子欢喜；

枝上只见焦萎的细蕊，

看着凄凄，唉，无妄的灾！

为什么这到处是憔悴？

这年头活着不易！这年头活着不易！

西湖，九月

诗歌
88

名作欣赏

---

①写于1925年9月，初载同年10月21日《晨报副刊》，署名鹤。

赏析

细细品味徐志摩的这首诗歌——"戏剧体"的叙事诗，我们能不能发现这首诗歌之叙事结构和表层的后面，蕴含或镶嵌着的一个"原型"象征结构？

所谓"原型"，是西方"神话－原型"批评学派常使用的中心术语，或叫"神话原型"。通俗一些并范围扩大一点讲，是指在文学作品中较典型的，反复使用或出现的意象，及意象组合结构——可以是远古神话模式的再现或流变，也可以是因为作家诗人经常使用而约定俗成形成的具有特殊象征意义的意象或意象组合结构。

徐志摩的这首《"这年头活着不易"》，其"原型"的存在也是不难发现的。

读这首诗歌，很容易让人联想到唐代诗人崔护的佳作《题城南庄》："去年今日此门中／人面桃花相映红／人面不知何处去／桃花依旧笑春风。"有心再寻"人面"，但却人去花依旧、睹物伤情，只能空余愁怅。这种"怀抱某种美好理想去专程追寻某物却不见而只能空余愁怅"的叙述结构，在中国古典诗歌中是反复出现的，差不多已成为一种原型了。

徐志摩此诗是一首戏剧体的叙事诗。诗歌里面显然包含为"新批评派"所称道的"戏剧性"的结构。整首诗歌，确像一出结构谨严而完整的戏剧：有时间，有序幕，也有情节的展开，矛盾的对抗冲突和戏剧性的对话，还有悲剧性的结局、发表议论(独白)的尾声。一开始，山雨、烟霞、云霏……仿佛是电影中的远景镜头，以一种整体情境的呈示，不期然而然地把读者(跟随着诗歌中的"我")诱导向一种"冒雨游山也莫嫌"(苏轼诗句)的盎然兴致和"访桂"的极高的"情感期待"。接着，镜头平移，推向读者的视野，"松茅"，"屋檐"，"村姑"等质朴而富于野趣的意象系列呈示使画面"定格"在中近景上；接下来是"村姑"动作表情的"特写"，"村姑"之"细细的端详"，不紧不慢，从容纾徐的说话语调，使诗歌叙述体现出和缓有致、意态从容的风格——像电影中使用长镜头那样凝重而深沉。

诗中的"桂"——这一"我"所寻访的对象，必然寄寓隐含着超出字面及"桂花"这一植物本身的意义。具体象征什么，还是请读者"仁者见仁，智者见智"吧！

如果"桂"仅仅是"桂"，何至于让一个普通村姑"故作深沉"讲哲理般地讲一大通"太迟又太早"之类不可捉摸透的"对白"，更何至于当"我"访"桂"而不遇后，满目"看着凄凄"，连连唉声叹气，叹这"无妄的灾"。这显然是"一切景语皆情语"的"诗家语"了。诗人还在诗歌最后一节的最后一句直抒胸臆，发表议论(很像戏剧中主人公的内心独白)，一连声强调"这年头活着不易！这年头活着不易！"而且，"这年头活着不易"竟也成为整首诗的标题而括示诗歌主题，并使诗歌的主题指向下降落脚到实实在在的现实生活的层面上。这与徐志摩大部分总想"飞翔"，总想逃到"另一个天国"中去的诗歌有明显的不同。

古代诗人或野趣雅致，或访古寻幽，虽"寻访不遇"而空余愁怅，却往往由此达观悟道人世沧桑，千古兴废之理，浩叹之余，深沉感慨有加，主题往往呈现出超越性的意向，徐志摩以野趣雅致起兴，却因为直面现实人生的酷烈现状，而以发出"这年头活着不易"的略显直露的主题表达而终结，主题指向却收缩下降到现实生活的实在层面上。这种"形而上"意向与"形而下"意向，超脱性题旨与粘附性题旨的区别，或许是生活时代与社会环境使然吧！

(陈旭光)

翡冷翠的一夜

在哀克刹脱(Excter)教堂前 [①]

这是我自己的身影，今晚间
　　倒映在异乡教宇的前庭，
一座冷峭峭森严的大殿，
　　一个峭阴阴孤耸的身影。

我对着寺前的雕像发问：
　　"是谁负责这离奇的人生？"
老朽的雕像瞅着我发楞，
　　仿佛怪嫌这离奇的疑问。

我又转问那冷郁郁的大星，
　　它正升起在这教堂的后背，
但它答我以嘲讽似的迷瞬，
　　在星光下相对，我与我的迷谜！

这时间我身旁的那棵老树，
　　他荫蔽着战迹碑下的无辜，
幽幽的叹一声长气，像是
　　凄凉的空院里凄凉的秋雨。

徐志摩

诗歌
91

名作欣赏

◎ 浙江的乡村教堂

---

①哀克刹脱，现通译为埃克塞特，英国城市。

◎ 徐志摩墓

他至少有百余年的经验，
　　人间的变幻他什么都见过；
生命的顽皮他也曾计数；
　　春夏间汹汹，冬季里婆娑。

他认识这镇上最老的前辈，
　　看他们受洗，长黄毛的婴孩；
看他们配偶，也在这教门内，——
　　最后看他们名字上墓碑！
这半悲惨的趣剧他早经看厌，
　　他自身痈肿的残余更不沽恋；
因此他与我同心，发一阵叹息——
　　啊！我身影边平添了斑斑的落叶！

　　　　　　　　　　一九二五，七月。

赏析

　　徐志摩的诗歌中出现过许多关于"坟墓"的意象（如《问谁》《冢中的岁月》），更描绘过"苏苏"那样的"痴心女"的"美丽的死亡"。"死亡"、"坟墓"这些关涉着生命存亡等根本性问题的"终极性意象"，集中体现了徐志摩作为一个浪漫主义诗人对生、死等形而上问题的倾心关注与执著探寻。

　　这是一篇独特的"中国布尔乔亚"诗人徐志摩的《天问》。尽管无论从情感强度、思想厚度抑或体制的宏伟上，徐志摩的这首诗，都无法与屈原的《天问》同日而语，相提并论，但它毕竟是徐志摩诗歌中很难得的直接以"提问"方式表达其形而上困惑与思考的诗篇。

　　正是在这种意义上，我认为这首并不有名的诗歌无论在徐志摩的所有诗歌中，还是对徐志摩本人思想经历或生存状况而言，都是独特的。

　　诗歌第一节先交待了时间（晚间），地点（异乡教宇的前庭），人物（孤单单的抒情主人公"我"），并以对环境氛围的极力渲染，营造出一个宁静、孤寂、富于宗教性神秘氛围与气息的情境。"一座冷峭峭森严的大殿／一个峭阴阴孤耸的身影。"这样的情境，自然特别容易诱发人的宗教感情，为抒情主人公怀念、孤独、萧瑟的心灵，寻找到或提供了与命运对话，向外物提问的契机。第二节马上转入了"提问"，徐志摩首先向寺前的雕像——当视作宗教的象征——提问："是谁负责这离奇的人生？"

　　这里，徐志摩对"雕像"这一宗教象征所加的贬义性修饰语"老朽"，以及对"雕像""瞅着我发愣"之"呆笨相"的不大恭敬的描写，还有接下去的第三节又很快将发问对象转移到其他地方，都还能说明无论徐志摩"西化"色彩如何浓重，骨子里仍然是注重现世，不尚玄想玄思、没有宗教和彼岸世界的中国人。

诗歌第三节被发问的对象是"那冷郁郁的大星"——这天和自然的象征。然而，"它答我以嘲讽似的迷瞬"——诗人自己对自己的提问都显得信心不足、仿佛依据不够。若说这里多少暴露出徐志摩这个布尔乔亚诗人自身的缺陷和软弱性，恐不为过。

第四节，抒情主人公"我"把目光从天上收缩下降到地上。中国人特有的现世品性和务实精神，似乎必然使徐志摩只能从"老树"那儿，寻求生命之迷的启悟和解答。因为"老树"要比虚幻的宗教和高不可及的星空实在的得多。在徐志摩笔下，老树同长出于土地，也是有生命的存在。老树还能"幽幽的叹一声长气，像是／凄凉的空院里凄凉的秋雨"。"老树"被诗人完全拟人化了，抒情主人公"我"平等从容地与"老树"对话，设身处地地托物言志，以"老树"之所见所叹来阐发回答人生之"死生亦大焉"的大问题。

接下去的几节中，老树成为人世沧桑的见证人，它有"百余年的经验"，见过人间变幻沉浮无数，也计算过"生命的顽皮"（似乎应当理解为充满活力的生命的活动）。无论"春夏间汹汹"，生命力旺盛，抑或"冬季里婆娑"，生命力衰萎，都是"月有阴晴圆缺"的自然规律。凡生命都有兴盛衰亡，凡人都有生老病死。无论是谁，从婴孩诞生之日起，受洗、配偶、入教……一步步都是在走向坟墓。徐志摩与"老树"一样，"早经看厌"这"半悲惨的趣剧"，却最终只能引向一种不知所措的消极、茫然和惶惑，只能像"老树"那样：

"发一阵叹息——啊！我身影边平添了斑斑的落叶！"

这里请特别注意"他自身痈肿的残余更不沾恋"一句诗。把自己的身体看成额外的负担和残余，这或许是佛家的思想，徐志摩思想之杂也可于此略见一斑。徐志摩在散文《想飞》中也表达过类似的思想："这皮囊要是太重挪不动，就掷了它，可能的话，飞出这圈子，飞出这圈子！"

综观徐志摩的许多诗文，他确乎是经常写到"死亡"的，而且"死亡"在他笔下似乎根本不恐惧狰狞，勿宁说非常美丽。

（陈旭光）

翡冷翠的一夜

海　韵①

一

"女郎，单身的女郎，
　你为什么留恋
　这黄昏的海边？——
女郎，回家吧，女郎！"
　"啊不；回家我不回，
　我爱这晚风吹："——
　在沙滩上，在暮霭里，
有一个散发的女郎——
　　　　徘徊，徘徊。

二

"女郎，散发的女郎，
　你为什么彷徨
　在这冷清的海上？
女郎，回家吧，女郎！"
　"啊不；你听我唱歌，
　大海，我唱，你来和："——
　在星光下，在凉风里，
轻荡着少女的清音——
　　　　高吟，低哦。

徐志摩　诗歌　95　名作欣赏

---

①此诗发表于1925年8月17日《晨报·文学旬刊》。

三

"女郎,胆大的女郎!

那天边扯起了黑幕,

这顷刻间有恶风波——

女郎,回家吧,女郎!"

"啊不;你看我凌空舞,

学一个海鸥没海波:"——

在夜色里,在沙滩上,

急旋着一个苗条的身影——

婆娑,婆娑。

四

"听呀,那大海的震怒,

女郎回家吧,女郎!

看呀,那猛兽似的海波,

女郎,回家吧,女郎!"

"啊不;海波他不来吞我,

我爱这大海的颠簸!"

在潮声里,在波光里,

啊,一个慌张的少女在海沫里,

蹉跎,蹉跎。

五

"女郎，在哪里，女郎？

　　在哪里，你嘹亮的歌声？

在哪里，你窈窕的身影？

　　在哪里，啊，勇敢的女郎？"

黑夜吞没了星辉，

　　这海边再没有光芒；

海潮吞没了沙滩，

　　沙滩上再不见女郎，——

　　　　再不见女郎！

赏析

　　叙述型抒情诗在徐志摩诗中占相当大的比例，《海韵》即是其中一首。在这类诗的写作中，作为叙述的语言无可避免地对阅读构成一种逼迫。这种逼迫来自现代诗——因为在传统的叙述诗，比如《孔雀东南飞》《木兰辞》中，叙述语言与抒情语言从不同层面出场、一目了然，而叙述所叙之事是已然发生或可能发生之事。而在现代诗，比如徐志摩这首《海韵》里，叙述语言和抒情语言二位一体，只有全盘通读之后才能定夺语言的叙述功能。况且，更本质意义的区别在于，现代的叙述型抒情诗叙述所叙之事，并非一种直接生活经验或可能用生活加以验证的经验(当然并非不可以想象)。

　　《海韵》这首诗究竟告诉了我们些什么呢？

　　诗歌语言的口语化、抒情倾向，意象的简洁清澈，情节的单纯和线性展开，当阅读结束时，完整的情节交待才把诗意表达予以拢合。单身女郎徘徊——歌唱——急舞婆娑——被淹入海沫——从沙滩消失。这并非一个现实中失恋自殁的故事。然而，说到底，徐志摩又用了这样或类似这样故事的情节。徐志摩的这类诗仍是接受了传统叙事诗的基本构思模式，即人物有出场和结局，情节有起伏高潮。但是，这个人物是虚拟化的人物，这个情节是放大的行为"可能"。在《海韵》里，单身女郎并不要或可以不必包含生活意味、道德承诺、伦理意愿，她既不像刘兰芝也不像花木兰，也不是现实生活中具体的"某一个"，她只是一种现代生活中的"可能"，因此，这个她的徘徊、歌唱、婆娑、被淹和消失，只不过是"可能发生的行为过程的放大"，这正是《海韵》的全新之处。女郎、大海和女郎在大海边的行为事件，都由于是悬置的精神现状的象征而显得格外逼迫、苍茫。由于象征，叙述语言能指意义无限扩张，整首诗远远超出了传统叙述诗的诗意表达。虽然《海韵》的语言相当简洁单纯，其包容的蕴含、宽度和复杂性却可以在阅读中反复被体验、领悟。

在第一节中，散发的单身女郎徘徊不回家，令人牵念，而她的回答仅是"我爱这晚风吹。"大海如生活一样险恶，又永远比生活神秘，它的永恒性令人神往。远离生活的孤独的女郎要求"大海，我唱，你来和"，其要求不仅大胆狂妄，而正因其大胆狂妄，对永恒的执著才显坚定。因此当恶风波来临，她要"学一个海鸥没海波"。海鸥是大海的精灵，精神和信念是人类的翅羽，女郎虽然单薄，她的信念却坚定不移。但无情的大海终于要吞没这"爱这大海的颠簸"的女郎！与大自然和永恒的搏斗是一场永恒的搏斗。女郎的"蹉跎"由此变得悲凉。然而，难道女郎真正被击败、彻底消失了吗？在海明威的《老人与海》里，老人空手而归，"人是不能被打败的"精神却从此充满了人类心灵。茨威格的散文名篇《海的坟墓》以音乐的永恒旋律讴歌了人类不灭的追寻意志。徐志摩的《海韵》终于以急促的呼寻、形而上的追问、浓郁的抒情将全诗推向高潮，留给读者的是广阔的、深远的思想空间。"女郎，在哪里，女郎？/ 在哪里，你嘹亮的歌声？/ 在哪里，你窈窕的身影？/ 在哪里，啊，勇敢的女郎？"寻求过，搏击过，歌唱过，因此才称得勇敢，因此仍将被讴歌，再成为追寻的源头！《海韵》是在最后一节杰出地完成了海的永恒韵律的模仿。

徐志摩《海韵》构思对传统叙述诗模式的借鉴，或许使他最终没有创构一种新的叙述抒情表达方式，这当然是很大的遗憾。但就《海韵》这首诗而言，表达方式仍有自己的独特之处。一方面诗人对诗歌的"故事性"有着倾心的迷恋，另方面他又并没有以叙述者"我"的方式在诗中出现，他不但不对"我"作出表达，而且将"我"隐在整个故事后面，让故事在两个人物的抒情对白中从容不迫地展开。这样，就使叙述型抒情诗的诗意表达有了双重效果，一面是故事中人物自身的抒情，另一面是叙述诗人强烈的情感倾向。《海韵》五个部分各自独立的抒情效果不可以忽视，而各个独立部分的抒情最终在结尾处汇合，与诗人的思想意向、抒情合为交响，就形成了抒情高潮。

（荒林）

苏 苏 [1]

苏苏是一痴心的女子，
　　像一朵野蔷薇，她的丰姿；
　　像一朵野蔷薇，她的丰姿
来一阵暴风雨，摧残了她的身世。

这荒草地里有她的墓碑
　　淹没在蔓草里，她的伤悲；
　　淹没在蔓草里，她的伤悲——
啊，这荒土里化生了血染的蔷薇！

那蔷薇是痴心女的灵魂，
　　在清早上受清露的滋润，
　　到黄昏里有晚风来温存，
更有那长夜的慰安，看星斗纵横。

你说这应分是她的平安？
　　但运命又叫无情的手来攀，
　　攀，攀尽了青条上的灿烂，——
可怜呵，苏苏她又遭一度的摧残！

徐志摩

诗歌
100

名作欣赏

---

① 写于1925年5月5日，初载同年12月1日《晨报七周年纪念增刊》，署名徐志摩。

赏析

作为一个毕生追求"爱、自由、美"三位一体的"布尔乔亚"诗人——徐志摩，不用说对美好事物的遭受摧残和被毁灭是最敏感而富于同情心的了。

诗歌《苏苏》也是徐志摩这类题旨诗歌中的佳作。此诗最大的特点，是想象的大胆和构思的奇特。它写一个名叫"苏苏"的痴心姑娘之人生不幸遭际，却不像一般的平庸、滞实的诗歌那样，详细叙写主人公的现实人生经历，以写实性和再现性来表现主旨，而是充分发挥诗人为人称道的想象和"虚写"的特长，以极富浪漫主义风格的想象和夸张拟物，重点写出了苏苏死后的经历与遭遇。这不啻是一种"聊斋志异"风格的"精变"。是仙话?还是鬼话?抑或童话?或许兼而有之。从中国古代诗歌传统看，以香花美草拟喻美人是屡见不鲜的。但大多仅只借喻美人生前的美丽动人和纯洁无邪。而在这首诗中，徐志摩不但以"野蔷薇"借喻"苏苏"生前的美丽动人——"像一朵野蔷薇，她的丰姿"；更以苏苏死后坟地上长出的"野蔷薇"，来拟喻苏苏的"灵魂"。如此，苏苏的拟物化(苏苏→蔷薇)和蔷薇的拟人化(蔷薇→苏苏)就叠合在一起了；或者说，以"野蔷薇"比喻苏苏的丰姿是明喻其"形"，而以苏苏死后坟墓上长山野蔷薇来象征苏苏则是暗喻其"神"，如此，形神俱备，蔷薇与苏苏完全融为一体，蔷薇成为苏苏的本体象征。

全诗正是以蔷薇为线索，纵贯串接起苏苏的生前死后——生前只占全诗四个时间流程的四分之一。

苏苏生前，痴心纯情，美丽如蔷薇，然而却被人间世的暴风雨无情摧残致死；

苏苏死后，埋葬在荒地里，淹没在蔓草里，然而，灵魂不死，荒土里长出了

"血染的蔷薇";

　　蔷薇一度受到了宽厚仁慈的大自然母亲的温存抚爱和滋润养育，并暂时从痛苦中解脱出来。"清露的滋润"、"晚风的温存"，"长夜的慰安"，"星斗的纵横"……挚爱着自然并深得其灵性的诗人徐志摩寥寥几笔，以看似轻松随意实则满蕴深挚情怀的自然意象，写出了大自然的宽厚与温情。

　　最后一段的情节逆转，体现出诗人构思的精巧和独具的匠心。野蔷薇——苏苏死后的灵魂，暂得温存安宁却不能持久，"但命运又叫无情的手来攀／攀，攀尽了青条上的灿烂——"。在此蔷薇遭受"无情的手"之摧残之际，使得一直叙事下来的诗忍不住站出直接议论和抒情："可怜呵，苏苏她又遭一度的摧残。"

　　无疑，浪漫主义的"童话式"想象和匠心独具的奇巧构思以及诗人主体对美好事物遭受摧残的深广人道主义同情心，使此诗获具了深厚内蕴的含量和浓郁撩人的诗情及感染力。

　　艾青在《中国新诗六十年》中关于徐志摩"在女人面前特别饶舌"的嘲讽批评自然未免稍尖刻了一些，但若说徐志摩对柔弱娇小可爱的美好事物（美丽的女性自然包括其中）特别深挚，充满怜爱柔情，当是不假。这首诗歌《苏苏》，满溢其中的便是那样一种对美好事物遭受摧残而引起的让人心疼心酸的怜爱之情。全诗虽是叙事诗的体制和框架，但情感的流溢却充满着表面上仅只叙事的字里行间——叙事，成为了一种"有意味的叙事"！尤其是最后一节的几句：

　　"但运命又叫无情的手来攀，

　　攀，攀尽了青条上的灿烂，——"

　　三个"攀"字的一再延宕，吞吞吐吐，仿佛作者实在是舍不得下手，不忍心让那"无情的手"发出如此残酷的一个动作。

　　当然，独特的徐志摩式的诗歌语言格律安排和音乐美追求，也恰到好处地使诗情一唱三叹，撩人心动。

　　诗歌的前三节，格律形式都是每节押一个韵脚，句句用韵，而且二、三句完全重复，但第一、第四句不重复，而是在语义上呈现出递进和展开的关系。这跟《再不见雷峰》及《为要寻一颗明星》的格律形式略有些不同，这两首诗不但第二、第三句相同，就连第一、第二句也基本重复，即"ab；ba"式。在《苏苏》中，循环往复中暗蓄着递进和变化，尤如在盘旋中上升或前进，步步逼近题旨的呈现。只有在第四节，格律形式上表现出对徐志摩来说难能可贵的"解放"。第二、第三句并不相同，而且最后一句是直抒胸臆。这也许一则是因为如上所分析的表达"攀"这一动作的一再延宕所致；二则，或恐是徐志摩"意溢于辞"，为了表达自己的痛惜之情而顾不上韵律格调的严格整齐了。这或许可称为"意"对于"辞"的胜利。当然，因为有前面三节的铺垫和一唱三叹的喧染，也并没有使徐志摩最后的直抒胸臆显得过于直露牵强，而是水到渠成，恰到好处地点了题，直接升华了情感。

（陈旭光）

◎ 徐志摩的故居后园

猛虎集

阔 的 海 [1]

阔的海空的天我不需要,

我也不想放一只巨大的纸鹞

上天去捉弄四面八方的风;

我只要一分钟

我只要一点光

我只要一条缝, ——

像一个小孩爬伏

在一间暗屋的窗前

望着西天边不死的一条

缝, 一点

光, 一分

钟。

①写作时间不详。发表报刊不详。

赏析

　　一天到晚老"想飞"（同名散文），总想"云游"（同名诗歌），总是以忘情而淋漓尽致、潇洒空灵的笔墨写他所向往之"飞翔"的徐志摩，竟然在这首诗中绝决然宣称：

> "阔的海空的天我不需要，
> 　我也不想放一只巨大的纸鹞
> 　上天去提弄那四面八方的风"

　　岂非咄咄怪事！

　　徐志摩在他为数并不算很多的诗文中多次描写过"飞翔"，"飞翔、飞翔、飞翔"（《雪花的快乐》），这几乎已成为他个人创作心理的某种挥之难去的深刻情结，也成为其诗歌本文中反复出现的，某种充满动感的"姿势"和"幻像"，成为一种经由个人私设象征而沟通整个人类的飞翔之梦，并上升到公共本体象征的"原型意象"。

　　而于各种各样的飞翔中，尤为令徐志摩神往的恰恰是那种庄子"逍遥游"式的"怒而飞，其翼若垂天之云……背负青天而莫之夭阏者"的"壮飞"！他宣称："要飞就得满天飞，风拦不住云挡不住的飞，一翅膀就跳过一座山头，影子下来遮得阴二十亩稻田的飞……"

　　何其壮观！何其逍遥！

然而，此刻，作者竟宣称放弃所有这些壮观和逍遥，宣称无疑象征自由的"阔的海空的天""我不需要"？！这里面，满溢着诗人理想幻灭的几许沉重？几许"浓得化不开"的悲凉？

　　在这里，一个天真浪漫的理想主义者的希望显得如此的卑微，渺小而可怜：不再是"壮飞"和"云游"的奢望，而只是"一分钟"的时间，"一点光"的明亮和"一线天"似"一条缝"的希望。

　　作者接着以破折号强调并刻画出一幅令人终身难忘的画面：一个小孩——"小孩"当然是纯真、新鲜、生命刚开始，希望刚萌生，绝对应该拥有更多的光明，更美好的希望、更开阔的自由与更长远的生命力的"宁馨儿"——

> "在一间暗屋的窗前
> 望着西天边不死的一条
> 缝，一点
> 光，一分
> 钟。"

　　这个画面具有一种类似电影中镜头"定格"的强烈视觉效果，像明暗反差极大的黑白片镜头，感官刺激尤其强烈。"一分钟"这一时间意象，在这里同时起到了两种作用：一者，"一分钟"对应作者前面宣称的"我只要"，仿佛总算达到了如此卑微可怜、时间上仅需"一分钟"的希望；另者，"一分钟"本身作为表达客观物理时间长度的语词，势必在读者的阅读想象中，留下短促而凝固暂停的"定格"般的阅读效果。

　　这首诗歌，明显使用了为西方"新批评派"所推崇的"反讽"的手法。在语言陈述上，深究一点的话，则是使用了"反讽"方式中主要的一种"——"夸大陈述"性的"反讽"。所谓"反讽"，就是正话反说，言在此而意在彼。所谓"夸大陈述"，则是假情假意地夸张，然而，却大言若反，暗示相反的性质。我们正应该从"反讽"的角度来更好地理解这首诗歌。

　　诗歌一开篇如"石破天惊逗秋雨"般先声夺人的几个"我不要"的宣称，无疑正是一种"夸大陈述"。诗人正是因为太想要"阔的海空的天"了，才会这样说，才会像一个顽强爬伏追求的小孩那样，孜孜以求"一条缝"、"一点光"、"一分钟"。可以说，追求光明的可怜、卑微而顽强执著正反衬出一片"阔的海空的天"——这"自由与光明"的象征——对于每一个有生命的人来说是何等的重要。

这首诗歌不但在局部语言技巧上使用了"反讽"的手法，在整个诗篇总体结构安排上，也同样成功地使用了"反讽性"的"张力结构"。

标题"阔的海"与最后所追求的结局，构成了"反讽性"的强烈对比效果。诗歌句子的展开和排列，从"阔的海空的天"开始，最后可怜巴巴地被挤兑成"一条缝"似的狭窄的短暂的时间。作者明显有意识地在句子排列上注重视觉效果的强调，整篇诗歌呈现出"倒三角形"(▽)的形状。"缝"、"光"、"钟"排成整齐而局促的一条线，"一分钟"的"钟"最后孤零零地单独成行……所有这些，都不难见出诗人独具的匠心和深刻的寓意，足以让读者想见追求光明与"阔的海空的天"之艰难，又充分揭示出此种追求对于人之必然而然的"天性"性质。

（陈旭光）

◎ 徐志摩故居：当年硖石镇独一无二的西式小楼。

再别康桥①

轻轻的我走了，
　　正如我轻轻的来；
我轻轻的招手，
　　作别西天的云彩。

那河畔的金柳
　　是夕阳中的新娘
波光里的艳影，
　　在我的心头荡漾。

软泥上的青荇，
　　油油的在水底招摇；
在康河的柔波里，
　　我甘心做一条水草。

那树荫下的一潭，
　　不是清泉，是天上虹
揉碎在浮藻间，
　　沉淀着彩虹似的梦。

---

①写于1928年11月6日，初载1928年12月10日《新月》月刊第1卷第10号，署名徐志摩。

寻梦?撑一支长篙，
　　向青草更青处漫溯，
满载一船星辉，
　　在星辉斑斓里放歌。

但我不能放歌，
　　悄悄是别离的笙箫；
夏虫也为我沉默，
　　沉默是今晚的康桥!

悄悄的我走了，
　　正如我悄悄的来；
我挥一挥衣袖，
　　不带走一片云彩。

十一月六日

◎ 伦敦剑桥叹息桥

康桥，即英国著名的剑桥大学所在地。1920年10月—1922年8月，诗人曾游学于此。康桥时期是徐志摩一生的转折点。诗人在《猛虎集·序文》中曾经自陈道：在24岁以前，他对于诗的兴味远不如对于相对论或民约论的兴味。正是康河的水，开启了诗人的性灵，唤醒了久蛰在他心中的诗人的天命。因此他后来曾满怀深情地说："我的眼是康桥教我睁的，我的求知欲是康桥给我拨动的，我的自我意识是康桥给我胚胎的。"（《吸烟与文化》）

1928年，诗人故地重游。11月6日，在归途的南中国海上，他吟成了这首传世之作。这首诗最初刊登在1928年12月10日《新月》月刊第1卷第10号上，后收入《猛虎集》。可以说，"康桥情结"贯穿在徐志摩一生的诗文中；而《再别康桥》无疑是其中最有名的一篇。

第1节写久违的学子作别母校时的万千离愁。连用三个"轻轻的"，使我们仿佛感受到诗人踮着足尖，像一股清风一样来了，又悄无声息地荡去；而那至深的情丝，竟在招手之间，幻成了"西天的云彩"。第2节至第6节，描写诗人在康河里泛舟寻梦。披着夕照的金柳，软泥上的青荇，树荫下的水潭，一一映入眼底。两个暗喻用得颇为精到：第一个将"河畔的金柳"大胆地想象为"夕阳中的新娘"，使无生命的景语，化作有生命的活物，温润可人；第二个是将清澈的潭水疑作"天上虹"，被浮藻揉碎之后，竟变了"彩虹似的梦"。正是在意乱情迷之间，诗人如庄周梦蝶，物我两忘，直觉得"波光里的艳影／在我的心头荡漾"；并甘心在康河的柔波里，做一条招摇的水草。这种主客观合一的佳构既是妙手偶得，也是千锤百炼之功；第5、6节，诗人翻出了一层新的意境。借用"梦／寻梦"，"满载一船星辉，／在星辉斑斓里放歌"，"放歌，／但我不能放歌"，"夏虫也为我沉默／沉默是今晚的康桥"四个叠句，将全诗推向高潮，正如康河之水，一波三折！而他在青草更青处。星辉斑斓里跹足放歌的狂态终未成就，此时的沉默而无言，又胜过多少情语啊！最后一节以三个"悄悄的"与首阙回环对应。潇洒地来，又潇洒地走。挥一挥衣袖，抖落的是什么？已毋须赘言。既然在康桥涅槃过一次，又何必带走一片云彩呢？全诗一气呵成，荡气回肠，是对徐志摩"诗化人生"的最好的描述。胡适尝言："他的人生观真是一种'单纯信仰'，这里面只有三个大字：一个是爱，一个是自由，一个是美。他梦想这三个理想的条件能够会合在一个人生里，这是他的'单纯信仰'。他的一生的历史，只是他追求这个单纯信仰的实现的历史。"（《追悼徐志摩》）果真如此，那么诗人在康河边的徘徊，不正是这种追寻的一个缩影吗？

徐志摩是主张艺术的诗的。他深崇闻一多音乐美、绘画美、建筑美的诗学主张，而尤重音乐美。他甚至说："……明白了诗的生命是在它的内在的音节(Internal rhythm)的道理，我们才能领会到诗的真的趣味;不论思想怎样高尚，情绪怎样热烈，你得拿来彻底的'音乐化'（那就是诗化)，才能取得诗的认识，……"（《诗刊放假》)。反观这首《再别康桥》：全诗共七节，每节四行，每行两顿或三顿，不拘一格而又法度严谨，韵式上严守二、四押韵，抑扬顿挫，朗朗上口。这优美的节奏像涟漪般荡漾开来，既是虔诚的学子寻梦的跫音，又契合着诗人感情的潮起潮落，有一种独特的审美快感。七节诗错落有致地排列，韵律在其中徐行缓步地铺展，颇有些"长袍白面，郊寒岛瘦"的诗人气度。可以说，正体现了徐志摩的诗美主张。

（王川）

黄 鹂①

一掠颜色飞上了树。
"看，一只黄鹂！"有人说。
翘着尾尖，它不作声，
艳异照亮了浓密——
像是春光，火焰，像是热情，

等候它唱，我们静着望，
怕惊了它。但它一展翅，
冲破浓密，化一朵彩云；
它飞了，不见了，没了——
像是春光，火焰像是热情。

---

①写作时间不详，初载1930年2月10日《新月》月刊第2卷第12号，署名徐志摩。

赏析

　　《黄鹂》这首诗最初刊载于1930年2月10日《新月》月刊第2卷第12号上，后收入《猛虎集》。

　　诗很简单：写一只黄鹂鸟不知从哪里飞来，掠上树梢，默不作声地伫立在那里，华丽的羽毛在枝桠间闪烁，"艳异照亮了浓密——／像是春天，火焰，像是热情。"于是招来了我们这些观望的人(诗人？自由的信徒？泛神论者？)，小心翼翼地聚集在树下，期待着这只美丽的鸟引吭高歌。可是它却"一展翅"飞走了：

> 冲破浓密，化一朵彩云；
> 它飞了，不见了，没了——

于是带走了春天，带走了火焰，也带走了热情。

　　这首诗意不尽于言终。如果我们鉴品的触角仅仅满足于诗的表象，那我们将一无所获。这就要求我们必须寻找这首诗的深层结构，或如黑格尔所言，寻找它的"暗寓意"(《美学》第二卷，13页)。在这个意义上说，《黄鹂》实际上已经成为一篇类寓言；或曰，一首象征的诗。

　　指出徐志摩诗中象征手法的存在，对于我们理解他的诗艺不无裨益。因为诗人对于各种"主义"腹诽甚多。早在1922年的《艺术与人生》一文中，他就批评中国新诗表面上是现实主义，骨子里却是根本的非现实性；此外还有毫不自然的自然主义，以及成功地发明了没有意义的象征的象征主义。其结果是虽然达到了什么主义，却没有人再敢称它为诗了。在后来写就的《"新月"的态度》(1928)中，他又对当时文坛上的13个派别大举讨伐之师。然而腹诽归腹诽，在具体的艺术实践中，他还是兼收并蓄，广征博引，真正"把创格的新诗当一件认真事做"(《诗刊弁言》)。所以他的诗并非千人一面，一律采取单调的直线抒情法，而是尽可能地运用各种风格和手法，以达到最完美的艺术效果。《黄鹂》中象征的运用，便是一个明证。

指出《黄鹂》是一首象征的诗，并不意味着我们就可以指出"黄鹂"形象具体的所指。作者最初的创作意图已经漫漶不清了，但也并非无迹可寻，甚至在诗中我们也可以捕捉到一些宝贵的启示。首先应该注意到，在这首诗中诗人并没有选择"我"这一更为强烈的主体抒情意象作为这首诗的主词，而是采用了"我们"这种集体性的称谓。作为一群观望者，"我们"始终缄默无言(我们静着望，／怕惊了它)，流露出一种"流水落花春去也"的无奈情绪。不过"我们"作为群体性的存在，至少明确了一件事，即："黄鹂"的象征意义不只是对"我"而言的。其次，诗中两次出现的"像是春光，火焰，像是热情"的比喻，也给我们重要的提示。因为无论是春光，火焰，还是热情，都寓指了一种美好的东西，而这种东西已经"不见了"。由此我们可以想到韶光易逝，青春不回，爱情并非不朽的，等等。因此要想确定"黄鹂"的形象具体的意指，还必须联系到徐志摩当时的思想状况来分析。

我们知道，诗人刚回国时踌躇满志，意气风发。他联合了一群志同道合的朋友成立新月社，准备在社会上"露棱角"。他将自己的高世之志称为"单纯信仰"，胡适则洗炼地将其概括为"爱、自由、美"三个大字。正因了这"单纯信仰"，他拒绝一切现实的东西，追求一种更完满、更超脱的结局。在政治上则左右开弓，以至于有人认为"新月"派是当时中国的第三种政治力量。然而在现实面前，任何这类的"单纯信仰"都是要破灭的。世易时移，再加上家庭罹变，诗人逐渐变得消极而颓废。他感染上哈代的悲观主义情绪，"托着一肩思想的重负，／早晚都不得放手"(《哈代》)正是他彼时心情的写照。人们总以为徐志摩活得潇洒，死得超脱，蔡元培的挽联上就写着：

　　　　谈话是诗，举动是诗，毕生行迳都

　　　　　是诗，诗的意味渗透了，随遇自有东土；

　　　　　　乘船可死，驱车可死，斗室生卧也

　　　　可死，死于飞机偶然者，不必视为畏途。

　　可又有谁知道诗人心中的滋味呢？由是观，我认为"黄鹂"的形象正象征他那远去的"爱、自由，美"的理想；而徐志摩们也只能无奈地观望，年青时的热情被那只远去的黄鹂鸟带得杳无踪迹了。

　　有人认为"黄鹂"的形象是雪莱"云雀"形象的再现。若果此说成立，那么我想也是反其意而用之。《云雀》中那种张扬挺拔的热情在《黄鹂》中已经欲觅无痕了。

（王川）

◎　徐志摩

生 活 ①

阴沉，黑暗，毒蛇似的蜿蜒，
生活逼成了一条甬道：
一度陷入，你只可向前，
手扪索着冷壁的粘潮，

在妖魔的脏腑内挣扎，
头顶不见一线的天光
这魂魄，在恐怖的压迫下，
除了消灭更有什么愿望？

五月二十九日

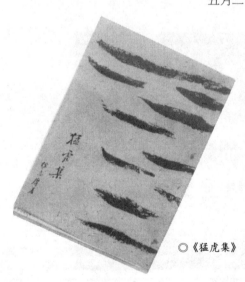

◎《猛虎集》

①写于1928年5月29日，初载1929年5月10日《新月》月刊第2卷和3号，署名志摩，后收入诗集《猛虎集》。

赏析

　　好的诗都是用真诚和生命写就的。古今中外很多成功的文学作品表现的是悲剧性的，或苦难的人生经历或感受；从某种意义上说，艺术的美不仅是作家艰苦劳动的结果，也是以作者在生活中的坎坷、甚至牺牲为代价的。《生活》可以说是这样的作品。

　　《生活》是一曲"行路难"。

　　"阴沉，黑暗，毒蛇似的蜿蜒／生活逼成了一条甬道。"诗人在全诗一开始便以蓄愤已久的态度点题"生活"。作者避免了形象化的直观性的话语，直接采用感情色彩非常明显而强烈的形容词对"生活"的特征进行揭示，足见诗人对"生活"的不满甚至仇恨。社会本来应该为每个人提供自由发展的广阔舞台，现在却被剥夺了各种美好的方面，简化成也就是丑化为"一条甬道"。不仅狭窄，而且阴沉、黑暗，一点光明和希望都没有，更甚者是它还像"毒蛇似的蜿蜒"曲折、险恶、恐惧。

　　然而更可悲的是人无法逃避这种"生活"。生活总是个人的具体经历，人只要活着，就必须过"生活"；现在"生活"成了"一条甬道"，人便无可选择地被挟持在这条绝望线中经受痛苦绝望的煎熬："一度陷入，你只可向前"，"前方"是什么呢？诗人写道："手扣着冷壁的粘潮／在妖魔的脏腑内挣扎／头顶不见一线的天光"，这几句诗仍然扣着"生活逼成了一条甬道"这一总的意象，但是却把"甬道"中的感受具体化了。在这条甬道中没有温情、正直、关怀，在伸手不见五指的黑暗中扶壁而行，感受到的是冷壁和冷壁上的粘潮；这里没有空气，没有出路，没有自主的权利，像在妖魔的脏腑内令人窒息，并有时刻被妖魔消化掉的危险；这里没有光明，一切丑恶在这里滋生、繁衍，美好和生命与黑暗无缘，而丑恶总是与黑暗结伴而行。对人的摧残，身体上的重荷与艰难还是其次的，气氛的恐怖以及信仰的毁灭、前途的绝望可以轻而易举地摧毁人的精神；最后两句诗正揭示了这种痛苦的人生经验："这魂魄，在恐怖的压迫下／除了消灭更有什么愿望？"

这首诗很短，却极富有感染力；这种感染力得以实现与诗人选择了一个恰到好处的抒情视角有直接关系。在本诗中，诗人把"生活"比喻成"甬道"，然后以这一意象为出发点，把各种丰富的人生经验浓缩为各种生动的艺术形象，"陷入"——"挣扎"——"消灭"揭示着主体不断的努力，而"毒蛇"、"冷壁"、"妖魔"、"天光"等等意象则是具体揭示"甬道"的特征，这些意象独立看并无更深的意义，但在"生活"如"甬道"这一大背景下组合起来，强化了"生活"的否定性性质。诗虽小，却如七宝楼台，层层叠叠，构成一个完整的精美的艺术世界。

我们应该突破语义层，走入诗人的内心世界，去和痛苦的诗人心心相印。

面对生活的种种丑恶与黑暗，诗人拒绝了同流合污，毫不犹豫地选择了在其中挣扎，挣扎就是抗争，挣扎需要力量和勇气，而面对强大的不讲究善与美的对手的挣扎，命中注定是要失败的，因此，这种挣扎除了需要与对手抗争的力量和勇气之外，还必须面对来自自己精神世界的对前途的绝望的挑战，这正如深夜在长河中行船，要想战胜各种激流险滩，首要的是航行者心中要有一片光明和期待。这首诗正是诗人直面惨淡的人生时对经验世界与人生的反省，是对生活真谛的追问。然而诗人自我追问的结论却是不仅对世界，而且对自己既定追求的绝望，这样产生影响的不是发现了世界的丑恶，而是发现了自己生活的无意义，于是诗人在最后才说："这魂魄，在恐怖的压迫下／除了消灭更有什么愿望？"最可悲的就是这样的结局：个人主动放弃生活。放弃的痛苦当然从反面印证着对生活的热烈期待，但这种对生活的最热烈的挚爱却导致对生活的根本否定，生命的逻辑真是不可思议。对这种生活态度的最好剖析还是诗人自己的话："人的最大悲剧是设想一个虚无的境界来谬骗你自己；骗不到底的时候，你就得忍受幻灭的莫大痛苦。"（《自剖》）这首诗的好处不在于对社会的批判;作为心灵的艺术,其感人之处在于它昭示了生命的艰难、选择的艰难。

　　徐志摩是一位飘然来又飘然去的诗人(《再别康桥》),似乎潇洒浪漫,实际上他承受着太多的心灵重荷。在这首诗中,他对生活和人生给予了否定性的评价,事实上他并没有抛弃生活,而命运却过早地结束了他的生命。但是,诗人的诗久经风雨却还活着,它用艺术的美好启示我们去追求美好的生活。

　　　　　　　　　　　　　　　　　　　　　　(吴怀东)

◎ 徐志摩故居大门望进去。

徐志摩　诗歌　名作欣赏

残 破[①]

一

深深的在深夜里坐着：

当窗有一团不圆的光亮，

风挟着灰土，在大街上

小巷里奔跑：

我要在枯秃的笔尖上袅出

一种残破的残破的音调，

为要抒写我的残破的思潮。

二

深深的在深夜里坐着：

生尖角的夜凉在窗缝里

妒忌屋内残余的暖气，

也不饶恕我的肢体：

但我要用我半干的墨水描成

一些残破的残破的花样，

因为残破，残破是我的思想。

三

深深的在深夜里坐着，

左右是一些丑怪的鬼影：

焦枯的落魄的树木

在冰沉沉的河沿叫喊，

---

①写于1931年3月，初载1931年4月《现代学生》第1卷第6期，署名徐志摩，后收入《猛虎集》。

比着绝望的姿势，
正如我要在残破的意识里
重兴起一个残破的天地。
四
深深的在深夜里坐着，
闭上眼回望到过去的云烟；
啊，她还是一枝冷艳的白莲，
　斜靠着晓风，万种的玲珑；
但我不是阳光，也不是露水，
我有的只是些残破的呼吸，
　如同封锁在壁橼间的群鼠
追逐着，追求着黑暗与虚无！

◎《志摩日记》早期版本——晨光文学丛书

赏析

　　一九三一年十一月，诗人徐志摩乘坐的飞机在济南附近触山而机毁人亡。诗人正值英年，非正常的辞世，可以说他的人生是残破的；回过头来看，他死之前几个月发表的诗作《残破》恰成了他自己人生的谶语。诗人人生的残破，不仅指在世时间的短暂及辞世之突然与意外，其实诗人在世时感觉更多的是生之艰难，《残破》正是诗人的长歌当哭。

　　全诗由四小节组成。每一节的开始都重复着同一句诗："深深的在深夜里坐着"，它是全诗诗境的起点，一开始就在读者心头引起了冷峻扑面的感觉，并且通过多次重现，强化了读者的这种感觉，它就像一首宏伟乐章中悲怆的主弦律。它描述了一个直观的画面：天与地被笼罩在一片灰暗里面，夜深人寂，一个人没有如常人那样睡觉，不是与好友作彻夜畅谈，更不是欣赏音乐，而是孤独地坐着。这种反常便刺激着读者的想象力：别的人都是在睡梦中在不知不觉中度过黑暗、寒冷、凄惨甚至恐怖的漫漫长夜，而他却坐着，他肯定是因为什么不顺心的事而长夜难眠，而长夜难眠不仅不能消解或逃离不顺心，反而使他感受到常人看不到的夜的阴暗与恐惧，于是他自然而然多了一份对生活和人生的反省和思索。显然，作为一首抒情诗，就不能把这个画面理解为写实，既然它已经作为诗句进入全诗的总体结构中，进入了读者的审美期待视野，它便增殖了审美效应，它必然具有象喻意义。黑夜具有双重意义，一个是坐着的自然时间，一个是生存的人文时间，后者的意义是以前者为基础生发出来的。这样，环境与人，夜与坐者便构成了一对矛盾关系。诗句强调了夜之深，这表明夜的力量之强大，而人采取了一种超乎寻常的姿态，则表明主体的挣

◎ 沈从文手绘白马山徐志摩遇难处

扎与反抗。第一句诗在全诗中屡次复现，就是把环境与人的冲突加以展开，从而可以表明这一冲突的不可调和性、尖锐性。

"当窗有一团不圆的光亮／风挟着灰土，在大街上／小巷里奔跑。"作者为了加强夜的质感，用描写的笔调对夜进行铺展。明亮的月光让人心旷神怡，可这里的月亮是不圆的，残缺的，光线是隐约而灰暗的，在朦胧中生命被阻止了活动，只有风在呜呜地追逐着，充满了大街和小巷，传布着荒凉和恐惧。生存环境的险恶激起了"坐者"对生存方式的思考，对生存本真意义的追索："我要在枯秃的笔尖上袅出／一种残破的残破的音调／为要抒写我的残破的思潮。"面对生命的艰难，作为主体的人并没有畏惧、退缩，尽管"思潮"残破了、"音调"残破了、"笔尖"枯秃了，但生命仍要表达。在这里，关键的不是表达什么，而是表达本身，选择了表达这一行动足以昭示生存的顽强、生命的韧性。至此在第一节里环境与人的矛盾得到了第一次较量和展示。

为了突出夜的否定性品质，作者在第二节则把笔触由对屋外的光亮、声音的描写转移到室内的气温上，在第三节则由实在的环境构成硬件转移到树影等较空灵的氛围因素上。诗人把这些环境因素诗化，把它们涂染上社会意义，并在社会意义这一层面上组织成统一的诗境。

前三节偏重于正面描写或揭露夜的否定性构成，第四节则写它们形成一致的力量摧毁了美丽："啊，她还是一枝冷艳的白莲／斜靠着晓风，万种的玲珑／但我不是阳光，也不是露水……"。"白莲"象征着美好的爱情，美好的理想等等一切人所追求的、高于现实的事物。白色的莲花，在晨风中袅娜地盛开，亭亭玉立，并且散发着幽微的清香，她美丽却不免脆弱，唯其美丽才更加脆弱，她需要露水的滋润，她需要阳光的抚慰。可是，"我却不是阳光，也不是露水"，"我"无法保护她、实现她，结果她只有死亡。美好东西的毁灭是特别让人触目惊心的。人生如果失去了理想和追求，就像大自然失去了鲜花和绿色，一片荒芜；在这种条件下，人要想生存，或者说只要存在着，人就如生活在黑暗中的老鼠一样猥琐、毫无意义。

诗题叫"残破"，世界残破得只剩下黑暗、恐怖，而人也只能活得像老鼠，这人生自然也是残破的。残破的人生是由残破的社会造成的，诗人正是用个人的残破批判残破的社会。

作者选择"夜"作为抒情总起点，但是并没有沦于模式化的比附，因为全诗用各种夜的具体意象充实了夜这个意境之核心，使全诗形成了整体性的意境。值得注意的是作者选择夜的意象，不仅出于审美的安排，还体现了一种深层的文化无意识，即宿命论。夜的展开必然以黑暗为基调，人可以在一定程度上选择生存的空间，却无法逃离时间，时间宿命地把人限制在白天和夜晚的单调的交替循环中，逃离时间即等于否定生命。作者用人与时间的关系注释个体与社会环境的关系，这种认识或安排表现了诗人对个体无可选择的悲哀、对社会的绝望。

(吴怀东)

猛虎集

"我不知道风
是在哪一个方向吹" ①

我不知道风
是在哪一个方向吹——
我是在梦中，
在梦的轻波里依洄。

我不知道风
是在哪一个方向吹——
我是在梦中，
她的温存，我的迷醉。

我不知道风
是在哪一个方向吹——
我是在梦中，
甜美是梦里的光辉。

徐志摩 诗歌 125 名作欣赏

---

①写于1928年，初载同年3月10日《新月》月刊第一卷第1号，署名志摩。

我不知道风
是在哪一个方向吹——
我是在梦中，
她的负心，我的伤悲。

我不知道风
是在哪一个方向吹——
我是在梦中，
在梦的悲哀里心碎！

我不知道风
是在哪一个方向吹——
我是在梦中，
黯淡是梦里的光辉。

赏析

《"我不知道风是在哪一个方向吹"》这首诗，可以说是徐志摩的"标签"之作。诗作问世后，文坛上只要听到这一声诵号，便知是公子驾到了。

全诗共6节，每节的前3句相同，辗转反复，余音袅袅。这种刻意经营的旋律组合，渲染了诗中"梦"的氛围，也给吟唱者更添上几分"梦"态。熟悉徐志摩家庭悲剧的人，或许可以从中捕捉到一些关于这段罗曼史的影子。但它始终也是模糊的，被一股不知道往哪个方向吹的劲风冲淡了，以至于欣赏者也同吟唱者一样，最终被这一股强大的旋律感染得醺醺然，陶陶然了。

> 我不知道风
> 是在哪一个方向吹——
> 我是在梦中，
> 在梦的轻波里依洄。

全诗的意境在一开始便已经写尽，而诗人却铺衍了六个小节，却依然闹得读者一头雾水。诗人到底想说些什么呢?有一千个评论家，便有一千个徐志摩。但也许该说的已说，不明白却仍旧不明白。不过我认为徐氏的一段话，倒颇可作为这首诗的脚注。现抄录如下：

"要从恶浊的底里解放圣洁的泉源，要从时代的破烂里规复人生的尊严——这是我们的志愿。成见不是我们的，我们先不问风是在哪一个方向吹。功利也不是我们的，我们不计较稻穗的饱满是在那一天。……生命从它的核心里供给我们信仰，供给我们忍耐与勇敢。为此我们方能在黑暗中不害怕，在失败中不颓丧，在痛苦中不绝望。生命是一切理想的根源，它那无限而有规律的创造性给我们在心灵的活动上一个强大的灵感。它不仅暗示我们，逼迫我们，永远望创造的、生命的方向上走，它并且启示我们的想象。……我们最高的努力目标是与生命本体相绵延的，是超越死线的，是与天外的群星相感召的。……"（《"新月"的态度》）

　　这里说的既是"新月"的态度，也是徐志摩最高的诗歌理想，那就是：回到生命本体中去！其实早在回国之初，徐志摩就多次提出过这种"回复天性"的主张（《落叶》《话》《青年运动》等）。他为压在生命本体之上的各种忧虑、怕惧、猜忌、计算、懊恨所苦闷、蓄精励志，为要保持这一份生命的真与纯！他要人们张扬生命中的善，压抑生命中的恶，以达到人格完美的境界。他要摆脱物的羁绊，心游物外，去追寻人生与宇宙的真理。这是怎样的一个梦啊！它决不是"她的温存，我的迷醉"、"她的负心，我的伤悲"之类的恋爱苦情。这是一个大梦，一种大的理想，虽然到头来总不负黯然神伤，"在梦的悲哀里心碎。"从这一点上，我们倒可以推衍出《"我不知道风是在哪一个方向吹"》的一层积极的意义。

　　由于这首诗，许多人把"新月"诗人徐志摩认作了"风月"诗人。然而，当我们真的沉入他思想的核心，共他一道"与生命的本体同绵延"，"与天外的群星相感召"，我们自可以领略到另一个与我们错觉截然不同的徐志摩的形象。

（王川）

云 游[1]

那天你翩翩的在空际云游，
自在，轻盈，你本不想停留
在天的那方或地的那角，
你的愉快是无拦阻的逍遥，
你更不经意在卑微的地面
有一流涧水，虽则你的明艳
在过路时点染了他的空灵，
使他惊醒，将你的倩影抱紧。

他抱紧的是绵密的忧愁，
因为美不能在风光中静止；
他要，你已飞渡万重的山头，
去更阔大的湖海投射影子！
他在为你消瘦，那一流涧水，
在无能的盼望，盼望你飞回！

---

[1] 写于1931年7月，初以《献词》为题辑入同年8月上海新日书店版《猛虎集》，后改此题载同年10月5日《诗刊》第3期，署名徐志摩。

赏析

　　从《沙扬娜拉》《再别康桥》到《云游》，人们很自然在其中找出徐志摩诗作中基本一致的诗歌形象和抒情风格。在这类最能代表徐志摩才性和诗情的诗歌里，不仅以其优美的想象以及意境的空灵洒脱打动着读者，而且也因为其中隐约着的对人生的理解与生命的把握时时透出的希望与信仰，使读者认识到艺术的价值与美的意义。在这些诗中，徐志摩构筑着自己"爱、自由、美"的单纯信仰的世界。《云游》是其中的一颗明珠。

　　"那天你翩翩地在空际云游"，诗歌开头以第二人称起始，暗示着抒情主体对它的钦慕向往之情。诗里云游的特征是空无依傍的自在逍遥："你的愉快是无拦阻的逍遥"。这一逍遥的愉快实在带有脱却人间烟火味的清远，这里既含有《庄子·逍遥游》中与万物合一的自在心态的深刻体会，也有抒情主体心灵呼应的瞬间感受，空中飘荡的云游适性而往，不拘一地，为何会给抒情主体以深深的向往，诗中没有明说，但却在后面作了间接的交代："你更不经意在卑微的地面／有一流涧水……"，至此，抒情主体作为旁观的姿态点出了第三者的存在，"在过路时点染了他的空灵／使他惊醒，将你的倩影抱紧"。两种不同的生命形态形成对比，并由此反射出抒情主体隐蔽的心理历程与人生价值取向。那"一流涧水"无疑是抒情主体客观化的象征，诗中以第三人称"他"称呼，与"你"形成了不同的词语情感效果。同时，第三者"他"的存在是以与云游相对的形象出现，也含有抒情主体那万般忧愁又渴望得到新生与慰藉的心境。"明艳"一词极富主观色彩，一方面对照着云游与涧水不同的生存形态，一方面又暗示着抒情主体那颗焦灼等待的心，生命的痛苦将何时越过暗黑的深

◎徐志摩早年就读过的杭州府中
（后改为杭州第一中学）。徐志摩
在此成绩斐然，任级长，并在校刊
《友声》上发表文章。

渊走向自在与自由？是否可以这么理解，诗人以"一流涧水"为自我写照而渴望漂荡的云游给自己萎靡虚弱的心灵涂抹些许光亮的色彩，由此，"一流涧水"便是诗人自己心境的最形象比喻。在徐志摩的诗中，"云游"的形象多带有虚幻空灵的美，如《再别康桥》中"西天的云彩"。而徐志摩自己也常以"涧水"自喻，如给胡适的信中提到自己只要"草青人远，一流冷涧"，其中凄清孤单的韵味与此诗何其相似，里头是否蕴含着更深的内涵背景或生命体验，我们禁不住作如是想。

"他抱紧的是绵密的忧愁"，忧愁以绵密，系古代诗词手法的运用，如"问君能有几多愁，恰似一江春水向东流"，"只恐双溪舴艋舟，载不动许多愁"，把无形的忧愁以形象的比喻来加以形容，说明一流涧水期待的欣喜与遗憾，当"明艳"给自己的"空灵"注入新的生命活力时，涧水醒了，一种长期期待的幸福的充实已悄悄降临，超越时空的生命本体实现的狂喜在抱紧倩影的动作中得到完成，那是怎样的心醉神迷的战栗！可是，"美不能在风光中静止"，一流涧水的欣喜只是一种梦幻般的稍纵即逝，是因为美只能属于那个逍遥无拦阻的天空世界，还是因为抒情主体那个理想的心由于过分关注现实而自觉其污浊的心境？姑妄测之，诗歌在此给读者提供了容量极大的想象空间。"他要，你已飞渡万重的山头／去更阔大的湖海投射影子。"与一流涧水相对的"湖海"已不是单纯的字面浅层意义，而是与美相应合的所具的深层象征意义。如说一流涧水只是个体孤单的审美意象，那么阔大的湖海则代表着博大精深的生命原型力量。而云游也正因如此超越了个体单纯的意义而取得了普遍的永恒性象征。"他在为你消瘦，那一流涧水／在无能的盼望，盼望你飞回"，诗句中流露出哀怨缠绵的情调，使人不禁恻然泪滴。一流涧水希望云游常驻心头的希望终不能实现，唯有把一腔心愿付诸日月的等待。在此盼望中，比起古诗"衣带渐宽终不悔，为伊消得人憔悴"更显韵清而味长。此诗极能体现徐志摩诗歌温柔婉转的审美风格。

在《猛虎集》序言里，徐志摩说了一段颇带伤感但又耐人寻味的话："一切的动、一切的静，重复在我眼前展开，有声色与有情感的世界重复为我存在，这仿佛是为了挽救一个曾经有单纯信仰的流入怀疑的颓废，那在帷幕中隐藏着的神通又在那里栩栩的生动，显示它的博大与精微，要他认清方向，再别走错了路。"这似乎是经历了一生大苦大难的人才能体会到并且能说出来的话，在此之后不久，诗人便永远地离开了人世。在经历了个人生活和情感的奋斗与危机之后，他是否已经由此体会到超越凡庸无能的生之奥秘？那个"栩栩的神通"是否昭示了诗人另外一个更加湛蓝希望的天空世界？在那里，没有怀疑，没有颓废，有的只是心中早已存在的信心与幸福的许诺。

此诗显然受欧洲商籁体的影响。商籁体系14行诗的音译(Sonnet)。欧洲14行诗大体上有彼得拉克14行和莎士比亚14两种，当然，后来变化者大有人在，如弥尔顿、斯宾塞等。其中的区别主要在韵脚变化上，如彼得拉克14行诗的韵脚变化是ab ba ab ba cd ed de，而莎士比亚14行诗的韵脚变化是ab abcd cd ef ef gg。此诗前8行的韵脚变化是aa bb cc dd，后6行与英国14行诗一致。闻一多、徐志摩主张诗歌的"三美"，徐志摩的诗更倾向于音乐美。这与欧洲诗歌中强调音乐性不无关系。同时，中国传统诗词本有入乐之事，诗与音乐固不可分。诗人对古文颇有根底，同时在欧洲留学期间，接触了许多大家作品，特别对19世纪英国浪漫派诗人推崇备至。华滋华斯、雪莱、拜伦、济慈等人的影响在他的诗中并不少见。"云游"的象征性比喻以及由此引出抒情主人公的情感可以明显地看出雪莱、济慈等诗作中的痕迹。《云游》是一首中西合璧的好诗。

(郜积意)

云游

火车擒住轨[①]

火车擒住轨，在黑夜里奔；
过山，过水，过陈死人的坟；

过桥，听钢骨牛喘似的叫，
过荒野，过门户破烂的庙；

过池塘，群蛙在黑水里打鼓，
过噤口的村庄，不见一粒火；

过冰清的小站，上下没有客，
月台袒露着肚子，像是罪恶。

这时车的呻吟惊醒了天上
三两个星，躲在云缝里张望；

那是干什么的，他们在疑问，
大凉夜不歇着，直闹又是哼，

长虫似的一条，呼吸是火焰，
一死儿往暗里闯，不顾危险，

①写于1931年7月19日，初载同年10月5日《诗刊》第3期，署名志摩，此诗原名《一片糊涂账》，是徐志摩最后一篇诗作。

徐志摩

诗歌

133

名作欣赏

◎ 1915年10月29日，徐志摩遵父母之命与张幼仪在硖石结婚。

就凭那精窄的两道，算是轨，
驮着这份重，梦一般的累坠。

累坠!那些奇异的善良的人，
放平了心安睡，把他们不论

俊的村的命全盘交给了它，
不论爬的是高山还是低洼，

不问深林里有怪鸟在诅咒，
天象的辉煌全对着毁灭走；

只图眼着过得，裂大嘴打呼，
明儿车一到，抢了皮包走路!

这态度也不错！愁没有个底
你我在天空，那天也不休息，

睁大了眼，什么事都看分明，
但自己又何尝能支使运命？

说什么光明，智慧永恒的美，
彼此同是在一条线上受罪，

就差你我的寿数比他们强，
这玩艺反正是一片胡涂账。

◎ 1926年徐志摩与陆小曼在北京北海公园结婚。

徐志摩

诗歌

135

名作欣赏

在徐志摩写完这首《火车擒住轨》后，他人生的旅程也差不多走到了尽头，其中的风风雨雨、恩恩怨怨的确一言难尽。在情爱方面，先是与林徽因相恋的风言推波于前，后又因陆小曼一事助澜于后，而徐志摩最终又因无法与陆小曼达到自己心中理想的爱情，痛苦不已。其中的苦涩只有自己在心里慢慢咀嚼了。在人生理想方面，先是出洋留学养成的民主思想，可后来在国内屡遭碰壁，且浙江农村改革一事流于泡影，其中的失望显然可见。徐志摩一生追求理想，对钱财势利克尽鄙薄，而后来却每为钱所困，时间多半花在"钱"字上，其中难言之隐谁能知解。他自己也说："最近这几年生活不仅是极平凡，简直到了枯窘的深处。"于是便发出了"这玩艺反正是一片胡涂账"的慨叹。《火车擒住轨》便是这慨叹下的"发愤之作"了。

从诗的层次发展来看，可分三部分。首先是描绘火车在黑夜里奔的情形。一开始，"火车擒住轨，在黑夜里奔"一个"擒"字把火车拟人化，并暗示其奔跑的毫无顾忌，并且以黑暗为背景，更衬托其阴森咄咄逼人的气势，为下文读者看过山、过水等作好心里的准备，读者可能会问，火车在黑夜里奔，到底要奔到哪儿？是否有尽头？于是紧接着开出了火车经过一系列地方的名单："山、水、坟、桥、荒野、破庙、池塘、村庄、小站"，这些地方总摆脱不了黑夜的阴森给它们染上的色彩。如"陈死人的坟"、"冰清的小站"，同时又以听觉效果来强化这一阴森的气氛。"听钢骨牛喘似的叫"、"群蛙在黑水里打鼓"等，而"月台袒露着肚子，像是罪恶"，更以人生经验来比喻世间的阴森邪恶，《旧约·传道书》上说"阳光下没有新东西"，《新约·马太福音》上说："你里头的光若黑暗了，那黑暗是何等大啊。"人世的罪恶总是与黑暗连在一起，在此突出黑暗势力的强大与现实的丑陋，诗中的四小节构成诗歌的第一层次。

第二层次从第五节开始，视角从地上转到天上，笔法由纯然客观的描述转到星星作为主体的发问上，这一发问还是以相同的拟人手法来实现："三两个星，躲在云缝里张望"，两个不同的世界开始形成对比。地上的世界不论火车如何叫吼着往前奔，可始终无人，始终是静悄悄的，阴森森的。可是地下安宁，天上不宁，他们看到了"一死儿往里闯，不顾危险"的情形。诗句于此一方面照应着前面"在黑夜里奔"那种吓人的气势，另一方面也突出星星的疑惑，这一疑惑不仅在于星星所看到的表象世界，更在于车上人们对危险安之若素的精神状态，他们对诅咒和毁灭抱着纯然不在乎的态度："只图眼着过得，咧大嘴大呼／明儿车一到，抢了皮包走路。"诗中以天上星星的眼光来看待地上的世界并因此发出种种疑问，在这些疑问的背后，隐着它们对地上世界的生存方式的不理解，也隐着两种不同的价值观判断，并进而体现出对生存的终极问题产生追问的潜在思想。同时，读者也禁不住追问，天上星星的世界又该如何？正是这些疑问诱发着读者的想象力和思考力，并产生阅读期待心理，基于此，很自然地过渡到诗歌的第三层次。

最后4节也是诗的最后一个层次。诗的叙述视角依然不变，还是采用星星的口吻，只是意思已全然不同。星星从"那些奇异的善良的人"那种随遇而安的人生态度，引申出另外一种生活价值观念，这一观念不仅体现了自己许久以来生活的思考出现转折性的变化，而且也体现了长期的智性所无法解决的问题现已突然澄清。一方面是久已困扰心头的纠结与苦恼豁然解开，似乎找到了问题的答案，另一方面则是问题的答案以无答案为结局。这一悖论使得星星能以旁观者的姿态来俯视世间："说什么光明，智慧永恒的美／彼此同是在一条线上受罪。"当人们总是赞美星星，总是把星星说成是光明的使者时，它对自己不能支配命运的慨叹便具有了反讽的性质。后面一句极富隐喻性质，为何在同一条线上受罪的确切含义并没有说明，"受罪"的具体含义也没说明，但是其中表达出的对生存的困惑，使其具有诗与人生的内在张力。一方面，"受什么罪""为何受罪"的疑问在读者心头盘绕，对"罪"的理解天上地下是否相同；另一方面，既然属于两个不同的世界，为何又都在同一条线上？这些问题显然拓宽了诗歌的想象空间，读者不仅可以从情感的角度来加以判断，而且也可以从哲学的角度来认识。末尾一节以星星的态度来结束，显然意存双关："这玩艺反正是一片胡涂账"，是否也带有徐志摩本人某种程度的自我写照呢？

在徐志摩的全部诗作中，以两行为一节的诗并不多，《火车擒住轨》算是较为突出的一篇了。诗中讲求韵脚的变化，全诗押韵的形式起伏变化. ab cd eg fg ah ij kl ge，除了三个重韵以外其余各为一韵。这首诗和徐志摩一贯主张的"音乐美"，也没多大瓜葛，只是以感官的摄取以及现象的铺叙来加以展开，同时夹杂着调侃乃至反讽的语调，使得他的诗呈现着另一种面目。作为一个抒情性极强的诗人，自己有意识地在诗中夹用口语，固然有时代的背景在里头(如白话文运动，徐志摩对此也不遗余力)，但至少也说明他有意识地拓宽自己的艺术创作空间。"这态度不错，愁没个底"，纯然是口语入诗，"这世界反正是一片胡涂账"一句，隐含着多少人生遗憾与不如意。对于习惯了《再别康桥》《沙扬娜拉》等诗的读者来说，读读这首诗，将会对全面理解徐志摩的美学主张及创作实践不无裨益。

(邹积意)

◎ 徐志摩墓全景。右侧的小方石碑为张幼仪所生徐志摩儿子徐德生之墓。父子俩生前不曾见面，死后则默默相守。

最后的那一天[①]

在春风不再回来的那一年，
　在枯枝不再青条的那一天，
　　那时间天空再没有光照，
　　　只黑蒙蒙的妖氛弥漫着
　太阳，月亮，星光死去了的空间；

在一切标准推翻的那一天，
在一切价值重估的那时间：
　　暴露在最后审判的威灵中
　　一切的虚伪与虚荣与虚空：
赤裸裸的灵魂们匍匐在主的跟前；——

我爱，那时间你我再不必张皇，
更不须声诉，辩冤，再不必隐藏，——
　你我的心，像一朵雪白的并蒂莲，
　　在爱的青梗上秀挺，欢欣，鲜妍，——
在主的跟前，爱是唯一的荣光。

---

①写作时间和发表报刊不详。

赏析

　　基督教经典《圣经·新约》中关于"末日审判"的假想性预言，尽管在缺乏"宗教感"的我们国人看来未免虚幻可笑。但对富于"罪感文化"精神的西人和基督徒来说，却实在非同小可。

　　基督教认为在"世界末日"到来之际，所有的世人，都要接受上帝的审判。《新约·马太福音》中描绘审判的情景是：基督坐在荣耀的宝座上，万民都聚集在他面前，王向右边的义人说，你们可来承受那创世以来为你们所预备的国；王向左边的人说，你们要进入那为魔鬼和他的使者所预备的永火里去。也就是说，作恶者往永刑里去，虔敬为善的好人则往永生里去。

　　徐志摩是现代作家中"西化"色彩极重的一位，他对西方文明的谙熟和倾心赞美认同是不言自明的。在这首《最后的那一天》中，徐志摩正是借用了《圣经》中关于"末日审判"的典故，用诗的语言和形式创造设置一个理想化的，想象出来的情境，寄托并表达自己对纯洁美好而自由的爱情的向往和赞美。

　　第一节描绘出了"最后的那一天"所出现的黑暗恐怖的情景：春风不再回来，枯枝也不再泛青，太阳、月亮、星星等发光体都失去了光芒，整个天空黑茫茫浑沌一片。诗人着力喧染那一天的不同寻常，这自然是为了衬托对比出两类人在这一情景面前的不同心境，坏人只能惶惶然，好人却能坦坦然。

　　第二节进一步展开描绘那一天将发生的不同寻常的事情——"价值重估"。那一天，一切现实中旧的，习以为常甚或神圣不可动摇的价值标准都必须重新估价甚至完全推翻。在这"最后审判"的威严中，在公正严厉的上帝面前，人人都是平等的，每一个灵魂都是赤裸裸的，不加掩饰也无法掩饰，完全暴露呈现在上帝面前，再也没有了诸如财富、地位、权力等身外之物，也没有了诸如"仁义"、"道德"、"忠孝节义"之类的"掩羞布"和"贞节坊"。

已有不少论者指出，徐志摩的诗歌创作弱于对现实生活有关事物的联想和描绘，而长于潇洒空灵，飞天似的虚空无依的想象。

这个特点在这首诗歌中确乎足以略窥豹于一斑。

在第一二节诗味并不很浓的，沾滞于现实的意象设置和描绘说明之后，作者在第三节转入他最拿手的对爱情的空灵想象和潇洒描绘。到那个时候，在现实生活中遭受诟病、冤屈，不能堂堂正正、自由无拘地相爱的"你

◎ 徐志摩赠送英国学者狄更生《唐诗别裁》上的题字手迹（1921年，伦敦）。

我的心"，却像一朵雪白的并蒂莲／在爱的青梗上秀挺，欢欣，鲜妍，——"。在这里，诗人以"并蒂莲"比喻两颗相爱的"心"，化虚为实，巧妙贴切，并且使得"雪白"不但修饰"并蒂莲"，更象征寓意了"你我"爱情的圣洁。"爱的青梗"，在意象设置上，也是虚实并置，使意象间充满张力，"秀挺"、"欢欣"、"鲜妍"三个动词（或动词化的形容词）则生气满溢，动感极强。第三节中对爱情的描写，显然与第一二节的黑暗、恐怖或庄严，形成了鲜明的对比，凸出了爱情"是

◎ 坊间影印的《徐志摩墨迹》

唯一的荣光"的纯洁和神圣。"你我"在上帝面前再不必像在现实生活中那样"张皇"。躲躲藏藏，完全可以在上帝面前问心无愧，上帝也一定能为"你我"作主，让"你我""有情人终成眷属"，最后获得美满之爱。

徐志摩是一个总想"飞"的诗人，总想"飞出这圈子，飞出这圈子！"这自然在一定程度上反映了徐志摩脱离实际的空想性和面对现实的软弱性。然而，艺术毕竟不能完全等同于现实，从某种角度说，艺术是现实的补充和升华，现实中不能实现的美好理想，正可以在艺术中得以实现，得以补偿。这不正是浪漫主义创作方法的要义吗？古往今来，《孔雀东南飞》中男女主人公死后化为"连理枝"，梁山伯与祝英台死后化为美丽的蝴蝶而比翼齐飞，不都脍炙人口，流传久远吗？

事实上，在现实生活中，特别是在追求爱情上，徐志摩还是表现出相当的热烈大胆，不惜一切代价，不怕一切流言之勇气的。

（陈旭光）

康桥再会吧[①]

康桥，再会吧；

我心头盛满了别离的情绪，

你是我难得的知己，我当年

辞别家乡父母，登太平洋去，

（算来一秋二秋，已过了四度

春秋，浪迹在海外，美土欧洲）

扶桑风色，檀香山芭蕉况味，

平波大海，开拓我心胸神意，

如今都变了梦里的山河，

渺茫明灭，在我灵府的底里；

我母亲临别的泪痕，她弱手

向波轮远去送爱儿的巾色，

海风咸味，海鸟依恋的雅意，

尽是我记忆的珍藏，我每次

摩按，总不免心酸泪落，便想

理篮归家，重向母怀中匐伏，

回复我天伦挚爱的幸福，

我每想人生多少跋涉劳苦，

多少牺牲，都只是枉费无补，

我四载奔波，称名求学，毕竟

①写于1922年8月10日，1923年3月12日上海《时事新报》副刊《学灯》发表，因格式排错，同年同月25日重排发表，署名徐志摩；初收1925年8月中华书局版《志摩的诗》，再版时被删。

在知识道上，采得几茎花草，
在真理山中，爬上几个峰腰，
钧天妙乐，曾否闻得，彩红色，
可仍记得?——但我如何能回答?
我但自喜楼高车快的文明，
不曾将我的心灵污抹，今日
我对此古风古色，桥影藻密，
依然能坦胸相见，惺惺惜别。

康桥，再会吧!
你我相知虽迟，然这一年中
我心灵革命的怒潮，尽冲泻
在你妩媚河身的两岸，此后
清风明月夜，当照见我情热
狂溢的旧痕，尚留草底桥边，
明年燕子归来，当记我幽叹
音节，歌吟声息，缦烂的云纹
霞彩，应反映我的思想情感，
此日撒向天空的恋意诗心，
赞颂穆静腾辉的晚景，清晨
富丽的温柔；听!那和缓的钟声
解释了新秋凉绪，旅人别意，
我精魂腾跃，满想化入音波，
震天彻地，弥盖我爱的康桥，
如慈母之于睡儿，缓抱软吻；
康桥!汝永为我精神依恋之乡!
此去身虽万里，梦魂必常绕

汝左右，任地中海疾风东指，
我亦必纡道西回，瞻望颜色；
归家后我母若问海外交好，
我必首数康桥，在温清冬夜
蜡梅前，再细辨此日相与况味；
设如我星明有福，素愿竟酬，
则来春花香时节，当复西航，
重来此地，再捡起诗针诗线，
绣我理想生命的鲜花，实现
年来梦境缠绵的销魂足迹，
散香柔韵节，增媚河上风流；
故我别意虽深，我愿望亦密，
昨宵明月照林，我已向倾吐
心胸的蕴积，今晨雨色凄清，
小鸟无欢，难道也为是怅别
情深，累藤长草茂，涕泪交零！

康桥！山中有黄金，天上有明星，
人生至宝是情爱交感，即使
山中金尽，天上星散，同情还
永远是宇宙间不尽的黄金，
不昧的明星；赖你和悦宁静
的环境，和圣洁欢乐的光阴，
我心我智，方始经爬梳洗涤，
灵苗随春草怒生，沐日月光辉，
听自然音乐，哺啜古今不朽
——强半汝亲栽育——的文艺精英；

恍登万丈高峰，猛回头惊见
真善美浩瀚的光华，覆翼在
人道蠕动的下界，朗然照出
生命的经纬脉络，血赤金黄，
尽是爱主恋神的辛勤手续；
康桥！你岂非是我生命的泉源？
你惠我珍品，数不胜数；最难忘
寿士德顿桥下的星磷坝乐，
弹舞殷勤，我常夜半凭阑干，
倾听牧地黑野中倦牛夜嚼，
水草间鱼跃虫嗤，轻挑静寞；
难忘春阳晚照，泼翻一海纯金，
淹没了寺塔钟楼，长垣短堞，
千百家屋顶烟突，白水青田，
难忘茂林中老树纵横；巨干上
黛薄茶青，却教斜刺的朝霞，
抹上些微胭脂春意，忸怩神色；
难忘七月的黄昏，远树凝寂，
像墨泼的山形。衬出轻柔螟色，
密稠稠，七分鹅黄，三分桔绿，
那妙意只可去秋梦边缘捕捉；
难忘榆荫中深宵清峭的诗禽，
一腔情热，教玫瑰噙泪点首，
满天星环舞幽吟，款住远近

徐志摩

诗歌

146

名作欣赏

◎ 伦敦剑河女王学院的"数学桥"

浪漫的梦魂，深深迷恋香境；
难忘村里姑娘的腮红颈白；
难忘屏绣康河的垂柳姿姿，
婀娜的克莱亚[1]，硕美的校友居；
——但我如何能尽数，总之此地
人天妙合，虽微如寸芥残垣，
亦不乏纯美精神：流贯其间，
而此精神，正如宛次宛土[2]所谓
"通我血液，浃我心脏，"有"镇驯
娇饬之功"；我此去虽归乡土，
而临行怫怫，转若离家赴远；
康桥!我故里闻此，能弗怨汝
僭爱，然我自有说言代汝答付；
我今去了，记好明春新杨梅
上市时节，盼望我含笑归来，
再见吧，我爱的康桥。

①英国剑桥大学Clare学院。
②现通译："华兹华斯"。

徐志摩

诗歌
147

名作欣赏

赏析

    1922年，青年诗人徐志摩即将离开英国回到阔别多年的祖国，就在返国前夕，他写下了这首《康桥再会吧》。在这首诗里，诗人表现了对康桥难舍难分的依恋之情，他对康桥的钟爱，远远超过了一般人常有的喜悦和激动。祖国，是生养他的土地，那里有他的亲人、朋友，他对祖国的感情，就像儿子对母亲的感情；康桥，则是诗人在外求学时遇到的"难得的知己"，是他精神上的朋友。如果说，祖国是诗人永远的故乡，是他的家，那里有他的"根"，那么，康桥同样也是诗人永远的故乡——精神之故乡，那里可以寻得他精神上的"根"。

    1920—1922年，徐志摩游学于英国剑桥大学期间，不仅深受康桥周围的思想文化气氛的熏陶，接受了英国式资产阶级思想文化的洗礼，他还忘情于康桥的自然美景中，在大自然的美中，发现了人的灵性，找到了天人合一的神境。待诗人离英返国时，康桥已成了诗人"难得的知己"，诗人称康桥为自己永远的精神依恋之乡，此时的诗人，心头盛满离愁别绪。在诗里，诗人热烈而又缠绵地倾诉自己对康桥的精神依恋。这里的康桥，不仅实指诗人生活过、求学过的地方，它更是作为在"楼高车快"的现代生活之外的一块精神净土而存在于诗人心中，它就是大自然，就是美和爱，就是和谐。诗人对康桥的欣赏和赞美，实际上就是对大自然、对美和爱、对和谐的一种欣赏和赞美。徐志摩虽然生活在现代都市里，却始终膜拜和迷恋十九世纪浪漫主义诗人崇尚大自然的精神境界，对现代喧闹繁杂的都市文明持一种拒绝的心理态度，"我但自喜楼高车快的文明，不曾将我的心灵污抹"，他庆幸自己虽然生活在现代都市里，但心灵仍保持着自然纯洁的天性，而"古风古色，桥影藻密"的康桥，一如诗人自己，也保存有大自然古朴的气息，这，正是诗人和康桥能够进行精神交流和心灵对话的原因所在，昔日他们如神交已久的知己终于走到了一起，肝胆相照、心心相印，今日别离时"依然能坦胸相见，依

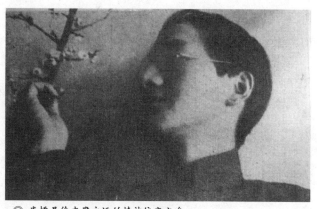

◎ 康桥是徐志摩永远的精神依恋之乡。

依惜别"。诗人在同康桥神秘的精神交感中，同大自然"坦胸相见"的心灵默契里，体验到一种美好的感情，体悟出爱的永恒："康桥！山中有黄金，天上有明星，／人生至宝是情爱交感，即使／山中金尽，天上星散，同情还／永远是宇宙间不尽的黄金，／不昧的明星。"把心心相印的情爱奉为人生至宝，奉为宇宙间永恒不变的美，这是诗人的一种人生信仰。徐志摩的人生信仰在现实社会里不免显得单纯和虚幻，在他回国后不久，他的所谓"理想主义"、"诗化生活"在现实中便开始碰壁，虽然他也悲伤和绝望过，但"他的一生的历史，只是他追求这个单纯信仰的实现的历史"（胡适语）。康桥，它在诗人心灵上深深打下烙印的，是那天人合一的神境，是大自然那脱离尘埃气、清澈秀逸的纯美精神，是爱和美、肉体和灵魂的和谐一致，"总之此地，人天妙合，虽微如寸芥残垣，亦不乏纯美精神"，这种对爱和美的极切关注和热烈赞美，成为后来诗人生活及其诗歌创作的"主旋律"。康桥，它对诗人在精神上的影响是久远的，它重塑了徐志摩，使徐志摩的生命历程出现了转机，成为他的精神故乡："我的眼是康桥教我睁的，我的求知欲是康桥给我拨动的，我的自我意识是康桥给我胚胎的。"（徐志摩《吸烟与文化》）。回首往事，诗人想到自己心灵革命的怒潮，尽冲泻在康桥妩媚河身的两岸。正是妩媚的康桥激起了诗人的诗情，鼓荡起诗人灵感的潮水，开始了他有意义的文学生涯："我心我智，方始经爬梳洗涤，／灵苗随春草怒生，沐日月光辉，／听自然音乐，哺啜古今不朽——强半汝亲栽育——的文艺精英。"康桥美丽的自然景色同诗人的自然天性和谐美妙

地融合在一起，在这天人合一的神境里，诗人的心智、诗人的艺术天赋得到了开启，诗人得以自由地感受着生命、感受着爱、感受着美。康桥，无愧为诗人永远的精神依恋之乡！

　　《康桥再会吧》是徐志摩一篇较为重要的早期诗作，它以一种近乎自传独白式的叙述抒情方式，记录下了康桥对诗人在精神上深远的影响，从一个侧面反映了诗人崇尚自然、崇尚爱和美、崇尚和谐的思想观，体现了他的人生追求和美学追求。在艺术上，这首诗采用细致的铺叙手法，表达出诗人对康桥真挚的爱恋，情感细腻而深切，但过分细致的铺叙，往往容易产生艺术上的琐碎和幼稚，如诗中精心着意地长篇点数康桥之美以及康桥在精神上对诗人的影响，却产生了太用力反而不就的效果。全诗意象繁复，情思丰富驳杂，但由于在形式上缺乏统一性。不如后来写的《再别康桥》在形式的驾驭上达到圆熟的境地。

（王德红）

徐志摩

◎ 剑桥风景

散文诗

夜①

夜，无所不包的夜，我颂美你！

一②

夜，无所不包的夜，我颂美你！

夜，现在万像都像乳饱了的婴孩，在你大母温柔的、
　怀抱中眠熟。

一天只是紧叠的乌云，象野外一座帐篷，静悄悄的，
　静悄悄的；

河面只闪着些纤微，软弱的辉芒，桥边的长梗水
　草，黑沉沉的像几条烂醉的鲜鱼横浮在水上，任
　凭惫懒的柳条，在他们的肩尾边撩拂；

对岸的牧场，屏围着墨青色的榆荫，阴森森的，
　像一座才空的古墓；那边树背光芒，又是什么呢？

我在这沉静的境界中徘徊，在凝神地倾听，……听
　不出青林的夜乐，听不出康河的梦呓，听不出鸟
　翅的飞声；

我却在这静温中，听出宇宙进行的声息，黑夜的脉
　搏与呼吸，听出无数的梦魂的匆忙踪迹；

也听出我自己的幻想，感受了神秘的冲动，在豁动
　他久敛的习翮，准备飞出他沉闷的巢居，飞出这

---

①写于 1922 年 7 月，1923 年 12 月 1 日《晨报·文学旬刊》署名志摩，原诗后编者附言："志摩这首长诗，
确是另创一种新的格局与艺术，请读者注意！"
②原文此处未标段，按顾永棣编《徐志摩诗全编》（1987年6月浙江文艺出版社版）所加，标出"一"。

沉寂的环境，去寻访

黑夜的奇观，去寻访更玄奥的秘密——

听呀，他已经沙沙的飞出云外去了！

二

一座大海的边沿，黑夜将慈母似的胸怀，紧贴住安

息的万象；

波澜也只是睡意，只是懒懒向空疏的沙滩上洗淹，

像一个小沙弥在瞌睡地撞他的夜钟，只是一片模

糊的声响。

那边岩石的面前，直竖着一个伟大的黑影——是人吗？

一头的长发，散披在肩上，在微风中颤动；

他的两肩，瘦的，长的，向着无限的天空举着，——

他似在祷告，又似在悲泣——

是呀，悲泣——

海浪还只在慢沉沉的推送——

看呀，那不是他的一滴眼泪？

一颗明星似的眼泪，掉落在空疏的海砂上，落在倦

懒的浪头上，落在睡海的心窝上，落在黑夜的脚

边——一颗明星似的眼泪！

一颗神灵，有力的眼泪，仿佛是发酵的酒酿，作

炸的引火，霹雳的电子；

他唤醒了海，唤醒了天，唤醒了黑夜，唤醒了浪

涛——真伟大的革命——

霎时地扯开了满天的云幕，化散了迟重的雾气，

纯碧的天中，复现出一轮团圆的明月，

一阵威武的西风，猛扫着大宝的琴弦，开始，神伟

的音乐。

海见了月光的笑容，听了大风的呼啸，也像初醒的

　　狮虎，摇摆咆哮起来——

霎时地浩大的声响，霎时地普遍的猖狂！

夜呀！你曾经见过几滴那明星似的眼泪？

<h1 style="text-align:center">三</h1>

到了二十世纪的不夜城。

夜呀，这是你的叛逆，这是恶俗文明的广告，无

　　耻，淫猥，残暴，肮脏，——表面却是一致的辉

　　耀，看，这边是跳舞会的尾声，

那边是夜宴的收梢，那厢高楼上一个肥狠的犹大，

　　正在奸污他钱掳的新娘；

那边街道转角上，有两个强人，擒住一个过客，

　　一手用刀割断他的喉管，一手掏他的钱包；

那边酒店的门外，麇聚着一群醉鬼，蹒跚地住秽

　　语，狂歌，音似钝刀刮锅底——

幻想更不忍观望，赶快的掉转翅膀，向清净境界飞去。

　　飞过了海，飞过了山，也飞回了一百多年的光阴——

　　他到了"湖滨诗侣"的故乡。

　　多明净的夜色！只淡淡的星辉在湖胸上舞旋，三四个草虫

叫夜；

　　四围的山峰都把宽广的身影，寄宿在葛濑士迷亚柔

　　　软的湖心，沉酣的睡熟；

那边"乳鸽山庄"放射出几缕油灯的稀光，斜偻在

庄前的荆篱上；

听呀，那不是罪翁^① 吟诗的清音——

The poets who in earth have render us heir

徐志摩

散文诗

154

名作欣赏

---

① 指英国著名的湖畔派诗人骚塞。

of truth a pure delight by heavanly laysl

Oh! Might my name be numberd among their,

The glady bowld end my untal days!

诗人解释大自然的精神，

美妙与诗歌的欢乐，苏解人间爱困！

无羡富贵，但求为此高尚的诗歌者之一人，

便撒手长瞑，我已不负吾生。

我便无憾地辞尘埃，返归无垠。

他音虽不亮，然韵节流畅，证见旷达的情怀，一个

　　个的音符，都变成了活动的火星，从窗棂里点飞

　　出来！飞入天空，仿佛一串鸢灯，凭彻青云，下

　　照流波，余音洒洒的惊起了林里的栖禽，放歌称叹。

接着清脆的嗓音，又不是他妹妹桃绿水(Dorothy)①的?

呀，原来新染烟癖的高柳列奇(Coleridge)②也在他家作客，

三人围坐在那间湫隘的客室里，壁炉前烤

　　火炉里烧着他们早上在园里亲劈的栗柴，在必拍的

　　作响，铁架上的水壶也已经滚沸，嗤嗤有声：

To sit without emotion, hope or aim

In the loved pressure of my cottage fire,

And bisties of the flapping of the flame

Or kettle whispering its faint under song,

坐处在可爱的将息炉火之前，

无情绪的兴奋，无冀，无筹营，

听，但听火焰，飚摇的微喧，

听水壶的沸响，自然的乐音。

夜呀，像这样人间难得的纪念，你保了多少……

---

①华兹华斯的妹妹，通译为多萝西。
②即英国湖畔派诗人柯勒律治。

四^①

他又离了诗侣的山庄，飞出了湖滨，重复逆溯着
　　泗^②涌的时潮，到了几百年前海岱儿堡(Heidelberg)
　　的一个跳舞盛会。
雄伟的赭色宫堡一体沉浸在满目的银涛中，山下的
　　尼波河(Nubes)有悄悄的进行。
堡内只是舞过闹酒的欢声，那位海量的侏儒今晚已
　　喝到第六十三瓶啤酒，嚷着要吃那大厨里烧烤的
　　全牛，引得满庭假发粉面的男客、长裙如云女
　　宾，哄堂的大笑。
在笑声里幻想又溜回了不知几十世纪的一个昏
　　夜——
眼前只见烽烟四起，巴南苏斯的群山点成一座照彻
　　云天大火屏，
远远听得呼声，古朴壮硕的呼声，——
　　"阿加孟龙^③打破了屈次奄^④，夺回了海伦^⑤，
　　现在凯旋回雅典了，
　　希腊的人氏呀，大家快来欢呼呀！——
　　阿加孟龙，王中的王！"
这呼声又将我幻想的双翼，吹回更不知无量数的由
　　旬，到了一个更古的黑夜，一座大山洞的跟前；
一群男女，老的、少的、腰围兽皮或树叶的原民，
　　蹲踞在一堆柴火的跟前，在煨烤大块的兽肉。猛

---

①原文此处未标段，按顾永棣编《徐志摩诗全集》所加，标出"四"。
②疑为"汹"字。
③现通译为阿伽门农，希腊神话里的迈锡尼王。发动过特洛伊战争。曾任希腊联军统帅。
④现通译为特洛伊。为小亚西亚镇。
⑤希腊神话中的美貌女子，曾被特洛伊王子诱骗，最后，被阿伽门农夺回。

烈地腾窜的火花，同他们强固的躯体，黔黑多

毛的肌肤——

这是人类文明的摇荡时期。

夜呀，你是我们的老乳娘！

五

最后飞出气围，飞出了时空的关塞。

当前是宇宙的大观！

几百万个太阳，大的小的，红的黄的，放花竹似的

在无极中激震，旋转——

但人类的地球呢？

一海的星砂，却向哪里找去，

不好，他的归路迷了！

夜呀，你在哪里？

光明，你又在哪里？

六

"不要怕，前面有我。"一个声音说。

"你是谁呀？"

"不必问，跟着我来不会错的。我是宇宙的枢纽，

我是光明的泉源，我是神圣的冲动，我是生命的

生命，我是诗魂的向导；不要多心，跟我来不会

错的。"

"我不认识你。"

"你已经认识我！在我的眼前，太阳，草木，星，

月，介壳，鸟兽，各类的人，虫豸，都是同胞，

他们都是从我取得生命，都受我的爱护，我是太

阳的太阳，永生的火焰；

你只要听我指导，不必猜疑，我教你上山，你不要
　　怕险；我教你入水，你不要怕淹；我教你蹈火，
　　你不要怕烧；我叫你跟我走，你不要问我是谁；

我不在这里；也不在那里，但只随便哪里都有我。

　　若然万象都是空的幻的，我是终古不变的真理与
　　实在；

你方才遨游黑夜的胜迹．你已经得见他许多珍藏的
　　秘密，——你方才经过大海的边沿，不是看见一
　　颗明星似的眼泪吗?——那就是我。

你要真静定，须向狂风暴雨的底里求去；你要真和
　　谐，须向混沌的底里求去；

你要真平安，须向大变乱，大革命的底里求去；

你要真幸福，须向真痛里尝去；

你要真实在，须向真空虚里悟去；

你要真生命，须向最危险的方向访去；

你要真天堂，须向地狱里守去；

这方向就是我。

这是我的话，我的教训，我的启方；

我现在已经领你回到你好奇的出发处，引起游兴
　　的夜里；

你看这不是湛露的绿草，这不是温驯的康河?愿你
　　再不要多疑，听我的话，不会错的，——我永远
　　在你的周围。

　　　　　　　　　　　　　　　　　一九二二年七月康桥

赏析

徐志摩的确是现代中国少有的至情至性的诗人！真的。有谁像他那样喜欢仰看天空？比他诗作斗盈的人不在少数，但似乎还没有别的诗人像他那样钟情于云彩、明星、神明之类的天空意象。这个特点很重要。被海德格尔称为"诗人之诗人"的荷尔德林曾唱道：

> 假如生活是十足的辛劳，人可否
> 抬望眼，仰天而问：我甘愿这样？

是否仰望天空，往往是物性与诗性，现实与超越的尺度。因为诗人是以追求神性、歌吟神性的方式来确定人的本真生存，为人的本真探寻尺度，为人的超越造栈道的。所以，海德格尔断言："诗便是对神性尺度的采纳，是为了人的栖居而对神性尺度的采纳。"（《……人诗意地栖居……》）这种采纳决定了真正的诗人必然都是在世俗中站出自身的天空仰望者和聆听者，他们将一切天空的灿烂景观与每一行进的声响都召唤到歌词之中，从而使它们光彩夺目悦耳动听，同时也将自身被生存尘埃所遮蔽的本真敞亮出来。

徐志摩正是这样的诗人。《夜》这章散文诗是他早年留学英国写下的作品，艺术上还不很成熟，但无疑是在生存现实中面向神明的站出，一次对存在的"出神"聆听。这里，诗的说话者把自己当作"大母"怀中的一个，在沉静的夜色下呼请平等物的出场，从而使自己真正置身于一个敞开之域：

我却在这静温中，听出宇宙进行的声息，

　黑夜的脉搏与呼吸，听出无数的梦魂的

　匆忙踪迹；

也听出我自己的幻想，感受了神秘的冲动，

　在蠕动他久敛的习翮，准备飞出他沉闷的巢居，

　飞出这沉寂的环境，去寻访

黑夜的奇观，去寻访更玄奥的秘密——

　　这是一种真正的敞开，敞开的不只是日常现实中看不见（即被遮蔽）的存在，还有被遮蔽的本真的自我。正是由于这种双重的，互为关系的敞亮，诗人能够经由夜进入存在，看见"神"的站立，听见"神"的召唤，从而获得一种存在的尺度。这种尺度使诗人看到了二十世纪表面"一致的辉耀"背面那恶俗文明的后果：无耻，淫猥，残暴，肮脏。不夜城的灯红酒绿并不意味着精神的健全和诗意的丰盈，恰恰相反，这里是真正的诗意的贫乏——通过一百多年前"湖滨诗侣"故乡的神游，诗人发现了自然精神和本真的失落，从而仰天而问："像这样难得的纪念，你保了多少……"

　　失落之路实际上是一条充满精神的声响之路，诗人逆溯着汹涌的时潮，甚至追寻到了人类文明的摇荡时期，并把它们置放在宇宙的时空中。最后发现，在这条失落之路上，大地上的生存者成了大地的陌生者，连我们的栖居之所，连黑夜与白昼，也含混莫辨了（"但人类的地球呢？／一海的星砂，却向哪里找去，／不好，他的归路迷了！／夜呀，你在哪里？／光明，你又在哪里？"）的确，当思考我们是谁，从哪里来，往哪里去这样一些存在的根本问题，对生存作终极性的追问时，很容易陷入一种虚无和绝望之境的。然而，能否对生存作终极性的追问，是否有一颗关怀源初和未来的心，往往是丈量一般诗匠与真正诗人的尺度。真正的诗人不只给人们带来快感、抚慰和愉悦，他还把读者引入新的发现里，引入已经忘记的、很重要的洞见里，引入人类经验的本质里，使读者能更广阔地领悟存在，理解同类和自己，意识到人性的复杂性，人生经验中悲剧与遭遇、激动与欢乐的复杂性。可贵之处还在

于，面对自然精神和人类本真的失落，《夜》不是指向虚无或轻飘的浪漫幻想，而是面对真实的生存遮蔽，探寻真正的自我救赎之路：

> 你要真静定，须向狂风暴雨的底里求去；
> 　你要真和谐，须向混沌的底里求去；
> 你要真平安，须向大变乱，大革命的底里
> 　求去；
> 你要真幸福，须向真痛里尝去；
> 你要真实在，须向真空虚里悟去；
> 你要真生命，须向最危险的方向访去；
> 你要真天堂，须向地狱里守去；……

这种下入深渊，上追神灵的诗句，在诗意贫乏的时代，具有生存感悟的深刻性。作为今天与未来的应答，《夜》几乎走到了绝望的边缘，然而正是在这意识的边缘，诗人握到了转机和超越的可能性：不是虚无，也不是简单逃向过去，回到人类的童年，而是更深地进入深渊，在狂风暴雨里，在浑沌动荡里，在真实的痛苦和空虚里，在炼狱和危险里，寻求真正的拯救与和谐。是的，救赎的可能植根于存在之中，并有待于人类自身的超越。正因为领悟到这一点，在这章散文诗的结尾，说话者在经历了真正的焦虑与绝望之后，获得了心的安宁，从而真正与如同大母的夜取得了和解，站在万象平等共处的位置上，重新见到了如同源初记忆的湛露的绿草与温驯的康河。这时候，我们会情不自禁地联想起禅宗的一个著名公案来：老僧几十年前参禅时，见山是山，见水是水；到了后来亲见知识，有个入处，见山不是山，见水不是水；而今得个歇处，依然见山只是山，见水只是水。

（王光明）

印度洋上的秋思

> 无聊的云烟，秋月的美满，重暖了飘心冷眼，
> 也清冷地穿上了轻绡的衣裳，来参与这
> 美满的婚姻和丧礼。

昨夜中秋。黄昏时西天挂下一大帘的云母屏，掩住了落日的光潮，将海天一体化成暗蓝色，寂静得如黑衣尼在圣座前默祷。过了一刻，即听得船梢布篷上悉悉索索啜泣起来，低压的云夹着迷蒙的雨色，将海线逼得像湖一般窄，沿边的黑影，也辨认不出是山是云，但涕泪的痕迹，却满布在空中水上。

又是一番秋意！那雨声在急骤之中，有零落萧疏的况味，连着阴沉的气氛，只是在我灵魂的耳畔私语道："秋"！我原来无欢的心境，抵御不住那样温婉的浸润，也就开放了春夏间所积受的秋思，和此时外来的怨艾构合，产出一个弱的婴儿——"愁"。

天色早已沉黑，雨也已休止。但方才啜泣的云，还疏松地幕在天空，只露着些惨白的微光，预告明月已经装束齐整，专等开幕。同时船烟正在莽莽苍苍地吞吐，筑成一座蟒鳞的长桥，直联及西天尽处，和轮船泛出的一流翠波白沫，上下对照，留恋西来的踪迹。

北天云幕豁处，一颗鲜翠的明星，喜孜孜地先来问探消息，像新嫁媳的侍婢，也穿扮得遍体光艳。但新娘依然姗姗未出。

我小的时候，每于中秋夜，呆坐在楼窗外等看"月华"。若然天上有云雾缭绕，我就替"亮晶晶的月亮"担扰。若然见了鱼鳞似的云彩，我的小心就欣欣怡悦，默祷着月儿快些开花，因为我常听人说只要有"瓦楞"云，就有月华；但在月光放彩以前，我母亲早已逼我去上床，所以月华只是我脑筋里一个不曾实现的想象，直到如今。

现在天上砌满了瓦楞云彩，霎时间引起了我早年许多有趣的记忆——

但我的纯洁的童心，如今哪里去了！

月光有一种神秘的引力。她能使海波咆哮，她能使悲绪生潮。月下的唱息可以结聚成山，月下的情泪可以培畤百亩的畹兰，千茎的紫琳耿。我疑悲哀是人类先天的遗传，否则，何以我们儿年不知悲感的时期，有时对着一泻的清辉，也往往凄心滴泪呢？

但我今夜却不曾流泪。不是无泪可滴，也不是文明教育将我最纯洁的本能锄净，却为是感觉了神圣的悲哀，将我理解的好奇心激动，想学契古特白登^①来解剖这神秘的"眸冷骨累"。冷的智永远是热的情的死仇。他们不能相容的。

但在这样浪漫的月夜，要来练习冷酷的分析，似乎不近人情！所以我的心机一转，重复将锋快的智力剧起，让沉醉的情泪自然流转，听他产生什么音乐，让绻缱的诗魂漫自低回，看他寻出什么梦境。

明月正在云岩中间，周围有一圈黄色的彩晕，一阵阵的轻霭，在她面前扯过。海上几百道起伏的银沟，一齐在微叱凄其的音节，此外不受清辉的波域，在暗中坟坟涨落，不知是怨是慕。

我一面将自己一部分的情感，看入自然界的现象，一面拿着纸笔，痴望着月彩，想从她明洁的辉光里，看出今夜地面上秋思的痕迹，希冀她们在我心里，凝成高洁情绪的菁华。因为她光明的捷足，今夜遍走天涯，人间的恩怨，哪一件不经过她的慧眼呢？

印度的Canges(埂奇)河边有一座小村落，村外一个榕绒密绣的湖边，坐着一对情醉的男女，他们中间草地上放着一尊古铜香炉，烧着上品的水息，那温柔婉恋的烟篆，沉馥香浓的热气，便是他们爱感的象征。月光从云端里轻俯下来，在那女子脑前的珠串上，水息的烟尾上，印下一个慈吻，微哂，重复登上她的云艇，上前驶去。

一家别院的楼上，窗帘不曾放下，几枝肥满的桐叶正在玻璃上摇曳斗趣，月光窥见了窗内一张小蚊床上紫纱帐里，安眠着一个安琪儿似的小孩，她轻轻挨进身去，在他温软的眼睫上，嫩桃似的腮上，抚摩了一会。又将她

①契古特白登，通译夏多勃里昂(Chateaubriand, 1768~1848)，法国作家，著有《阿达拉》《勒奈》等。其作品带有宗教感与原始主义意味。

银色的纤指，理齐了他脐圆的额发，蔼然微晒着，又回她的云海去了。

一个失望的诗人，坐在河边一块石头上，满面写着幽郁的神情，他爱人的倩影，在他胸中像河水似的流动，他又不能在失望的渣滓里榨出些微甘液。他张开两手，仰着头，让大慈大悲的月光，那时正在过路，洗沐他泪腺湿肿的眼眶，他似乎感觉到清心的安慰，立即摸出一枝笔，在白衣襟上写道：

> 月光，
>
> 你是失望儿的乳娘！

面海一座柴屋的窗棂里，望得见屋里的内容：一张小桌上放着半块面包和几条冷肉，晚餐的剩余。窗前几上开着一本家用的圣经，炉架上两座点着的烛台，不住地在流泪，旁边坐着一个皱面驼腰的老妇人，两眼半闭不闭地落在伏在她膝上悲泣的一个少妇，她的长裙散在地板上像一只大花蝶。老妇人掉头向窗外望，只见远远海涛起伏，和慈祥的月光在拥抱蜜吻，她叹了声气向着斜照在圣经上的月彩喂道：

"真绝望了！真绝望了！"

她独自在她精雅的书室里，把灯火一齐熄了，倚在窗口一架藤椅上，月光从东墙肩上斜泻下去，笼住她的全身，在花砖上幻出一个窈窕的倩影。她两根垂辫的发梢，她微澹的媚唇，和庭前几茎高峙的玉兰花，都在静谧的月色中微颤，她加她的呼吸，吐出一股幽香，不但邻近的花草，连月儿闻了，也禁不住迷醉。她腮边天然的妙涡，已有好几日不圆满：她瘦损了。但她在想什么呢？月光，你能否将我的梦魂带去，放在离她三五尺的玉兰花枝上。

威尔斯[①]西境一座矿床附近，有三个工人，口衔着笨重的烟斗，在月光中间坐。他们所能想到的话都已讲完，但这异样的月彩，在他们对面的松林，左首的溪水上，平添了不可言语比说的妩媚，惟有他们工余倦极的眼珠不阖，彼此不约而同今晚较往常多抽了两斗的烟。但他们矿火熏黑，煤

徐志摩 散文诗 164 名作欣赏

---

①威尔斯，通译威尔士，英国本岛西南部的一块地方。

块擦黑的面容，表示他们心灵的薄弱，在享乐烟斗以外，虽然秋月溪声的载刺，也不能有精美情绪之反感。等月影移西一些，他们默默地扑出了一斗灰，起身进屋，各自登床睡去。月光从屋背飘眼望进去，只见他们都已睡熟；他们即使有梦，也无非矿内矿外的景色！

月光渡过了爱尔兰海峡，爬上海尔佛林的高峰，正对着静默的红潭。潭水凝定得像一大块冰，铁青色。四围斜坦的小峰，全都满铺着蟹青和蛋白色的岩片碎石，一株矮树都没有。沿潭间有些丛草，那全体形势，正像一大青碗，现在满盛了清洁的月辉，静极了，草里不闻虫吟，水里不闻鱼跃；只有石缝里潜涧沥淅之声，断续地作响，仿佛一座大教堂里点着一星小火，益发对照出静穆宁寂的境界。月儿在铁色的潭面上，倦倚了半晌，重复拔起她的银邑，过山去了。

昨天船离了新加坡以后，方向从正东改为东北，所以前几天的船梢正对落日，此后"晚霞的工厂"渐渐移到我们船向的左手来了。

昨夜吃过晚饭上甲板的时候，船右一海银波，在犀利之中涵有幽秘的彩色，凄清的表情，引起了我的凝视。那放银光的圆球正挂在你头上，如其起靠着船头仰望。她今夜并不十分鲜艳：她精圆的芳容上似乎轻笼着一层藕灰色的薄纱；轻漾着一种悲喟的音调；轻染着几痕泪化的雾霭。她并不十分鲜艳，然而她素洁温柔的光线中，犹之少女浅蓝妙眼的斜瞟；犹之春阳融解在山巅白云反映的嫩色，含有不可解的迷力，媚态，世间凡具有感觉性的人，只要承沐着她的清辉，就发生也是不可理解的反应，引起隐复的内心境界的紧张，——像琴弦一样，——人生最微妙的情绪，载震生命所蕴藏高洁名贵创现的冲动。有时在心理状态之前，或于同时，撼动躯体的组织，使感觉血液中突起冰流之冰流，嗅神经难禁之酸辛，内藏汹涌之跳动，泪腺之骤热与润湿。那就是秋月兴起的秋思——愁。

昨晚的月色就是秋思的泉源，岂止，直是悲哀幽骚悱怨沉郁的象征，是季候运转的伟剧中最神秘亦最自然的一幕，诗艺界最凄凉亦最微妙的一个消息。

今夜月明人尽望，不知秋思在谁家。

中国字形具有一种独一的妩媚，有几个字的结构，我看来纯是艺术家的匠心：这也是我们国粹之尤粹者之一。譬如"秋"字，已经是一个极美的字形；"愁"字更是文字史上有数的杰作；有石开湖晕，风扫松针的妙处，这一群点画的配置，简直经过柯罗[1]的画篆，米仡朗其罗[2]的雕圭，Chopin[3]的神感；像——用一个科学的比喻——原子的结构，将旋转宇宙的大力收缩成一个无形无踪的电核；这

◎ 硖石开智学堂。徐志摩4岁时在这里启蒙。

十三笔造成的象征，似乎是宇宙和人生悲惨的现象和经验，吁喟和涕泪，所凝成最纯粹精密的结晶，满充了催迷的秘力。你若然有高蒂闲[4](Gautier)异超的知感性，定然可以梦到，愁字变形为秋霞黯绿色的通明宝玉，若用银槌轻击之，当吐银色的幽咽电蛇似腾入云天。

我并不是为寻秋意而看月，更不是为觅新愁而访秋月；蓄意沉浸于悲哀的生活，是丹德[5]所不许的。我盖见月而感秋色，因秋窗而拈新愁：人是一簇脆弱而富于反射性的神经！

我重复回到现实的景色，轻裹在云锦之中的秋月，像一个遍体蒙纱的女郎，她那团圆清朗的外貌像新娘，但同时她幂弦的颜色，那是藕灰，她踟躇的行踵，掩泣的痕迹，又使人疑是送丧的丽姝。所以我曾说：

①柯罗（1796~1875），法国画家。
②米仡朗其罗，通译米开朗琪罗（1475~1564），意大利文艺复兴盛期的雕塑家、画家。
③Chopin，通译肖邦（1810~1849），波兰作曲家、钢琴演奏家。
④高蒂闲，通译戈蒂埃（1811~1872），法国诗人、小说家、批评家。
⑤丹德，通译但丁（1265~1321），意大利诗人，著有《神曲》等。

秋月呀?
我不盼望你团圆。

　　这是秋月的特色，不论她是悬在落日残照边的新镰，与"黄昏晓"竞艳的眉钩，中宵斗没西陲的金碗，星云参差间的银床，以至一轮腴满的中秋，不论盈昃高下，总在原来澄爽明秋之中，遍洒着一种我只能称之为"悲哀的轻霭"，和"传愁的以太"。即使你原来无愁，见此也禁不得沾染那"灰色的音调"，渐渐兴感起来！

秋月呀!
谁禁得起银指尖儿
浪漫地搔爬呵!

　　不信但看那一海的轻涛，可不是禁不住她一指的抚摩，在那里低徊饮泣呢!就是那：

无聊的云烟，
秋月的美满，
熏暖了飘心冷眼，
也清冷地穿上了轻缟的衣裳，
来参与这
美满的婚姻和丧礼。

　　　　　　　　　　　　　　十月六日志摩

于大洋之上寻求秋意，是诗人。

诗人在大海上找到了秋色，那是月光。

一海银波或低徊或咆哮，天幕"一颗鲜翠的明星喜孜孜先来问探消息"，而那珊珊晚来的新嫁娘，便是诗人等待已久的"月华"。这一片月色，如其说是自然界那"一泻的清辉"，毋宁说是诗人心中对人世的一片关注抚爱的辉光。

自谓"好动"、"想飞"的诗人，在这篇记游性诗化意味很浓的散文中，以他想象的翅膀遍走天涯，游思所及，情泪沉醉，诗魂缱绻，那一片"月色"微愁而慰藉。

情爱是诗人不倦的话题。诗人选择了印度 Ganges 河边"一对情醉的男女"来承受他的月光的祝福。月之慈吻所至，烟篆柔婉，沉香浓郁，青春换取到的今生今世的这一瞬热烈而神秘。如画的场景让诗人的爱情理想得到某种诠释。

爱之深，痛之深。失去的爱，失去爱之后的感觉同样令诗人迷恋。诗人笔下那一个"满面写着幽郁"的"诗人"，为爱人离去的背影而悱怨失意，欲泣欲诉。诗人抚慰的月光便充当了"失望儿的乳娘"。

诗人永远是生命的同义词。这一个诗人自身，便总给人一种"永不会老去的新鲜活泼的孩儿印象"（郁达夫语）。这一片月光庇护一般抚摩着那个有着"温软的眼睫、嫩桃似的腮"的小小安琪儿之时，在生命和未来的眠床旁，诗人的"赤子之心"悄然掠过。

而于那些深深浸淫于生之绝望与重负之中的人们，月光"不可言语比说的妩媚"，只是平添哀愁和木然。面对那"面海的柴屋"中皱面驼腰的老妪以及伏于她膝上悲泣的少妇，那威尔士矿床附近被煤块擦黑面容、倦眠欲阖的矿工，诗人的同情之心，诗人安抚的月光，无奈地滑过泪所不能讲述的这一切。

诗人当然忘不了整理出一片"静穆宁寂的境界"，让他的月光倦倚稍憩，那是一片不闻虫吟、不见鱼跃的静默之潭。大自然，永远成为诗人的灵魂憩息之所。

无所不在的月色下，还有一个隐蔽的、为诗人情之独钟的美丽形象。那是一个窈窕的倩影，在静谧的月色中吹熄了灯火，倚窗而立，正应了诗人那句"今夜月明人尽望，不知秋思到谁家"。诗人想象她在精雅的书室中独自"瘦损"了。崇拜着爱情的诗人，不禁嗒然神往："月光，你能否将我的梦魂带去，放在离她三五尺的玉兰花枝上。"

这篇如诗如歌的"印度洋上的秋思"，字字句句、一点一滴浸润着诗人著称于世的万千柔情及其脆弱轻灵的气质。青春情酣的男女，恬然安睡的婴儿，独居雅室寂然消瘦的少女，临波流泪的失恋的"诗人"，长裙散洒幽咽饮泣的少妇，疲倦黝黑、沉重而漠然的矿工群像……在对这样一些或近或遥、具有疼痛感的意象的把握里，诗人纤细的感触或游移流连，或喟叹沉吟，丝丝缕缕总关一个"情"字。情醉的青春一瞬、早已久远的儿时酣梦固然无以忘怀，而诗人心头永驻不散的薄雾，更是人世难言的失落与不幸。那"亮晶晶的月亮"，在诗人心目中便不由轻漾着悲喟、轻染着泪痕了。

"盖因见月而感秋色，因秋窗而拈新愁"，诗人之"愁"，贯穿大洋上的秋思。这一种"悲哀的轻霭"、"传愁的以太"，令诗人兴感之下不由慨然长叹："秋月呀！／谁禁得起银指尖儿／浪漫地搔爬呵！"难载这许多愁，那同一轮秋月，初时在寻觅秋意的诗人眼中即如外貌"团圆清朗"的新娘，而待秋愁骤起，竟不免成为颜色幂弦、行踵跼躇的"送丧的丽妹"了。诗人不能不感喟人生的变幻难解："秋月呀！／我不盼望你团圆。"而到文末，"美满的婚姻和丧礼"这"不谐之和"，便沉重地一统于诗人不禁兴起的以诗结句中。

（张丹）

泰山日出

东方有的是瑰丽荣华的色彩，东方有的是伟大普照的光明——出现了，到了，在这里了……

振铎①来信要我在《小说月报》的泰戈尔号上说几句话。我也曾答应了，但这一时游济南游泰山游孔陵，太乐了，一时竟拉不拢心思来做整篇的文字，一直挨到现在期限快到，只得勉强坐下来，把我想得到的话不整齐的写出。

我们在泰山顶上看出太阳。在航过海的人，看太阳从地平线下爬上来，本不是奇事；而且我个人是曾饱饫过江海与印度洋无比的日彩的。但在高山顶上看日出，尤其在泰山顶上，我们无餍的好奇心，当然盼望一种特异的境界，与平原或海上不同的。果然，我们初起时，天还暗沉沉的，西方是一片的铁青，东方些微有些白意，宇宙只是——如用旧词形容——一体莽莽苍苍的。但这是我一面感觉劲烈的晓寒，一面睡眼不曾十分醒豁时约略的印象。等到留心回览时，我不由得大声的狂叫——因为眼前只是一个见所未见的境界。原来昨夜整夜暴风的工程，却砌成一座普遍的云海。除了日观峰与我们所在的玉皇顶以外，东西南北只是平铺着弥漫的云气，在朝旭未露前，宛似无量数厚毳长绒的绵羊，交颈接背的眠着，卷耳与弯角都依稀辨认得出。那时候在这茫茫的云海中，我独自站在雾霭溟蒙的小岛上，发生了奇异的幻想——

我躯体无限的长大，脚下的山峦比例我的身量，只是一块拳石；这巨人披着散发，长发在风里像一面墨色的大旗，飒飒的在飘荡。这巨人竖立在大地的顶尖上，仰面向着东方，平拓着一双长臂，在盼望，在迎接，在

①振铎，即郑振铎（1898-1958），作家、编辑、文学活动家。他是文学研究会发起人之一，当时正主编《小说月报》。

催促，在默默的叫唤；在崇拜，在祈祷，在流泪——在流久慕未见而将见悲喜交互的热泪……

这泪不是空流的，这默祷不是不生显应的。

巨人的手，指向着东方——

东方有的，在展露的，是什么？

东方有的是瑰丽荣华的色彩，东方有的是伟大普照的光明——出现了，到了，在这里了……

玫瑰汁、葡萄浆、紫荆液、玛瑙精、霜枫叶——大量的染工，在层累的云底工作；无数蜿蜒的鱼龙，爬进了苍白色的云堆。

一方的异彩，揭去了满天的睡意，唤醒了四隅的明霞——光明的神驹，在热奋地驰骋……

云海也活了；眠熟了兽形的涛澜，又回复了伟大的呼啸，昂头摇尾的向着我们朝露染青馒形的小岛冲洗，激起了四岸的水沫浪花，震荡着这生命的浮礁，似在报告光明与欢欣之临莅……

再看东方——海句力士已经扫荡了他的阻碍，雀屏似的金霞，从无垠的肩上产生，展开在大地的边沿。起……起……用力，用力。纯焰的圆颅，一探再探的跃出了地平，翻登了云背，临照在天空……

歌唱呀，赞美呀，这是东方之复活，这是光明的胜利……

散发祷祝的巨人，他的身彩横亘在无边的云海上，已经渐渐的消翳在普遍的欢欣里；现在他雄浑的颂美的歌声，也已在霞采变幻中，普彻了四方八隅……

听呀，这普彻的欢声；看呀，这普照的光明！

这是我此时回忆泰山日出时的幻想，亦是我想望泰戈尔来华的颂词。

赏析

有才华的作家跟一般的作者相比，就是有点不一样，哪怕是应命而作，哪怕是匆促成章，也总会显露出一些天才的麟爪来。

《泰山日出》是篇应命之作自不待言，这在文章的小序中已有说明(第一段即小序)。更重要的是，泰戈尔作为东方文学的泰斗，不仅有"天竺圣人"之誉，还是获诺贝尔文学奖的第一位世界性诗人。在他一九二四年来华访问前夕，"泰戈尔热"已来势汹涌。为"泰戈尔专号"写颂词，不是件轻而易举的事。徐志摩以"泰山日出"来隐喻泰戈尔的文学创作和来华访问，表达中国诗人对泰戈尔的敬仰的感情，真是一个卓越的比喻。这是何等倾心的盼望，何等热烈的迎候，何等辉煌的莅临！诗人以他才华横溢的想象和语言，描绘了一幅令人难忘的迎日图：

我的躯体无限的长大，脚下的山峦比例我的身量，只是一块拳石；这巨人披着散发，长发在风里像一面墨色的大旗，飒飒的在飘荡。这巨人竖立在大地的顶尖上，仰面向着东方，平拓着一双长臂，在盼望，在迎接，在催促，在默默的叫唤；在崇拜，在祈祷，在流泪——在流久慕未见而将见悲喜交互的热泪……

这泪不是空流的，这默祷不是不生显应的。

巨人的手，指向着东方——

东方有的，在展露的，是什么？

东方有的是瑰丽荣华的色彩，东方有的是伟大普照的光明——

出现了，到了，在这里了……

这里的想象和构图都是不同凡响的。特别值得注意的是，文章通篇描写的只是泰山看日出的情景和幻想，欢迎泰戈尔来华只在结尾提到。诗人的潇洒，诗人的才华都体现在这里：徐志摩并不把为泰戈尔来华写颂词的大事，当作一项精神负担，照样游山玩水，乐而忘返。他不想为文苦吟，而是兴之所至，全凭灵感。但他能把切身的经验感受调动起来，融入一种更有意味和张力的艺术创造，即使偷懒取巧，也表现出偷懒取巧的才气，不失基本的艺术魅力和奇思妙笔。正因为此，这篇《泰山日出》仍比一般平庸的颂词要高明十倍。这不仅体现在作者笔笔紧扣泰山日出的奇伟景观，却又每笔都蕴含着欢迎泰戈尔的情思与赞美方面；而且反映在独特的个人经验与普遍情感的融合方面。特别是前面长风散发的祷祝巨人的描写，以及临结尾时写这巨人消翳在普遍的欢欣里，叫人产生许多想象和联想，最能体现徐志摩的才情和创造性。

然而，这究竟是匆促成篇之作，诗人的才气也未能遮掩艺术上的粗糙。首先是这篇文章的文体感不强，前面一大段是散文的文笔，是细致的经验与感受的实写，而后面的文字语气则明显是散文诗的，是抒情的、幻想的、暗示的。这两种文笔虽然各自都很美，但放在一起则很不和谐。本来，传统的、经验的文体感不强也不要紧，伟大的作家往往是新文体的创造家，只要自成一体，具有自身气脉、神韵的贯通和完整性，艺术创格是好事。但问题在于，这篇《泰山日出》恰恰气韵上前后不够贯通，没有浑融境界，不能自成一格。艺术创造毕竟不是一种可以矜才使气的工作，它需要的不仅是才华，还有全神贯注的精神投入和艰苦的艺术经营。完美的作品，总是才华与自觉艺术经营的平衡。

（王光明）

常州天宁寺闻礼忏声①

这是哪里来的大和谐——星海里的光彩，
大千世界的音籁，真生命的洪流：止息了一切的
动，一切的扰攘。

有如在火一般可爱的阳光里，偃卧在长梗的，杂乱的丛草里，听初夏第一声的
　　鹧鸪，从天边直响入云中，从云中又回响到天边；

有如在月夜的沙漠里，月光温柔的手指，轻轻的抚摩着一颗颗热伤了的砂砾，
　　在鹅绒般软滑的热带的空气里，听一个骆驼的铃声，轻灵的，轻灵的，在远
　　处响着，近了，近了，又远了……

有如在一个荒凉的山谷里，大胆的黄昏星，独自临照着阳光死去了的宇宙，野
　　草与野树默默的祈祷着。听一个瞎子，手扶着一个幼童，铛的一响算命锣，
　　在这黑沉沉的世界里回响着；

有如在大海里的一块礁石上，浪涛像猛虎般的狂扑着，天空紧紧的绷着黑云的
　　厚幕，听大海向那威吓着的风暴，低声的，柔声的，忏悔它一切的罪恶；

有如在喜马拉雅的顶颠，听天外的风，追赶着天外的云的急步声，在无数雪亮
　　的山壑间回响着；

有如在生命的舞台的幕背，听空虚的笑声，失望与痛苦的呼答声，残杀与淫暴
　　的狂欢声，厌世与自杀的高歌声，在生命的舞台上合奏着；

我听着了天宁寺的礼忏声！

这是哪里来的神明？人间再没有这样的境界！

这鼓一声，钟一声，磬一声，木鱼一声，佛号一声……乐音在大殿里，迂缓

①写于1923年10月26日，初载于同年11月11日《晨报·文学旬报》，署名徐志摩。

的，曼长的回荡着，无数冲突的波流谐合了，无数相反的色彩净化了，无数现世的高低消灭了……

这一声佛号，一声钟，一声鼓，一声木鱼，一声磬，谐音盘礴在宇宙间——解开一小颗时间的埃尘，收束了无量数世纪的因果；

这是哪里来的大和谐——星海里的光彩，大千世界的音籁，真生命的洪流：止息了一切的动，一切的扰攘；

在天地的尽头，在金漆的殿椽间，在佛像的眉宇间，在我的衣袖里，在耳鬓边，在官感里，在心灵里，在梦里，……

在梦里，这一瞥间的显示，青天，白水，绿草，慈母温软的胸怀，是故乡吗？是故乡吗？

　　　　光明的翅羽，在无极中飞舞！
大圆觉底里流出的欢喜，在伟大的，庄严的，寂灭的，无疆的，和谐的静定中实现了！

颂美呀，涅槃！赞美呀，涅槃！

◎ 常州天宁寺文笔塔

赏析

　　在一定的意义上，诗人并不如英国浪漫主义诗人雪莱说的那样是世界的"立法者"，而是万物灵性、神性、诗性的聆听者、命名者和发送者。诗人之为诗人，不是因为他有打破与重建世界现实秩序的能耐，而是由于他能在世俗物化的庸俗生活中站出自身，在表象与本真、遮蔽与敞开、物性与诗性之间的维度上，迎接本真与美的出场，并通过以语言命名的方式，使它们成为能够与世人交流，供人类共享的精神之物。

　　就如这章《常州天宁寺闻礼忏声》的散文诗，倘若不是诗人，能够在礼忏声中聆听到天地人神交感的和谐吗？能够从人的超越本性出发，感受到静对身心的召唤和洗礼吗？无神论者自然不能感应这鼓一声，钟一声，磬一声，木鱼一声，佛号一声中心与物的呼吸，即使宗教徒恐怕也只能感受救世主普渡众生的佛心佛意。但我们的诗人却聆听到了"大美无言"的静。静是什么？它绝不只是无声。在无声状态中，只是声音的缺场；而在这里，神性和诗性却进入心灵得以敞亮。在心灵间发生的事情是不同于声音的传播和刺激的，它是"星海里的光彩，大千世界的音籁，真生命的洪流"，庄严静穆的降临，是灵魂在瞬间瞥见的澄明之境：青天、白水、绿草，慈母般温软的胸怀。人在日常沉沦中失落的本真重新显现了，我们窥见了诗意栖居的精神家园。"是故乡吗？"是的。它是我们的源初，又是我们的未来。

　　与其说它是宗教的，不如说是美学的。因为当诗人把我们带入这个静的澄明之境时，我们不是得到某种超度或救赎，而是着迷和倾倒：我们首先会惊异诗人在一片礼忏声中"听"出世界上各种生灵的喧哗与骚动；继而又不能不揣摹那动与静对比中静的笼罩和"神明"的站立；然后是感动与共鸣，情不自禁地被带入实在生活之外那庄严、和谐、静定的境界。

　　毫无疑问，前半部分那六个"有如"段奇瑰的想象和描写，奠定了这章散文诗成功的基础。在这里，诗人不仅把听觉感受转化成了视象，而且通过诗人的"灵视"，展开了一个广袤的、冲突的、包罗万象的世界。作者不像宗教徒那样，把现世简单描绘为一片苦海或一切罪恶的渊薮，而是敏锐抓住对礼忏声的感觉和想象，通过动与静、虚与实的有机配合，构筑了一个天、地、人并存的在世世界。礼忏声既作为对比，又作为尺度，同时也作为救赎的因素，被描绘为初夏可爱阳光中动听的鹧鸪啼鸣，月夜沙漠里月光温柔的手指和轻灵的驼铃，死寂宇宙间"大胆的黄昏星"(唯一的光明)和预言家；它美，睿智，神圣而又庄严，因而罪恶向它忏悔，云翳因之洗涤，让人在它面前感到现实生存的空洞，从而向神性站出自身。

　　如此动人和富有意味的声音感知与想象，很容易使人们想到海德格尔阐明的诗性言说："将天空之景观与声响和不同于神的东西之黑暗与沉重寂聚为一体，神以此景观使我们惊讶不已。在此奇特之景观中，神宣告他稳步到来的近。"(《……人诗意地栖居……》)在这章散文诗中，神也是这样到来的。可贵的是，诗人能在高度集中的感知和想象中，通过语言的命名与恰当的技巧安排，迎候它的出场亮相，让它和人类生存发生紧密的关联，构造无数冲突的波流、相反的色彩和现世的高低等浑浊的、渴求救赎的现世世界，然后一同将它们带入净化静定的澄明之境。前半部分并排的六个比喻，展开得十分具体、细腻，具有徐志摩语言独有的浓艳灵动的风格，但空间非常博大、苍茫，因而形成了独特的艺术氛围。后半部分由动而静，由外入内，最终进入心的澄明和瞬间感悟，发出内心的欢呼。与之相对应，诗人采取了诗的排比复沓抒情与散文展开细节相融合的表现手法，——这是散文诗的特点：自由、舒展、纯净而又丰富，十分适合表现崇高和有神秘意味的经验与感受。

　　　　　　　　　　　　　　　　　　　　　　　　　　　　(王光明)

毒药①

相信我，我的思想是恶毒的因为这世界是恶毒的，我的灵魂是黑暗的因为太阳已经灭绝了光彩。

今天不是我歌唱的日子，我口边涎着狞恶的微笑；不是我说笑的日子，我胸怀间插着发冷光的利刃。

相信我，我的思想是恶毒的因为这世界是恶毒的，我的灵魂是黑暗的因为太阳已经灭绝了光彩，我的声调是像坟堆里的夜鸮因为人间已经杀尽了一切的和谐，我的口音像是冤鬼责问他的仇人因为一切的恩已经让路给一切的怨；

但是相信我，真理是在我的话里虽则我的话像是毒药，真理是永远不含糊的虽则我的话里仿佛有两头蛇的舌，蝎子的尾尖，蜈蚣的触须；只因为我的心里充满着比毒药更强烈，比咒诅更狠毒，比火焰更猖狂，比死更深奥的不忍心与怜悯心与爱心，所以我说的话是毒性的，咒诅的，燎灼的，虚无的；

相信我，我们一切的准绳已经埋没在珊瑚土打紧的墓宫里，最劲冽的祭肴的香味也穿不透这严封的地层：一切的准则是死了的；

我们一切的信心像是顶烂在树枝上的风筝，我们手里擎着这迸断了的鹞线；一切的信心是烂了的；

相信我，猜疑的巨大的黑影，像一块乌云似的，已经笼盖着人间一切的关系：人子不再悲哭他新死的亲娘，兄弟不再来携着他姊妹的手，朋友变成了寇仇，看家的狗回头来咬他主人的腿：是的，猜疑淹没了一切；在路旁坐着啼哭的，在街心里站着的，在你窗前探望的，都是被奸污的处女：池潭里只见些烂破的鲜艳的荷花；

在人道恶浊的涧水里流着，浮荇似的，五具残缺的尸体，它们是仁义礼智信，向着

①《毒药》《白旗》《婴儿》均写于1924年9月底，初载于同年10月5日《晨报·文学旬刊》，均署名徐志摩。《毒药》又载1926年《现代评论》一周年增刊。

时间无尽的海澜里流去；

这海是一个不安静的海，波涛猖獗的翻着，在每个浪头的小白帽上分明的写着人欲
　　与兽性；到处是奸淫的现象：贪心搂抱着正义，猜忌逼迫着同情，懦怯狎亵着勇
　　敢，肉欲侮弄着恋爱，暴力侵凌着人道，黑暗践踏着光明；

听呀，这一片淫猥的声响，听呀，这一片残暴的声响；

虎狼在热闹的市街里，强盗在你们妻子的床上，罪恶在你们深奥的灵魂里……

◎ 徐志摩给张幼仪的信

赏析

　　"今天不是我歌唱的日子，我口边涎着狞恶的微笑；不是我说笑的日子，我的胸间插着冷光的利刃。"无论如何，这样困兽犹斗式的形象，表面上很难跟风流浪漫的诗人徐志摩联想到一块。作为一个充满诗性，信仰单纯的诗人，徐志摩是爱、美和自由的歌手，他至死也不是一个冷嘲式的人物，一个社会革命的斗士。他宁愿按照詹姆士·杨的乡村复兴计划所描绘的朦胧蓝图，在山西的一个小县进行孤立失败的理想主义试验，而不愿在社会革命的洪流中追波逐浪。然而，当我们读到他的《自剖》，就不仅能发现这种矛盾的深层统一，而且会领悟到理想主义文化品格的特点。在这篇文章中，徐志摩说："爱和平是我的生性。在怨毒、猜忌、残杀的空气中，我的神经每每感受一种不可名状的压迫。记得前年直奉战争时我过的那日子简直是一团漆黑，每晚更深时，独自抱着脑壳伏在书桌上受罪，仿佛整个时代的沉闷盖在我的头顶——直到写下了《毒药》那几首不成形的诗以后，我心头的紧张才渐渐的缓和下来。"

　　其实，理想主义诗人都有表面对立的两面：一面是，敏锐激烈的批判；一面是，倾心倾情的赞美。在这章散文诗中，理想主义者爱和平的生性，由于受黑暗沉闷环境的压迫，酝酿发酵成一种不可遏制的爆发（就情感的激越性质来说，甚至让人联想到闻一多的诗《发现》），一种几乎不加节制的渲泄与诅咒。借以"毒药"为题，几乎像杜鹃啼血般地唱一支"毒性的、咒诅的、燎灼的"哀歌，这里显露出了徐志摩作为理想主义诗人的至情至性。正像郁达夫在《中国新文学大系·散文二集导言》中评介鲁迅时说的那样："这与其说他的天性使然，不如说是环境造成的来得恰

◎ 1924年泰戈尔访华，徐志摩、林徽因全程陪同。

对，……刻薄的表皮上，人只见到他的一张冷冰冰的青脸，可是皮下一层，在那里潮涌发酵的，却正是一腔沸血，一股热情……。"同时，"毒药"也是一个极好的意象，不过，徐志摩终不能像波德莱尔和鲁迅那样通过整体的想象力来处理它和发展它，获得情境的象征力量和反讽性，而只是作为"毒性的，咒诅的，燎灼的"激烈情绪的简单比喻。从作品本身看，情感的表现也嫌直露简单，像"因为……所以……"这样逻辑性而非表现性的语式，让人怀疑诗人在冲动的情感面前失去了控制力，因而说这篇作品有滥情主义倾向也不过分。理想主义由于黑暗的压迫产生一种怨毒式的情感是完全可以理喻的，但艺术创造不是情感的渲泄，而是它的驾驭，它的价值和美的表现。感情的渲泄只能产生一种刺激，情感的美和价值的完好表现才能有持久的艺术力量。

《毒药》在艺术表现上不能算是一篇上乘之作。它有限的成功几乎全得力于情感饱和状态下诗人恣肆汪洋、俯拾皆是的才气。这一点，散文诗的欣赏者和创作者当能自明。

（王光明）

婴儿

我们要盼望一个伟大的事实出现，我们要守候一个馨香的婴儿出世。

我们要盼望一个伟大的事实出现，我们要守候一个
馨香的婴儿出世：——
你看他那母亲在她生产的床上受罪！

她那少妇的安详，柔和，端丽现在在剧烈的阵痛里变形成不可信的丑恶：你看她那遍体的筋络都在她薄嫩的皮肤底里暴涨着，可怕的青色与紫色，像受惊的水青蛇在田沟里急泅似的，汗珠站在她的前额上像一颗颗的黄豆。她的四肢与身体猛烈的抽搐着，畸屈着，奋挺着，纠旋着，仿佛她垫着的席子是用针尖编成的，仿佛她的帐围是用火焰织成的；

一个安详的，镇定的，端庄的，美丽的少妇，现在在绞痛的惨酷里变形成魔^①鬼似的可怖：她的眼，一时紧紧的阖着，一时巨大的睁着，她那眼，原来像冬夜池潭里反映着的明星，现在吐露着青黄色的凶焰，眼珠像是烧红的炭火，映射出她灵魂最后的奋斗，她的原来朱红色的口唇，现在像是炉底的冷灰，她的口颤着，撅着，扭着，死神的热烈的亲吻不容许她一息的平安，她的发是散披着，横在口边，漫在胸前，像揪乱的麻丝，她的手指间紧抓着几穗拧下来的乱发；

这母亲在她生产的床上受罪：——

但她还不曾绝望，她的生命挣扎着血与肉与骨与肢体的纤微，在危崖的边沿上，抵抗着，搏斗着，死神的逼迫；

她还不曾放手，因为她知道(她的灵魂知道！)

这苦痛不是无因的，因为她知道她的胎宫里孕育着一点比她自己更伟大的生命的种

---

①1925年8月版《志摩的诗》"魔"为"魔"。

子，包涵着一个比一切更永久的婴儿；因为她知道这苦痛是婴儿要求出世的征候，是种子在泥土里爆裂成美丽的生命的消息，是她完成她自己生命的使命的时机；因为她知道这忍耐是有结果的，在她剧痛的昏瞀中她仿佛听着上帝准许人间祈祷的声音，她仿佛听着天使们赞美未来的光明的声音；

因此她忍耐着，抵抗着，奋斗着……她抵拼绷断她统体的纤微，她要赎出在她那胎官里动荡着的生命，在她一个完全，美丽的婴儿出世的盼望中，最锐利，最沉酣的痛感逼成了最锐利最沉酣的快感……

赏析

　　徐志摩短短的一生，其实都在致力于自己理想的"馨香的婴儿"的迎候。因此，他曾反复提及过这篇散文诗《婴儿》。先来看看徐志摩自己对这篇散文诗的谈论，将有助于我们对《婴儿》的理解。

　　1924 年秋，徐志摩在北京师范大学的演讲（演讲稿发表时题名为《落叶》）中，引用过《婴儿》之后，说："这也许是无聊的希翼，但谁不愿意活命，就是到了绝望最后的边沿，我们也还要妄想希望的手臂从黑暗里伸出来挽着我们。我们不能不想望这痛苦的现在只是准备着一个更光荣的将来，我们要盼望一个洁白的肥胖的活泼的婴儿出世！"

　　甚至过了五年之后，1929 年秋，徐志摩在上海暨南大学的一次演讲（演讲稿发表时题名为《秋》）中，还提到，"我借这一首不成形的咒诅的诗（指《毒药》，——本文作者注），发泄了我一腔的闷气，但我并不绝望、并不悲观，在极深刻的沉闷的底里，我那时还摸着了希望。所以我在《婴儿》——那首不成形的诗的最后一节——那诗的后段，在描写一个产妇在她生产的受罪中，还能含有希望的句子。在那时带有预言性的想象中，我想望着一个伟大的革命。"

　　从徐志摩的这些自白中，我们不难看到两点：第一，《婴儿》不是对真实的人的诞生的描写，它是象征性的，是一个凝聚了作者情感和愿望的诗歌意象，寄托着诗人对"一个更光荣的将来"的期待；第二，它是站在绝望的边沿唱出的希望。理解了这两点之后，我们会进一步明白，作品中的"婴儿"与产妇的关系，也是理想与时代环境关系的一种象征。或许可以说，难产的"婴儿"象征着民主自由的社会理想，在"生产的床上受罪"的产妇，则是当时正受着帝国主义和国内封建军阀双重压迫的中华民族。

　　由于理想和希望本身是个相当抽象、模糊、朦胧的东西，自由民主的政治体制和社会形态也过于庞大复杂，难以在"婴儿"的形象上得到具体的落实，因而"婴儿"这一象征形象在作品中显得抽象、朦胧了一些，但这不能算是很大的艺术缺陷，因为作者所倾注一腔情感描写的，是为了分娩这个馨香儿所经受的伟大悲壮的受难。在表现这种悲壮的受难的时候，作者也不像《毒药》那样放纵自己的情感，而是注意节制与驾驭，并将它们转化为艺术情境和氛围，使之产生更大的象征力量和暗示性。在这有巨大艺术概括力和带有预言性质的想象性创造中，徐志摩表现出了超越性的建构力与艺术技巧，有力地把握住了读者的情感和联想：

　　一个安详的，镇定的，端庄的，美丽的少妇，现在在绞痛的惨酷里变形成魔鬼似的可怖：她的眼，一时紧紧的阖着，一时巨大的睁着，她那眼，原来像冬夜池潭里反映着的明星，现在吐露着青黄色的凶焰，眼珠像是烧红的炭火，映射出她灵魂最后的奋斗。她的原来朱红色的口唇，现在像是炉底的冷灰，她的口颤着，搬着，扭着，死神的热烈的亲吻不容许她一息的平安，她的发是散披着，横在口边，漫在胸前，像揪乱的麻丝，她的手指间紧抓着几穗拧下来的乱发；……

　　这种甚至引起读者生理震颤的细致描写，表面上写的是美的变形扭曲，是以丑写美，其实是写美的转化和升华，写安详、柔和、端丽的优美，在炼狱般的受难中转化、升华为一种义无反顾地献身的壮美。这是一种更神圣、更接近本质的美，具有宗教般的神圣与庄严感。正是通过《婴儿》这种不同于传统的美感，我们既感受到"产妇"的崇高悲壮，又感受到"生产"的艰难。它很容易使人们联想到本世纪中国人民自"五·四"以来追求民主、自由、解放的悲壮曲折的历史行程，"这母亲在她生产的床上受罪"的形象，既概括了当时的时代状况，其实也是这之后境况的预言性象征。

（王光明）

徐志摩

散文诗

185

名作欣赏

想飞

凌空去看一个明白——这才是做人的趣味，做人的权威，做人的交代。

　　假如这时候窗子外有雪——街上，城墙上，屋脊上，都是雪，胡同口一家屋檐下偎着一个戴黑兜帽的巡警，半拢着睡眼，看棉团似的雪花在半空中跳着玩……假如这夜是一个深极了的啊，不是壁上挂钟的时针指示给我们看的深夜，这深就比是一个山洞的深，一个往下钻螺旋形的山洞的深……

　　假如我能有这样一个深夜，它那无底的阴森捻起我遍体的毫管；再能有窗子外不住往下筛的雪，筛淡了远近间飐动的市谣；筛泯了在泥道上挣扎的车轮；筛灭了脑壳中不妥协的潜流……

　　我要那深，我要那静。那在树荫浓密处躲着的夜鹰，轻易不敢在天光还在照亮时出来睁眼。思想：它也得等。

　　青天里有一点子黑的。正冲着太阳耀眼，望不真，你把手遮着眼，对着那两株树缝里瞧，黑的，有榧子来大，不，有桃子来大——嘿，又移着往西了！

　　我们吃了中饭出来到海边去(这是英国康槐尔极南的一角，三面是大西洋)。勖丽丽的叫响从我们的脚底下匀匀的往上颤，齐着腰，到了肩高，过了头顶，高入了云，高出了云。啊！你能不能把一种急震的乐音想象成一阵光明的细雨，从蓝天里冲着这平铺着青绿的地面不住的下？不，那雨点都是跳舞的小脚，安琪儿的。云雀们也吃过了饭，离开了它们卑微的地巢飞往高处做工去。上帝给它们的工作，替上帝做的工作。瞧着，这儿一只，那边又起了两！一起就冲着天顶飞，小翅膀活动的多快活，圆圆的，不踌躇的飞，——它们就认识青天。一起就开口唱，小嗓子活动的多快活，一颗颗小精圆珠子直往外唾，亮亮的唾，脆脆的唾，——它们赞美的是青天。瞧着，这飞得多高，有豆子大，有芝麻大，黑刺刺的一屑，直顶着无底的天顶细细的摇，——这全看不见了，影子都没了！但这光明的细雨还是不住的下着……

　　飞。"其翼若垂天之云……背负苍天，而莫之夭阏者；"那不容易见着。我们镇上东关厢外有一座黄泥山，山顶上有一座七层的塔，塔尖顶着天。塔院里常常打钟，钟声响动时，那在太阳西晒的时候多，一枝艳艳的大红花贴在西山的鬓边回照着塔山上的云彩，——钟声响动时，绕着塔顶尖，摩着塔顶天，穿着塔顶云，有一只两只，有时三只四只有时五只六只蜷着爪往地面瞧的"饿老鹰"，撑开了它们灰苍苍的大翅膀没挂恋似的在盘旋，在半空中浮着，在晚风中泅着，仿佛是按着塔院钟的波荡来练习圆舞似的。那是我做孩子时的"大鹏"。有时好天抬头不见一瓣云的时候听着猇忧忧的叫响，我们就知道那是宝塔上的饿老鹰寻食吃来了，这一想象半天里秃顶圆睛的英雄，我们背上的小翅膀骨上就仿佛豁出了一锉锉铁刷似的羽毛，摇起来呼呼响的，只一摆就冲出了书房门，钻入了玳瑁镶边的白云里玩儿去，谁耐烦站在先生书桌前晃着身子背早上的多难背的书！啊飞！不是那在树枝上矮矮的跳着的麻雀儿的飞；不是那凑天黑从堂匾后背冲出来赶蚊子吃的蝙蝠的飞；也不是那软尾巴软嗓子做窠在堂檐上的燕子的飞。要飞就得满天飞，风拦不住云挡不住的飞，一翅膀就跳过一座山头，影子下来遮得阴二十亩稻田的飞，到天晚飞倦了就来绕着那塔顶尖顺着风向打圆圈做梦……听说饿老鹰会抓小鸡！

　　飞。人们原来都是会飞的。天使们有翅膀，会飞，我们初来时也有翅膀，会飞。我们最初来就是飞了来的，有的做完了事还是飞了去，他们是可羡慕的。但大多数人是忘了飞的，有的翅膀上掉了毛不长再也飞不起来，有的翅膀叫胶水给胶住了，再也拉不开，有的羽毛叫人给修短了像鸽子似的只会在地上跳，有的拿背上一对翅膀上当铺去典钱使过了期再也赎不回……真的，我们一过了做孩子的日子就掉了飞的本领。但没了翅膀或是翅膀坏了不能用是一件可怕的事。因为你再也飞不回去，你蹲在地上呆望着飞不上去的天，看旁人有福气的一程一程的在青云里逍遥，那多可怜。而且翅膀又不比是你脚上的鞋，穿烂了可以再问妈要一双去，翅膀可不成，折了一根毛就是一根，没法给补的。还有，单顾着你翅膀也还不定规到时候能飞，你这身子要是不谨慎养太肥了，翅膀力量小再也拖不起，也是一样难不是？一对小翅膀驮不起一个胖肚子，那情形多可笑！到时候你听人家高声的招呼说，朋友，回去吧，趁这天还有紫色的光，你听他们的翅膀在半空中沙沙的摇响，朵朵的春云跳过来拥着他们的肩背，望着最光明的来处翩翩的，冉冉的，轻烟似的化出了你的视域，像云雀似的只留下一泻光明的骤雨——"Thou art unseen but yet I hear thy shrill delight"^①——那你，独自在泥涂里淹着，够多难受，够多懊恼，够多寒伧！趁早留神你的翅膀，朋友？

是人没有不想飞的。老是在这地面上爬着够多厌烦。不说别的，飞出这圈子，飞出这圈子！到云端里去，到云端里去！哪个心里不成天千百遍的这么想？飞上天空去浮着，看地球这弹丸在大空里滚着，从陆地看到海，从海再看回陆地。凌空去看一个明白——这才是做人的趣味，做人的权威，做人的交代。这皮囊要是太重挪不动，就掷了它，可能的话，飞出这圈子，飞出这圈子！

人类初发明用石器的时候，已经想长翅膀。想飞。原人洞壁上画的四不像，它的背上掮着翅膀；拿着弓箭赶野兽的，他那肩背上也给安了翅膀。小爱神是有一对粉嫩的肉翅的。挨开拉斯^②（Icarus）是人类飞行史里第一个英雄，第一次牺牲。安琪儿（那是理想化的人）第一个标记是帮助他们飞行的翅膀。那也有沿革——你看西洋画上的表现。最初像是一对小精致的令旗，蝴蝶似的粘在安琪儿们的背上，像真的，不灵动的。渐渐的翅膀长大了，地位安准了，毛羽丰满了。画图上的天使们长上了真的可能的翅膀。人类初次实现了翅膀的观念，彻悟了飞行的意义。挨开拉斯闪不死的

徐志摩
散文诗
188
名作欣赏

---

①大意是"你无影无踪，但我仍听见你的尖声欢叫。"
②挨开拉斯，现通译伊卡罗斯，古希腊传说中能工巧匠代达洛斯（Daedalus）的儿子。他们父子用蜂蜡粘贴羽毛做成双翼，腾空飞行。由于伊卡罗斯飞得太高，太阳把蜂蜡晒化，使他坠海而死。

灵魂，回来投生又投生。人类最大的使命，是制造翅膀；最大的成功是飞！理想的极度，想象的止境，从人到神！诗是翅膀上出世的；哲理是在空中盘旋的。飞：超脱一切，笼盖一切，扫荡一切，吞吐一切。

　　你上那边山峰顶上试去，要是度不到这边山峰上，你就得到这万丈的深渊里去找你的葬身地！"这人形的鸟会有一天试他第一次的飞行，给这世界惊骇,使所有的著作赞美,给他所从来的栖息处永久的光荣。"啊达文謇！

　　但是飞?自从挨开拉斯以来，人类的工作是制造翅膀，还是束缚翅膀?这翅膀，承上了文明的重量，还能飞吗?都是飞了来的，还都能飞了回去吗?钳住了，烙住了，压住了，——这人形的鸟会有试他第一次飞行的一天吗?……

　　同时天上那一点子黑的已经迫近在我的头顶，形成了一架鸟形的机器，忽的机沿一侧，一球光直往下注，砰的一声炸响，——炸碎了我在飞行中的幻想，青天里平添了几堆破碎的浮云。

赏析

　　在诗人徐志摩的笔下，描绘过许多"飞"的意象和姿势。"飞飏、飞飏、飞飏，——/你看，我有我的方向！"飞，几乎已经成为徐志摩创作心理的深刻"情结"和诗文表现中反复出现，蕴含深致的原型性的意象。

　　这篇诗化色彩很浓的散文《想飞》，正是最集中地描绘"飞"、表达"想飞"之欲望和理想的代表性佳作。文章本身就如"飞"般美丽动人：情感之奔涌如飞，联想之开阔不羁如飞，笔势之酣畅跌宕如飞……

　　读着这篇文章，仿佛进入一次灵性之超尘脱俗的飞翔之中。

　　"是人没有不想飞的。""飞"，是对现实的一种超越。诗人欲扬先抑，呈现给我们一个不能不让我们"想飞"的现实：

　　"胡同口一家屋檐下偎着一个戴黑兜帽的巡警，斗拢着睡眼，"深夜，"这深就比是一个山洞的深，一个往下钻螺旋形的山洞的深……那无底的阴森捻起我遍体的毫管……"

　　于是，"想飞"的欲望在那"深"和"静"中孕育着。就像"那在树荫浓密处躲着的夜鹰，轻易不敢在天光还在亮时出来睁眼。思想：它也得等。"

　　渐渐地，飞、飞起来了，随着作者"白日梦"般的瞑思幻想，我们看到了似真似幻的"飞"的前奏：

　　"青天里有一点子黑的。正冲着太阳耀眼，望不真，你把手遮着眼，对着那两株树缝里瞧，黑的，有榧子来大，不，有桃子来大——嘿，又移着向西了！"

　　这"一点子黑的"所指何物，在一篇独特的徐志摩式的瞑思型诗化散文，可真难求甚解。或可理解为太阳下壮飞的苍鹰？——因为接下去就将写到；或可理解为一架飞机的飞翔？——因为文章最后正是从日思幻想的状态中被一架"鸟形机器"

的炸响而惊醒过来。当然，"仁者见仁，智者见智，""甚解"是不重要的。重要的，是"飞"的感觉渐渐地强化起来了：

"勖丽丽的叫响从我们的脚底下匀匀的往上颤，齐着腰，到了肩高，过了头顶，高入了云高出了云。"这应该是乘飞机的感觉吧？！据说此文正是写于一次乘飞机的经历之后。然而，细细把玩，我们却似乎能读出我们自己"飞行"的感觉来——仿佛我们自己平生了翅膀——那应该是不假借外物的无所凭依的"无待"之飞吧？

云雀，这"赞美青天"的"安琪儿"，"飞"就是"上帝给它的工作"，那飞动的形态更其美妙："小翅膀活动的多快活，圆圆的，不踌躇地的飞——它们就认识青天。一起就开口唱，小嗓子活动的多快活……"

在徐志摩的丰富想象中，"飞翔"的姿态和风度无疑是多种多样的，庄子在《逍遥游》中所夸张想象的"乘天地之正，而御六气之辩，以游于无穷"的无所凭依恃待的"飞"自然不容易见着，"其翼若垂天之云"的鲲鹏的壮飞也有些难得（"鲲鹏"终究是庄子的想象虚构之"无何有"之物）。然而，徐志摩笔下"饿老鹰"的飞翔已足够令人神往：

"撑开了它们灰苍苍的大翅膀没挂恋似的在盘旋，在半空中浮着，在晚风中泅着，仿佛是按着塔院钟的波荡来练习圆舞似的。"

显然，"饿老鹰"般的壮飞是尤令徐志摩神往的，照徐志摩的意愿："要飞，就得满天飞，风拦不住云挡不住的飞，一翅膀就跳过一座山头，影子下来遮得阴二十亩稻田的飞。"他有所不屑的，恰是那种"在树枝上矮矮的跳着的麻雀儿的飞，""那凑天黑从堂圈后背冲出来赶蚊子吃的蝙蝠的飞。"这种鲜明的选择不禁让我们联想起《庄子·逍遥游》中目光短浅而自鸣得意的蜩、学鸠、斥鴳之辈。他们"腾跃而上，不过数仞而下，翱翔于蓬蒿之间，"怎能理解鲲鹏的"绝云气，负青天，然后图南"的壮飞？此真可谓燕雀安知鸿鹄之志——从庄子到徐志摩——以其一以贯之的高洁人格理想和"大美"的自由意志，可见之一斑。

如果说前此关于云雀之飞和苍鹰之飞的想象和描摹是浪漫主义情怀的"圆舞曲"和"进行曲"的话，文章接着又进入天趣童真的童话故事的明澈境界，仿佛是一个天真单纯爱好幻想的大孩子，给我们这些小读者讲述着那么不容令人置疑的童话故事。"人们原来都是会飞的"，这该多令人神往。"大多数人忘了飞"，"有的翅膀上掉了毛不再长也飞不起来"，这又该多让人可惜；更有甚者，"有的羽毛叫人给修短了像鸽子似的只会在地上跳，有的拿背上一对翅膀上当铺去典钱使过了期再也赎不回"，这又更该使人们警醒了。

事实上，如果我们把"飞"、"翅膀"等象征性意象理解得更宽泛一些，我们将更加震惊于人类"丢失翅膀，"不会再飞"的状况。"飞"与"翅膀，"从某个角度说，正象征着人类的诗意、想象、灵性等本真自然之"道"。老子曰："为学日益，为道日损"；海德格尔认为：人只有诗意地栖居于大地上，才能近临"存在"的身畔，只有在诗性活动中，被遮蔽着的"存在"的亮光才敞亮开来。在这里，东方西方，古代现代，都可谓殊途同归，批判的矛盾共同指向对自然之"道"和"存在"的亮光遮蔽掩埋的可悲生存状况。

诗人是人类的良心和先知，徐志摩同样在文章中表达对近代物质文明发达的某种困惑、反省和批判。

在暝想过云雀之飞、苍鹰之飞之后，在水到渠成地直抒胸臆："飞出这圈子，飞出这圈子"，"飞；超脱一切，笼盖一切，扫荡一切，吞吐一切"的神思飞扬，纵情豪迈之后，诗人流露和表达的是深深的，近乎"二律背反"般难以解决的困惑与矛盾：

"人类的工作是制造翅膀，还是束缚翅膀？这翅膀，承上了文明的重量，还能飞吗？"

就在这种发人深省的深深困惑中，那"一点子黑"的"鸟形机器"，"砰的一声炸响"——炸碎了诗人在飞行中的幻想，诗人又不能不回到"破碎的浮云"般的现世人生中来。

浪漫诗哲海德格尔反复询问：在一个贫困的年代里，诗人何为？

显然，徐志摩已经用他"如飞"的美文，以他一生对"飞翔"理想的执着追求，甚至以他传奇般的，预言兑现式地死于"鸟形机器"的炸碎的人生结局，都为我们作出了最好的回答。

飞。只要人类犹存，"想飞"的欲望永难泯灭。

（陈旭光）

散文

我所知道的康桥①

我只要那晚钟撼动的黄昏，没遮拦的田野，
独自斜倚在软草里，看第一个大星在天边出现！

一

　　我这一生的周折，大都寻得出感情的线索。不论别的，单说求学。
我到英国是为要从卢梭②。卢梭来中国时，我已经在美国。他那不确的死
耗传到的时候，我真的出眼泪不够，还做悼诗来了。他没有死，我自然
高兴。我摆脱了哥伦比亚③大博士衔的引诱，买船漂过大西洋，想跟这位
二十世纪的福禄泰尔④认真念一点书去。谁知一到英国才知道事情变样
了：一为他在战时主张和平，二为他离婚，卢梭被康桥给除名了，他原来
是Trinity College的fellow⑤，这一来他的fellowship⑥也给取消了。他回
英国后就在伦敦住下，夫妻两人卖文章过日子。因此我也不曾遂我从学的
始愿。我在伦敦政治经济学院里混了半年，正感着闷想换路走的时候，我
认识了狄更生⑦先生。狄更生——Goldsworthy Lowes Dickinson——是一
个有名的作者，他的《一个中国人通信》(Letters from John Chinaman)
与《一个现代聚餐谈话》(A Modern Sympositum)两本小册子早得了我的景
仰。我第一次会着他是在伦敦国际联盟协会席上，那天林宗孟⑧先生演说，
他做主席；第二次是宗孟寓里吃茶，有他。以后我常到他家里去。他看出我
的烦闷，劝我到康桥去，他自己是王家学院(King's College)的fellow。我
就写信去问两个学院，回信都说学额早满了，随后还是狄更生先生替我去

---

①康桥，通译剑桥，在英国东南部，这里指剑桥大学。
②卢梭，通译罗素（1872~1970），英国哲学家、逻辑学家，1921年曾来中国讲学。
③哥伦比亚，这里指哥伦比亚大学，在美国纽约。
④福禄泰尔，通译伏尔泰（1694~1778），法国启蒙思想家、哲学家、作家。
⑤Trinity College的fellow，即三一学院（属剑桥大学）的评议员。
⑥fellowship即评议员资格。
⑦狄更生，英国作家、学者。徐志摩在英国期间曾得到他的帮助。
⑧林宗孟，即林长民，晚清立宪派人士，辛亥革命后曾出任司法总长。

在他的学院里说好了，给我一个
特别生的资格，随意选科听讲。
从此黑方巾、黑披袍的风光也被
我占着了。初起我在离康桥六英
里的乡下叫沙士顿地方租了几间
小屋住下，同居的有我从前的夫
人张幼仪女士与郭虞裳①君。每
天一早我坐街车(有时自行车)上
学到晚回家。这样的生活过了一
个春，但我在康桥还只是个陌生
人，谁都不认识。康桥的生活，
可以说完全不曾尝着，我知道的
只是一个图书馆，几个课室，和
三两个吃便宜饭的茶食铺子。狄
更生常在伦敦或是大陆上，所以
也不常见他。那年的秋季我一个
人回到康桥，整整有一学年，那

◎ 张幼仪女士

时我才有机会接近真正的康桥生活，同时，我也慢慢的"发见"了康桥。
我不曾知道过更大的愉快。

二

　　"单独"是一个耐寻味的现象。我有时想它是任何发见的第一个条件。
你要发见你的朋友的"真"，你得有与他单独的机会。你要发见你自己的
真，你得给你自己一个单独的机会。你要发见一个地方(地方一样有灵性)，
你也得有单独玩的机会。我们这一辈子，认真说，能认识几个人？能认识
几个地方?我们都是太匆忙，太没有单独的机会。说实话，我连我的本乡都
没有什么了解。康桥我要算是有相当交情的，再次许只有新认识的翡冷翠②
了。啊，那些清晨，那些黄昏，我一个人发疑似的在康桥!绝对的单独。

---

①郭虞裳，未详。
②翡冷翠，通译佛罗伦萨，意大利中部城市。

但一个人要写他最心爱的对象，不论是人是地，是多么使他为难的一个工作？你怕，你怕描坏了它，你怕说过分了恼了它，你怕说太谨慎了辜负了它。我现在想写康桥，也正是这样的心理，我不曾写，我就知道这回是写不好的——况且又是临时逼出来的事情。但我却不能不写，上期预告已经出去了。我想勉强分两节写：一是我所知道的康桥的天然景色；一是我所知道的康桥的学生生活。我今晚只能极简的写些，等以后有兴会时再补。

三

康桥的灵性全在一条河上；康河，我敢说是全世界最秀丽的一条水。河的名字是葛兰大（Granta），也有叫康河（River Cam）的，许有上下流的区别，我不甚清楚。河身多的是曲折，上游是有名的拜伦潭——"Byron's Pool"——当年拜伦常在那里玩的；有一个老村子叫格兰骞斯德，有一个果子园，你可以躺在累累的桃李树荫下吃茶，花果会掉入你的茶杯，小雀子会到你桌上来啄食，那真是别有一番天地。这是上游；下游是从骞斯德顿下去，河面展开，那是春夏间竞舟的场所。上下河分界处有一个坝筑，水流急得很，在星光下听水声，听近村晚钟声，听河畔倦牛刍草声，是我康桥经验中最神秘的一种：大自然的优美、宁静，调谐在这星光与波光的默契中不期然的淹入了你的性灵。

但康河的精华是在它的中权，著名的"Backs，"这两岸是几个最蜚声的学院的建筑。从上面下来是Pembroke，St. Katharine's，King's，Clare，Trinity，St. John's。最令人留连的一节是克莱亚与王家学院的毗连处，克莱亚的秀丽紧邻着王家教堂（King's Chapel）的宏伟。别的地方尽有更美更庄严的建筑，例如巴黎赛因河的罗浮宫一带，威尼斯的利阿尔多大桥的两岸，翡冷翠维基乌大桥的周遭；但康桥的"Backs"自有它的特长，这不容易用一二个状词来概括，它那脱尽尘埃气的一种清澈秀逸的意境可说是超出了画图而化生了音乐的神味。再没有比这一群建筑更调谐更匀称的了！论画，可比的许只有柯罗（Corot）的田野；论音乐，可比的许只有肖班①（Chopin）的夜曲。就这，也不能给你依稀的印象，它给你的美感简直

---

①肖班，通译肖邦（1810~1849），波兰作曲家、钢琴家。

是神灵性的一种。

　　假如你站在王家学院桥边的那棵大椈树荫下眺望，右侧面，隔着一大方浅草坪，是我们的校友居(fellows building)，那年代并不早，但它的妩媚也是不可掩的，它那苍白的石壁上春夏间满缀着艳色的蔷薇在和风中摇头，更移左是那教堂，森林似的尖阁不可浼的永远直指着天空；更左是克莱亚，啊！那不可信的玲珑的方庭，谁说这不是圣克莱亚(St. Clare)的化身，哪一块石上不闪耀着她当年圣洁的精神？在克莱亚后背隐约可辨的是康桥最潢贵最骄纵的三一学院(Trinity)，它那临河的图书楼上坐镇着拜伦神采惊人的雕像。

　　但这时你的注意早已叫克莱亚的三环洞桥魔术似的摄住。你见过西湖白堤上的西冷断桥不是？(可怜它们早已叫代表近代丑恶精神的汽车公司给铲平了，现在它们跟着苍凉的雷峰永远辞别了人间。)你忘不了那桥上斑驳的苍苔，木栅的古色，与那桥拱下泄露的湖光与山色不是？克莱亚并没有那样体面的衬托，它也不比庐山栖贤寺旁的观音桥，上瞰五老的奇峰，下临深潭与飞瀑；它只是怯伶伶的一座三环洞的小桥，它那桥洞间也只掩映着细纹的波鳞与婆娑的树影，它那桥上栉比的小穿兰与兰节顶上双双的白石球，也只是村姑子头上不夸张的香草与野花一类的装饰；但你凝神的看着，更凝神的看着，你再反省你的心境，看还有一丝屑的俗念沾滞不？只要你审美的本能不曾泯灭时，这是你的机会实现纯粹美感的神奇！

　　但你还得选你赏鉴的时辰。英国的天时与气候是走极端的。冬天是荒谬的坏，逢着连绵的雾盲天你一定不迟疑的甘愿进地狱本身去试试；春天(英国是几乎没有夏天的)是更荒谬的可爱，尤其是它那四五月间最渐缓最艳丽的黄昏，那才真是寸寸黄金。在康河边上过一个黄昏是一服灵魂的补剂。啊！我那时蜜甜的单独，那时蜜甜的闲暇。一晚又一晚的，只见我出神似的倚在桥阑上向西天凝望：——

　　　　看一回凝静的桥影，

　　　　数一数螺钿的波纹：

　　　　我倚暖了石阑的青苔，

　　　　青苔凉透了我的心坎；……

还有几句更笨重的怎能仿佛那游丝似轻妙的情景：

难忘七月的黄昏，远树凝寂，
像墨泼的山形，衬出轻柔暝色
密稠稠，七分鹅黄，三分桔绿，
那妙意只可去秋梦边缘捕捉；……

四

这河身的两岸都是四季常青最葱翠的草坪。从校友居的楼上望去，对岸草场上，不论早晚，永远有十数匹黄牛与白马，胫蹄没在恣蔓的草丛中，从容的在咬嚼，星星的黄花在风中动荡，应和着它们尾鬃的扫拂。桥的两端有斜倚的垂柳与椈荫护住。水是澈底的清澄，深不足四尺，匀匀的长着长条的水草。这岸边的草坪又是我的爱宠，在清朝，在傍晚，我常去这天然的织锦上坐地，有时读书，有时看水；有时仰卧着看天空的行云，有时反扑着搂抱大地的温软。

但河上的风流还不止两岸的秀丽。你得买船去玩。船不止一种：有普通的双桨划船，有轻快的薄皮舟 (canoe)，有最别致的长形撑篙船 (punt)。最末的一种是别处不常有的：约莫有二丈长，三尺宽，你站直在船梢上用长竿撑着走的。这撑是一种技术。我手脚太蠢，始终不曾学会。你初起手尝试时，容易把船身横住在河中，东颠西撞的狼狈。英国人是不轻易开口笑人的，但是小心他们不出声的皱眉！也不知有多少次河中本来优闲的秩序叫我这莽撞的外行给捣乱了。我真的始终不曾学会；每回我不服输跑去租船再试的时候，有一个白胡子的船家往往带讥讽的对我说："先生，这撑船费劲，天热累人，还是拿个薄皮舟溜溜吧！"我哪里肯听话，长篙子一点就把船撑了开去，结果还是把河身一段段的腰斩了去。

你站在桥上去看人家撑，那多不费劲，多美！尤其在礼拜天有几个专家的女郎，穿一身缟素衣服，裙裾在风前悠悠的飘着，戴一顶宽边的薄纱帽，帽影在水草间颤动，你看她们出桥洞时的恣态，捻起一根竟像没有分量的长竿，只轻轻的，不经心的往波心里一点，身子微微的一蹲，这船身便波的转出了桥影，翠条鱼似的向前滑了去。她们那敏捷，那闲暇，那轻盈，真是值得歌咏的。

在初夏阳光渐暖时你去买一支小船，划去桥边荫下躺着念你的书或是做你的梦，槐花香在水面上飘浮，鱼群的喋喋声在你的耳边挑逗。或是在初秋的黄昏，近着新月的寒光，望上流僻静处远去。爱热闹的少年们携着他们的女友，在船沿上支着双双的东洋彩纸灯，带着话匣子，船心里用软垫铺着，也开向无人迹处去享他们的野福——谁不爱听那水底翻的音乐在静定的河上描写梦意与春光！

住惯城市的人不易知道季候的变迁。看见叶子掉知道是秋，看见叶子绿知道是春；天冷了装炉子，天热了拆炉子；脱下棉袍，换上夹袍，脱下夹袍，穿上单袍：不过如此吧了。天上星斗的消息，地下泥土里的消息，空中风吹的消息，都不关我们的事。忙着哪，这样那样事情多着，谁耐烦管星星的移转，花草的消长，风云的变幻？同时我们抱怨我们的生活、苦痛、烦闷、拘束、枯燥，谁肯承认做人是快乐？谁不多少间咒诅人生？

但不满意的生活大都是由于自取的。我是一个生命的信仰者，我信生活决不是我们大多数人仅仅从自身经验推得的那样暗惨。我们的病根是在"忘本"。人是自然的产儿，就比枝头的花与鸟是自然的产儿；但我们不幸是文明人，入世深似一天，离自然远似一天。离开了泥土的花草，离开了水的鱼，能快活吗？能生存吗？从大自然，我们取得我们的生命；从大自然，我们应分取得我们继续的资养。哪一株婆娑的大木没有盘错的根柢深入在无尽藏的地里？我们是永远不能独立的。有幸福是永远不离母亲抚育的孩子，有健康是永远接近自然的人们。不必一定与鹿豕游，不必一定回"洞府"去；为医治我们当前生活的枯窘，只要"不完全遗忘自然"一张轻淡的药方，我们的病象就有缓和的希望。在青草里打几个滚，到海水里洗几次浴，到高处去看几次朝霞与晚照——你肩背上的负担就会轻松了去的。

这是极肤浅的道理，当然。但我要没有过过康桥的日子，我就不会有这样的自信。我这一辈子就只那一春，说也真可怜，算是不曾虚度。就只那一春，我的生活是自然的，是真愉快的！（虽则碰巧那也是我最感受人生痛苦的时期）。我那时有的是闲暇，有的是自由，有的是绝对单独的机会。说也奇怪，竟像是第一次，我辨认了星月的光明，草的青，花的香，流水的殷勤。我能忘记那初春的睥睨吗?曾经有多少个清晨我独自冒着冷去薄霜铺地的林子里闲步——为听鸟语，为盼朝阳，为寻泥土里渐次苏醒的花草，为体会最微细最神妙的春信。啊，那是新来的画眉在那边调不尽的青枝上试它的新声!啊，这是第一朵小雪球花挣出了半冻的地面!啊，这不是新来的潮润沾上了寂寞的柳条?

静极了，这朝来水溶溶的大道，只远处牛奶车的铃声，点缀这周遭的沉默。顺着这大道走去，走到尽头，再转入林子里的小径，往烟雾浓密处走去，头顶是交枝的榆荫，透露着漠楞楞的曙色；再往前走去，走尽这林子，当前是平坦的原野，望见了村舍，初青的麦田，更远三两个馒形的小山掩住了一条通道。天边是雾茫茫的，尖尖的黑影是近村的教寺。听，那晓钟和缓的清音。这一带是此邦中部的平原，地形像是海里的轻波，默沉沉的起伏；山岭是望不见的，有的是常青的草原与沃腴的田壤。登那土阜上望去，康桥只是一带茂林，拥戴着几处娉婷的尖阁。妩媚的康河也望不见踪迹，你只能循着那锦带似的林木想象那一流清浅。村舍与树林是这地盘上的棋子，有村舍处有佳荫，有佳荫处有村舍。这早起是看炊烟的时辰：朝雾渐渐的升起，揭开了这灰苍苍的天幕(最好是微霭后的光景)，远近的炊烟，成丝的、成缕的、成卷的、轻快的、迟重的、浓灰的、淡青的、惨白的，在静定的朝气里渐渐的上腾，渐渐的不见，仿佛是朝来人们的祈祷，参差的翳入了天听。朝阳是难得见的，这初春的天气。但它来时是起早人莫大的愉快。顷刻间这田野添深了颜色，一层轻纱似的金粉糁上了这草，这树，这通道，这庄舍。顷刻间这周遭弥漫了清晨富丽的温柔。顷刻间你的心怀也分润了白天诞生的光荣。"春!"这胜利的晴空仿佛在你的耳边私语。"春!"你那快活的灵魂也仿佛在那里回响。

伺候着河上的风光，这春来一天有一天的消息。关心石上的苔痕，关心败草里的花鲜，关心这水流的缓急，关心水草的滋长，关心天上的云霞，关心新来的鸟语。怯伶伶的小雪球是探春信的小使。铃兰与香草是欢喜的初声。窈窕的莲馨，玲珑的石水仙，爱热闹的克罗克斯，耐辛苦的蒲公英与雏菊——这时候春光已是烂缦在人间，更不须殷勤问讯。

瑰丽的春放。这是你野游的时期。可爱的路政，这里不比中国，哪一处不是坦荡荡的大道?徒步是一个愉快，但骑自转车是一个更大的愉快，在康桥骑车是普遍的技术；妇人、稚子、老翁，一致享受这双轮舞的快乐。（在康桥听说自转车是不怕人偷的，就为人人都自己有车，没人要偷）。任你选一个方向，任你上一条通道，顺着这带草味的和风，放轮远去，保管你这半天的逍遥是你性灵的补剂。这道上有的是清荫与美草，随地都可以供你休憩。你如爱花，这里多的是锦绣似的草原。你如爱鸟，这里多的是巧啭的鸣禽。你如爱儿童，这乡间到处是可亲的稚子。你如爱人情，这里多的是不嫌远客的乡人，你到处可以"挂单"借宿，有酪浆与嫩薯供你饱餐，有夺目的果鲜恣你尝新。你如爱酒，这乡间每"望"都为你储有上好的新酿，黑啤如太浓，苹果酒、姜酒都是供你解渴润肺的。……带一卷书，走十里路，选一块清静地，看天，听鸟，读书，倦了时，和身在草绵绵处寻梦去——你能想像更适情更适性的消遣吗?

　　陆放翁有一联诗句："传呼快马迎新月，却上轻舆趁晚凉"，这是做地方官的风流。我在康桥时虽没马骑，没轿子坐，却也有我的风流：我常常在夕阳西晒时骑了车迎着天边扁大的日头直追。日头是追不到的，我没有夸父的荒诞，但晚景的温存却被我这样偷尝了不少。有三两幅画图似的经验至今还是栩栩的留着。只说看夕阳，我们平常只知道登山或是临海，但实际只须辽阔的天际，平地上的晚霞有时也是一样的神奇。有一次我赶到一个地方，手把着一家村庄的篱笆，隔着一大田的麦浪，看西天的变幻。有一次是正冲着一条宽广的大道，过来一大群羊，放草归来的，偌大的太阳在它们后背放射着万缕的金辉，天上却是乌青青的，只剩这不可逼视的威光中的一条大路，一群生物，我心头顿时感着神异性的压迫，我真的跪下了，对着这冉冉渐翳的金光。再有一次是更不可忘的奇景，那是临着一大片望不到头的草原，满开着艳红的罂粟，在青草里亭亭像是万盏的金灯，阳光从褐色云斜着过来，幻成一种异样紫色，透明似的不可逼视，刹那间在我迷眩了的视觉中，这草田变成了……不说也罢，说来你们也是不信的!

　　一别二年多了，康桥，谁知我这思乡的隐忧?也不想别的，我只要那晚钟撼动的黄昏，没遮拦的田野，独自斜倚在软草里，看第一个大星在天边出现!

　　　　　　　　　　　　　　　　　　　十五年一月十五日

赏析

知道志摩,

就不能不知道志摩的康桥。

一篇《我所知道的康桥》在案前,今夜,我就只有康桥了。此刻的我便是康桥唯一的游客。

素 描

无论如何辗转迂回,志摩终是属于康桥的。钟情已是千年,相遇自是有缘,一切先有默契,不必多言。该在的,不论是前生还是来世,它是始终都等在那里的。就只这一个康桥,单等这一个志摩去"发现",去结一段缘。不需要任何理由与契机。

一如禅诗所说:"寻常一样窗前月,才有梅花便不同。"康桥,因为有了志摩,而成就了它的灵性,径自走入中国文学史灿烂的一页。志摩,又因为有了康桥,而找到精神皈依与寄托。

第一段只用了一支炭素笔,就以线条勾勒出志摩与康桥之间几乎具有某种宿命意味的互属关系。语言平浅、意象单纯,而志摩心中的意念却温和地随着文字的节拍,不疾不缓地淡淡点出。

版 画

上前一步,即抵达你营造的"单独"境界,这正是你智慧的灵光一闪,也需得以犀利的心灵去抚触。仅以平静客观的态度和三个"你要发现"的排比句,就完成了一个人生的大颖悟，这出自性灵的会心之见，悟透的人自有心领神会的一笑。再如后文中"不满意的生活大都是自取的"，"有幸福是永远不离母亲扶养的孩子，有健康是永远接近自然的人"，这种从眼前景物荡开去，通过冥想的途径，反映个人情思的格言警句式的哲理短句，文中俯拾皆是，可圈可点。恰如散置在夜空里的星星，让人眼前一亮又一亮。从中可窥志摩炼字炼句，想象比喻的功夫，已达圆熟境界。

若以版画技法相拟，一刀一刀是刻在画版上的，无法随意涂改，没有相当把握，怎敢轻易下刀?也是最见画家功力所在。

勿容置疑，志摩是属于才华横溢的那一路作家。但临到面对至爱的康桥，我们一向自信的诗人忧心忡忡。你说："一个人要写他最心爱的对象，不论是人是地，是多么使他为难的一个工作，你怕，你怕描坏了它，你怕说过分恼了它，你怕说太谨慎辜负了它。"这是多么动人的忧虑，又何尝不是我们常人的经验？最神圣钟爱的事物，总是最不敢轻易提及，唯恐亵渎了它。

康桥，那是志摩心中千遍万遍唱不尽的爱宠，是断断不肯对它做骚人墨客式的清论高谈、评头论足。你甚至已经断言："这回是写不好的。"你的担忧至少让我明白了两层意思：爱是用血写的诗；其次是，我相信，志摩将要尽全部心力、笔力之所能，画一个心中的康桥给我们的。

国　画

随志摩踏时光而行，步步有声。

康河近了。我听到你的心跳。我望着你的背影正一步一履朝自己心跳过的地方走去，朝自己曾经的鞋声走去，朝自己哭过的哭和笑过的笑走去了。

你轻轻叹一口气，自言自语："这么快就离开那个春天这么远了？"可不是吗，那一个特定的春天，成了你和康桥永恒的季节。那些个不能释怀的日子，成了你一生的感动。

你也算是见过真山远水的人，但你竟毫不迟疑地断言："我敢说，康河是全世界最秀丽的一条水。"我纵有一百个质疑的理由，我不忍心给自己一个质疑的自由。你此刻的心情我想我知道。

此时的康河，已被偷换概念成你心中理想的象征。你不是地理学家，你无需科学的精密与严谨。况且，谁又能不容许"情人眼里出西施"的偏颇？你的执着，令每一个读到这的人不能不深深动容。不是为康河之美，而是你炙人的痴情。我能感觉得到你的血在烧，在字里行间窜流。志摩是实实在在爱疯了康桥的。

随即，你以中国画常用的散点透视法，引导我从不同角度浏览康桥，交给我三幅传神写意的中国水墨：

淡泊悠远、田园情调的康河坝筑图

堂皇典丽、气象高华的学院建筑群

超凡脱俗、维妙维肖的克莱亚三环洞桥

◎ 剑桥果园旁的拜伦潭，据说当年年轻的拜伦经常在这里裸泳。

第一幅：拜伦潭——果子园——星光下的水声——近村晚钟声——河畔倦牛刍草声。神秘的层境尤需次第叠出，叠而不重。星光、波光，钟声、水声，人烟气、生灵气，笔性和墨气浑然天成。不仅想象瑰丽，色彩缤纷，而且感觉奇特，极富视听之美。没有玄奇的意象，却似有玄机伏笔，让人产生无边玄想。不知不觉中已被志摩所酿制的神秘悠远的气氛所覆盖。而志摩本身则完全进入物我合一，无人交感的浑然之境。

第二幅：志摩并不着意描绘学院建筑群，而以具有暗示性的墨意留白，提供给人想象的空间和回味不尽的"意趣"。以柯罗的田野画和肖邦的小夜曲这些具有暗示意味的形象与意境引起读者联想与共鸣。遥想志摩当年置身其间，方帽黑袍，一卷在手，何等惬意潇洒，最是神采飞扬了。景、人、情交融，才成最美的画境。

第三幅：克莱亚三环洞桥，在志摩笔下，美得不夸张也不尖锐。但志摩最是善用隐词的高手，一个"怯伶伶"，有声有色有味，立时给一个平平凡凡的小桥注入了血脉与精气神儿。文字的高度妙用，被志摩童话般的魔手耍活了。小桥自有了她玲玲珑珑的风韵，正是那种"养在深闺人未识"的小家碧玉式的纯净与温润。初初入眼并不夺人，需得"凝神地看着，更凝神地看着"，这才品出她的脱俗之美。如古人所说："花好在颜色，颜色人可效；花妙在精神，精神在莫造。"这份"精神"是要人穿过眼帘，用心去感受的。志摩在问："看还有一丝屑的俗念沾滞不？"当然没有了，也许真的没有了，也许单是冲着你那痴情，不容许自己再有了。

◎ 国画《徐志摩》（王宏喜绘）

正如蓬头垢面的清晨不宜欣赏女人一般，志摩是不乐意我在不适当的天时与气候，去赏坏了他的康桥的。

志摩的天性是唯美的，唯美的志摩正是叔本华所说"即使明天是世界末日，今晚仍要在园中遍植玫瑰"的那种人。志摩受不了康桥不够完美。

在我有限的地理知识里，英国的冬天总是雾看一张脸，而志摩则说是"走极端""荒谬的坏"。你用了一个欧化长句"逢着连绵的雾盲天你一定不迟疑地甘愿进地狱本身去试试"，把消化这句子的节奏放慢、时间拉长，感受力也加强了。没有人会再怀疑冬游康桥将是怎样愚蠢的选择。一个"盲"字用神了，语言在一瞬间活了过来，并扩大到无限，具有一种超现实的情趣。

总还是那个诗人的志摩。三幅画毕，方兴未艾，又信手拈来两节小诗。再次以乐器的层次滋润着我们的听觉、视觉、嗅觉、触觉的通感，就像在人心胸铺展开两方好平的阳光，令人浸润其间，享受一种不可言诠的温柔的感动。

如果说"康桥的灵性全在一条河上"。

那么，康河的灵性则全在它脱俗的神性之美。

康桥也因此而有了它最动人的质地。

油　画

　　只是浮光掠影的写意水墨画，对于至爱康桥的志摩来说，是不尽兴的。如果说第三段是以中国画的散点透视法画了康桥的"线"，那么志摩在第四段则以西洋油画的焦点透视法，浓墨重彩地画了康桥的"点"。这巨幅油画我叫它——康桥之春。

　　布局吗？当然也还是依你：

　　把"恣蔓"的草丛给牛马的"胫蹄；"把"新来的潮润"给"寂寞的柳条"；把"饮烟"给"佳荫里的村舍"；把仙姿给素裙纱帽、长篙轻点的女郎；把春的长袍披给康桥，把康桥——还给志摩。

　　康河水波依旧，你说，去租船吧，就那种别处不常有的长形撑篙船。——在水一方，你手持长篙，盈盈而笑，轻吟一句："寻梦？撑一支长篙／向青草更青处漫溯"，仿佛从来就不曾离去。谁能知晓你这尾深水鱼的快乐？庄子负手不答，但——我想，我知道。

　　河身多曲折，时隐时现你单衫微寒的身影。我以为：一条河的走姿并不重要，重要的是你的百转柔肠，船撑得好坏并不重要，重要的是那一叶扁舟，去留由己的小情小趣；住惯都市不解季节变迁，还是远离尘嚣不食人间烟火也不重要，重要的是是否还保有一颗对自然的敏感之心。

　　志摩说得对，人类是"病"了，病在"入世深似一天，离自然就远似一天"。这不禁使我想起清朝画家盛大士的一句话："凡人多熟一分世故，即多一分机智；多一分机智，即少一分高雅。"我们离苏东坡"人间有味是清欢"的境界是越来越遥远了，追求清欢的心念也越来越淡薄了。五官要清欢，总遭遇油腻、噪音、污染；心情要清欢，找不到可供散步的绿野田园。有时想找三五知己去啜一盅热茶，可惜心情也有了，朋友也有了，只是有茶的地方总在都市中心人声最嘈杂的所在。清欢已被拥挤出尘世，人间也越来越逼人以浊为欢，以清为苦，而忘失生命清明的滋味。

　　志摩给我们开了一帖药方——不完全遗忘自然。

　　岂止是不遗忘，你是完完全全把自己融入自然，也终于完成自己于无边的自然之中。

徐志摩

散文
206
名作欣赏

你看：志摩在"天然织锦"般的草坪上读书、看云、拥抱大地。你把这里描绘成草的天堂。人给自然一个天堂，自然也还给人一个天堂。

志摩在"薄霜铺地"的林子里散步，听鸟语、盼朝阳、寻泥里苏醒的花香、体会最微细神妙的春信。写景在字面上也还是历代诗词中常见的那种春之美，但以前只知道春天有多美，这会儿才感到春天有多骚，像足了一个娇俏的、爱嗔闹着小姐脾气的小女人。她的呼吸、她的体温，近在咫尺，伸手可触。那是逼着人忍不住要去相亲的生命。

志摩正顺着"水溶溶的大道"登上土埠，与康桥拉开些距离，再赏康桥。这是全文中最能体现志摩艺术风格的一段。溶拟人、排比、比喻、反复、欧化长句于一体。无论是语言的创新、意象的融铸、节奏的掌握，以及某些难以宣说的高度气氛之营造，都不是一般的游记散文所堪比拟的，硬是一步步使读者从内心深处逼出一个鲜活水灵的春之康桥。

志摩又顺着草味和风，骑车"迎着天边扁大的日头"放轮远去了，去爱花、去爱鸟、去爱人情、去偷尝晚景的温存、去绿草绵绵处寻梦。

尽管，我无法道出"带一卷书，走十里路，选一块清净地，看天，听鸟，读书。倦了时，和身在草绵绵处寻梦去"这样的消遣是怎样的况味，但怎能叫人立刻停止那玄幽的迷思？

只是你这一"寻梦"，怎么就不醒了？春已经走得很远了，秋露已重，你可有一件御寒的夹袍？可有一只唐诗中焚着一把雪的红泥小火炉？

只是你这一"寻梦"，怎么就不归了？被风翻到三十四页便停住了，成为文学史上的孤本，而康桥在你笔下也便成了千古绝唱。你明明允诺我们"今夜只能极简的写些，等以后有兴会时再补"，却羽化登仙般地翩翩如鹤归去，让我们空悬着一颗再读康桥的心，苦等至今。假如你能像火鸟，自焚之后又在灰烬中复活，自无涯返回有涯来看看你久别的康桥，而康桥前倾到的已是他人。志摩会怎样？

你果然是个真性情的人，竟毫不掩饰地对我说："我这一辈子就只那一春，说也可怜，算是不曾虚度。""我不曾知道过更大的愉快。"

情必近于痴而始真。未料见过世界的志摩，你的欢愉竟是这样窄窄的、小小

徐志摩 散文 207 名作欣赏

的，仅仅容纳得下一个康桥。我为你的执着感动得直想哭……

我在想，我一直在想，若能给志摩多一年的康桥春天该有多好。再转念，其实在时间的流里，原没有什么绝对的长与短，只要能真正感受到生命的丰盈，瞬间即在永恒。

篇末那两幅夕照图是无论如何，也无法一笔带过的。它不是描在纸上，也不是刻在画版上，是一刀一刀镌刻在志摩血肉心壁上的。

也试着让自己隔着篱笆，看天风迎面赶一群羊过来，夕阳从它们的后背照过来，把它们照成金色的透明体，谁能怀疑它们不是一群仙界的灵物？谁又能不感到那种"神异性的压迫直逼过来"。大自然的美有时是会逼人落泪的。而我们跪伏在大自然面前的诗人，正是这画幅中最传神惹眼的点睛之笔。只轻轻一点，就把自然景观提升到人文景观的层境。

斜阳下草原上的罂粟花，再次迷眩了我的视觉。究竟像什么？最善比喻的志摩竟"吝啬"地用省略号一点了之，成了画境中的留白。一百个读者就有一百种想象，想象的空间与深度顿时无限辽阔。

志摩在收笔了。一定还有一些什么，你是不肯说的；还有多少藏在口袋里的情怀，你也不再轻易向人说道。也许四月的黄昏知道，四月黄昏的康桥知道。

但志摩却给我们一个突兀的结尾："谁知我这思乡的隐忧。"你怎能把乡愁说得如此轻易？康桥，它也许是别人的故乡，但必定是你的异乡。一读再读，才得顿悟的刹那。于躯壳，你是过客，但于灵魂，康桥正是你的归宿，它是志摩心灵的故乡啊！

胡适在《追悼志摩》一文里曾经对志摩的理想作过这样的概括："他的人生观真是一种'单纯信仰'，这里面只有三个大字：一个是爱、一个是自由、一个是美。他梦想这三个理想能够会合于一个人生里。"而爱、自由、美正是康桥所有。

因此，康桥在志摩心中已不再是一群学院的代名词，而是：一个美学观点、一个博爱的载体、一个自由的象征，是一种理想中的生活方式和生活境界。完全是形而上感觉的升华。

有人用画笔呈情，有人用眼眸承情，有人用文字陈情，志摩你是以对康桥第三度山水般的心契与领会，与读到它的人以心换心的。正如你自己的话："你要打开人家的心，先得打开你自己心。"

我以为：一篇好文章全靠"文气充沛"。"文气"是文章的灵魂，也最见作品的尽境。这篇散文之所以成为我国现代早期游记散文的代表作，徐志摩散文的巅峰之作而脍炙人口，首先在于它的感人，其次是它完美的艺术形式。而感人的是志摩的真情投入。"真正震撼人心的作品，必然是直指本心，写出人性的共相，触及人性的本然，使读者会其心而同其心"，这篇散文便是了。

志摩描绘的是康桥的皮肉骨，我们得到的却是它的神；勾勒出的是康桥的点线面，我们进入的却是整个画廊。在有意无意之间，已不得不思志摩所思、感志摩所感、悟志摩所悟，只有答应了自己随了志摩的思路行去，并以心灵的颤动、呼应那无法抗拒的接引。康桥固然遥不可及，但我们的梦想与神往，借志摩的一支笔替我们都实现了；康桥固然本来就美，也是志摩实在写得好，硬是把这一个康桥给写足了。

文气也在回荡中饱满高涨，充沛于字里行间，让我们一次又一次震慑于志摩不凡的才情。而在此文完美的艺术形式中最为亮丽袭人的，是志摩的语言艺术，颇值一提。

写景时惯常使用欧化长句，把读者"消化"一个句子的时间拉长、节奏放慢，恰似一种从容漫步山水的心情；而写感悟，则多用短句，以适合表达感情的急促与热烈。或用长句把一串短句轻轻托住，或长短句错综出现，使长短相间，错落有致，快慢相节，形成一种起伏的韵律美。

反复、排比手法恰到好处的运用，使语言有了强烈的节奏感和音乐感，洋溢着灵动的乐谱情调，甚至写出了满纸的回音与乐声。

志摩是这样自如地操作着语言，不仅使它精确，而且赋予它"活"的生命，寻求语言新关联的能力，选用机能性强的语字，使语言的内在世界丰盈而饱满，多姿多彩而富于表情。曲折而非直线、起伏而非平坦。时而开门见山，时而回廊九曲，时而腾达、时而沉落，既一针见血、又十面埋伏。相当耐读，差堪玩味。功力之深，已达心手两忘的境界。

这使我赏读的过程中一直有一个错觉：读到的明明是一篇散文，实际上得到的却是一首好诗。即使不分行也读得出是诗，是诗化了的意境，是诗歌语言的魅力。

每读一遍都有新鲜的感动。《我所知道的康桥》是一遍就可以读懂的，因为它——语近，但也许是好多遍也读不懂的，因为它——情遥。把清代诗评家沈德潜的"语近情遥、含吐不露"移来此处，是否最为贴切？

悄悄的我走了
正如我悄悄的来
我挥一挥衣袖
不带走一片云彩

志摩的确是悄悄地走远了，但挥不去带不走的是他的康桥。它作为学院建筑留在英国，它作为一篇具有生命质感的美文，留在中国文学史中。自然中的康桥会老，但文字中的康桥，将在所有爱志摩的读者心中永远年轻。

(楚楚)

◎ 剑河风景

翡冷翠①山居闲话

只要你认识了这一部书，你在这世界上寂寞时便不寂寞，穷困时不穷困，苦恼时有安慰，挫折时有鼓励，软弱时有督责，迷失时有南针。

在这里出门散步去，上山或是下山，在一个晴好的五月的向晚，正像是去赴一个美的宴会，比如去一果子园，那边每株树上都是满挂着诗情最秀逸的果实，假如你单是站着看还不满意时，只要你一伸手就可以采取，可以恣尝鲜味，足够你性灵的迷醉。阳光正好暖和，决不过暖；风息是温驯的，而且往往因为他是从繁花的山林里吹度过来他带来一股幽远的淡香，连着一息滋润的水气，摩挲着你的颜面，轻绕着你的肩腰，就这单纯的呼吸已是无穷的愉快；空气总是明净的，近谷内不生烟，远山上不起霭，那美秀风景的全部正像画片似的展露在你的眼前，供你闲暇的鉴赏。

作客山中的妙处，尤在你永不须踌躇你的服色与体态；你不妨摇曳着一头的蓬草，不妨纵容你满腮的苔藓；你爱穿什么就穿什么；扮一个牧童，扮一个渔翁，装一个农夫，装一个走江湖的桀卜闪②，装一个猎户；你再不必提心整理你的领结，你尽可以不用领结，给你的颈根与胸膛一半日的自由，你可以拿一条这边颜色的长巾包在你的头上，学一个太平军的头目，或是拜伦那埃及装的姿态；但最要紧的是穿上你最旧的旧鞋，别管他模样不佳，他们是顶可爱的好友，他们承着你的体重却不叫你记起你还有一双脚在你的底下。

这样的玩顶好是不要约伴，我竟想严格的取缔，只许你独身；因为有了伴多少总得叫你分心，尤其是年轻的女伴，那是最危险最专制不过的旅伴，你应得躲避她像你躲避青草里一条美丽的花蛇！平常我们从自己家里走到朋友的家里，或是我们执事的地方，那无非是在同一个大牢里从一间

---

①翡冷翠，通译佛罗伦萨，意大利中部城市，文艺复兴时期欧洲最著名的艺术中心。
②桀卜闪，通译吉卜赛人，以过游荡生活为特点的一个民族。原居印度西北部，公元十世纪前后开始到处流浪，几乎遍布全球。

◎ 硖石镇徐志摩故居

狱室移到另一间狱室去，拘束永远跟着我们，自由永远寻不到我们；但在这春夏间美秀的山中或乡间你要是有机会独身闲逛时，那才是你福星高照的时候，那才是你实际领受，亲口尝味，自由与自在的时候，那才是你肉体与灵魂行动一致的时候；朋友们，我们多长一岁年纪往往只是加重我们头上的枷，加紧我们脚胫上的链，我们见小孩子在草里在沙堆里在浅水里打滚作乐，或是看见小猫追他自己的尾巴，何尝没有羡慕的时候，但我们的枷，我们的链永远是制定我们行动的上司！所以只有你单身奔赴大自然的怀抱时，像一个裸体的小孩扑入他母亲的怀抱时，你才知道灵魂的愉快是怎样的，单是活着的快乐是怎样的，单就呼吸单就走道单就张眼看耸耳听的幸福是怎样的。因此你得严格的为己，极端的自私，只许你，体魄与性灵，与自然同在一个脉搏里跳动，同在一个音波里起伏，同在一个神奇的宇宙里自得。我们浑朴的天真是像含羞草似的娇柔，一经同伴的抵触，他就卷了起来，但在澄静的日光下，和风中，他的姿态是自然的，他的生活是无阻碍的。

你一个人漫游的时候，你就会在青草里坐地仰卧，甚至有时打滚，因为草的和暖的颜色自然的唤起你童稚的活泼；在静僻的道上你就会不自主的狂舞，看着你自己的身影幻出种种诡异的变相，因为道旁树木的阴影在他们纡徐的婆娑里暗示你舞蹈的快乐；你也会得信口的歌唱，偶尔记起断片的音调，与你自己随口的小曲，因为树林中的莺燕告诉你春光是应得赞美的；更不必说你的胸襟自然会跟着曼长的山径开拓，你的心地会看着澄蓝的天空静定，你的思想和着山壑间的水声，山罅里的泉响，有时一澄到底的清澈，有时激起成章的波动，流，流，流入凉爽的橄榄林中，流入妩媚的阿诺河①去……

　　并且你不但不须应伴，每逢这样的游行，你也不必带书。书是理想的伴侣，但你应得带书，是在火车上，在你住处的客室里，不是在你独身漫步的时候。什么伟大的深沉的鼓舞的清明的优美的思想的根源不是可以在风籁中，云彩里，山势与地形的起伏里，花草的颜色与香息里寻得？自然是最伟大的一部书，葛德②说，在他每一页的字句里我们读得最深奥的消息。并且这书上的文字是人人懂得的；阿尔帕斯③与五老峰，雪西里④与普陀山，来因河⑤与扬子江，梨梦湖⑥与西子湖，建兰与琼花，杭州西溪的芦雪与威尼市⑦夕照的红潮，百灵与夜莺，更不提一般黄的黄麦，一般紫的紫藤，一般青的青草同在大地上生长，同在和风中波动——他们应用的符号是永远一致的，他们的意义是永远明显的，只要你自己心灵上不长疮瘢，眼不盲，耳不塞，这无形迹的最高等教育便永远是你的名分，这不取费的最珍贵的补剂便永远供你的受用；只要你认识了这一部书，你在这世界上寂寞时便不寂寞，穷困时不穷困，苦恼时有安慰，挫折时有鼓励，软弱时有督责，迷失时有南针⑧。

十四年七月

---

①阿诺河，流经佛罗伦萨的一条河流。

②葛德，通译歌德，德国诗人。

③阿尔帕斯，通译阿尔卑斯，欧洲南部的山脉，有多处景色迷人的山口，为著名旅游胜地。

④雪西里，通译西西里，地中海最大的岛屿，属意大利。

⑤来因河，通译莱茵河，欧洲的一条大河，源出瑞士境内的阿尔卑斯山，流经列支敦士登、奥地利、法国、西德、荷兰等国，注入北海。

⑥梨梦湖，通译莱蒙湖，也即日内瓦湖，在瑞士西南与法国东部边境，是著名的风景区和疗养地。

⑦威尼市，通译威尼斯，意大利东北部城市。

⑧南针，即指南针。

赏析

　　这是一篇富有田园牧歌情调的"诗化"小品散文。文章情调悠闲纡徐，从容自适，虽仍然大致是"跑野马"的风格，但细细品赏，却绝非信马由缰。

　　全文以与隐含的读者"你"交谈"闲话"的口吻和叙述方式展开写景和抒情——亲切自然，又带有些急于让"你"与之共享、与之"众乐乐"的迫不及待。作者始终扣住"自然是最伟大的一部书"的中心主题，着意从个体内心感受的角度和方式着意渲染抒写独自作客于翡冷翠(今译佛罗伦萨)山中的妙处和快乐的心境。

　　且让我们假想成那个面聆徐志摩之娓娓"闲话"的"你"，而作一次返归自然、充分解放性灵的诗性漫游吧！

　　自然，这种充分解放性灵的精神漫游，除主体心境首需"空"（"空故纳万象"）外，言为心声，语言表达上尤需顺畅无碍，一气贯通。在徐志摩这篇散文中，正是先声夺人，首先在"语感"的层面上，就营构出一种畅流不息、行云流水的美，足令读者有"如行山阴道上，目不暇接"的促迫流动感。

　　"在这里出门散步去，上山或是下山，在一个晴好的五月的向晚，正像是去赴一个美的宴会，比如去一果子园，那边每株树上都是满挂着诗情最秀逸的果实，假如你单是站着看还不满意时，只要你一伸手就可以摘取，可以恣尝鲜味，足够你性灵的迷醉。"

　　到这儿你好象可以勉强歇一口气，可你再接着读："阳光正好暖和，决不过暖；风息是温驯的，而且往往因为他是以繁花的山林里吹度过来他带来一股幽远的淡香，连着……"

你又该上气难接下气了。仿佛只要你一开始读，就像跳舞女穿上了着魔的"红舞鞋"，不管长句、短句，似乎那儿都无法打住，非得一气儿读完才够那么一点"性灵的迷醉"。那种"如万斛泉水不择地而出"的流动之气，着实使得文章"言之短长与声之高下者皆宜"。我们不能不承认并且惊奇：不管徐志摩给人以"西化"的印象有多强烈，他终究还是一个地道的中国现代诗人。在他这儿(尤其体现于这篇散文这一段)汉语言作为一种非形态语言之形式松驰、联想丰富、组合自由、气韵生动、富于弹性和韵律的艺术禀赋，在这里发挥到淋漓尽致的程度。

"作客山中"的妙处，徐志摩显然体会尤深。因为山中的大自然，是远离现代文明之嚣闹繁杂的一个幽僻去处。在那儿，你可摆脱日常文明社会的种种羁绊和束缚，可以完全自由自在、无拘无束：不用在乎人家怎样看你，不必矫饰，"不须蹰躇你的服色与体态"，"再不必提心整理你的领结"……

独行山中的舒畅更无可比拟。徐志摩竟然冲动偏激到认为"顶好不带女伴"——这对天性浪漫自由纯情的诗人来说，不啻于骇世奇言。"只有你单身奔赴大自然的怀抱时，像一个裸体的小孩扑入他母亲的怀抱时，你才知道灵魂的愉快是怎样的，……只许你，体魄与性灵，与自然同在一个脉搏里跳动，同在一个音波里起伏，同在一个神奇的宇宙里自得"。因为此时，人与自然沟通融合，"天人合一"了。

作为诗人，徐志摩永远有着孩童般的天真和单纯，也对逝去的童年格外珍惜，充满追忆和思念。徐志摩在《想飞》中写过"人们原来都是会飞的"的浪漫童话，在这篇"闲话"中，又同样用天真稚朴的语气给我们讲一个类似的童话："朋友们，我们多长一岁年纪往往只是加重我们头上的枷，加紧我们脚胫上的链……"在这个童话背后，作者揭露的一个更令人震惊的事实则是："平常我们从自己家里走到朋友的家里，或是我们执事的地方，那无非是在同一个大牢里从一间狱室移到另一间狱室去，拘束永远跟着我们。自由永远寻不到我们"。这里，以一贯之着徐志摩批判文明，崇尚自然的自由理想。

作者还进一步地提醒你：也不必带书。书——这一现代文明和知识的象征，跟大自然这本更大更独特的"最伟大的一部书"相比，简直是肤浅愚笨的。我国古代

文论家刘勰曾在《文心雕龙》中以精采的华章描绘过大自然这部"奇书":

"夫玄黄色杂,方圆体分,日月叠璧,以垂丽天之象;山川焕绮,以铺理地之形,此盖道之文也"。这里写的是那个神秘的"道"(宇宙)本身的文采。这个"道"之"文",波及大自然的一切,使大自然的一切景物(山水动植物)都禀有独特之"文",耐人咀嚼,百读不厌:

"旁及万品,动植皆文:龙凤以藻绘呈瑞,虎豹以炳蔚凝姿;云霞雕色,有逾画工之妙;草木贲华,无待锦匠之奇"。

也还有诉诸听觉的"文",或许就是徐志摩所说的"在风籁中'寻得'伟大的深沉的鼓舞的清明的优美的思想的根源":

"大自然这部书,真乃最伟大的天工之书。"

然而,大自然这部奇书,却并非那么好读懂,作者提出的条件是:"心灵上不长苍癣,眼不盲、耳不塞",若以此再结合作者在文章中一再强调的"山居"、"独行"而不带女伴,"不带书"等要求和叮咛,我们可以约略窥得读懂大自然这部奇书的方法和途径:不但需暂时远离尘俗和现代文明的喧嚣,也需一个从容、空旷、能容万物的自由心境,更要在大自然的怀抱中,如裸体的婴儿般赤纯、天真,与大自然体悟相通,妙契同化。概而言之,需要个人性灵之完全的解放与高扬。

极而言之,也许更应该去"倾听"大自然这部奇书。"倾听"是一种交感契合的"妙悟"的境界。德国浪漫诗哲海德格尔说:我们必须下决心去倾听,倾听使我们超逾所有传统习见的樊篱,进入更为开阔的领域。唯有"倾听",我们才能"读懂"或听到大自然这部奇书发出的"绝对值得一听的,是从不曾从人口道过的话"(《话》)。徐志摩的演讲辞《话》,正是一再强调去"倾听"大自然所发出的"绝对值得一听的话"。因为"真伟大的消息都蕴伏在万事万物的本体里,要听真值得一听的话,只有请教(生活本体与大自然)两位最伟大的先生"。

(陈旭光)

北戴河海滨的幻想

难得是寂寞的环境，难得是静定的意境；寂寞中有
不可言传的和谐，静默中有无限的创造。

他们都到海边去了。我为左眼发炎不曾去。我独坐在前廊，偎坐在一张安适的大椅内，袒着胸怀，赤着脚，一头的散发，不时有风来撩拂。清晨的晴爽，不曾消醒我初起时睡态；但梦思却半被晓风吹断。我阖紧眼帘内视，只见一斑斑消残的颜色，一似晚霞的余赭，留恋地胶附在天边。廊前的马樱、紫荆、藤萝、青翠的叶与鲜红的花，都将他们的妙影映印在水汀上，幻出幽媚的情态无数；我的臂上与胸前，亦满缀了绿荫的斜纹。从树荫的间隙平望，正见海湾：海波亦似被晨曦唤醒，黄蓝相间的波光，在欣然的舞蹈。滩边不时见白涛涌起，迸射着雪样的水花。浴线内点点的小舟与浴客，水禽似的浮着；幼童的欢叫，与水波拍岸声，与潜涛呜咽声，相间的起伏，竞报一滩的生趣与乐意。但我独坐的廊前，却只是静静的，静静的无甚声响。妩媚的马樱，只是幽幽的微辗着，蝇虫也敛翅不飞。只有远近树里的秋蝉，在纺纱似的垂引他们不尽的长吟。

在这不尽的长吟中，我独坐在冥想。难得是寂寞的环境，难得是静定的意境；寂寞中有不可言传的和谐，静默中有无限的创造。我的心灵，比如海滨，生平初度的怒潮，已经渐次的消翳，只剩有疏松的海砂中偶尔的回响，更有残缺的贝壳，反映星月的辉芒。此时摸索潮余的斑痕，追想当时汹涌的情景，是梦或是真，再亦不须辨问，只此眉梢的轻皱，唇边的微哂，已足解释无穷奥绪，深深的蕴伏在灵魂的微纤之中。

青年永远趋向反叛，爱好冒险；永远如初度航海者，幻想黄金机缘于浩渺的烟波之外：想割断系岸的缆绳，扯起风帆，欣欣的投入无垠的怀抱。他厌恶的是平安，自喜的是放纵与豪迈。无颜色的生涯，是他目中的荆棘；绝海与凶巇，是他爱取自出的途径。他爱折玫瑰；为她的色香，亦

为她冷酷的刺毒。他爱搏狂澜：为他的庄严与伟大，亦为他吞噬一切的天才，最是激发他探险与好奇的动机。他崇拜冲动：不可测，不可节，不可预逆，起，动，消歇皆在无形中，狂飚似的倏忽与猛烈与神秘。他崇拜斗争：从斗争中求剧烈的生命之意义，从斗争中求绝对的实在，在血染的战阵中，呼叫胜利之狂欢或歌败丧的哀曲。

幻象消灭是人生里命定的悲剧；青年的幻灭，更是悲剧中的悲剧，夜一般的沉黑，死一般的凶恶。纯粹的，猖狂的热情之火，不同阿拉伯的神灯，只能放射一时的异彩，不能永久的朗照；转瞬间，或许，便已敛熄了最后的焰舌，只留存有限的余烬与残灰，在未灭的余温里自伤与自慰。

流水之光，星之光，露珠之光，电之光，在青年的妙目中闪耀，我们不能不惊讶造化者艺术之神奇，然可怖的黑影，倦与衰与饱餍的黑影，同时亦紧紧的跟着时日进行，仿佛是烦恼、痛苦、失败，或庸俗的尾曳，亦在转瞬间，彗星似的扫灭了我们最自傲的神辉——流水涸，明星没，露珠散灭，电闪不再！

在这艳丽的日辉中，只见愉悦与欢舞与生趣，希望，闪烁的希望，在荡漾，在无穷的碧空中，在绿叶的光泽里，在虫鸟的歌吟中，在青草的摇曳中——夏之荣华，春之成功。春光与希望，是长驻的；自然与人生，是调谐的。

在远处有福的山谷内，莲馨花在坡前微笑，稚羊在乱石间跳跃，牧童们，有的吹着芦笛，有的平卧在草地上，仰看交幻的浮游的白云，放射下的青影在初黄的稻田中缥缈地移过。在远处安乐的村中，有妙龄的村姑，在流涧边照映她自制的春裙；口衔烟斗的农夫三四，在预度秋收的丰盈，老妇人们坐在家门外阳光中取暖，她们的周围有不少的儿童，手擎着黄白的钱花在环舞与欢呼。

在远——远处的人间，有无限的平安与快乐，无限的春光……

在此暂时可以忘却无数的落蕊与残红；亦可以忘却花荫中掉下的枯叶，私语地预告三秋的情意；亦可以忘却苦恼的僵瘪的人间，阳光与雨露的殷勤，不能再恢复他们腮颊上生命的微笑，亦可以忘却纷争的互杀的人间，阳光与雨露的仁慈，不能感化他们凶恶的兽性；亦可以忘却庸俗的卑琐的人间，行云与朝露的丰姿，不能引逗他们刹那间的凝视；亦可以忘却自觉的失望的人间，绚烂的春时与媚草，只能反激他们悲伤的意绪。

　　我亦可以暂时忘却我自身的种种；忘却我童年期清风白水似的天真；忘却我少年期种种虚荣的希冀；忘却我渐次的生命的觉悟；忘却我热烈的理想的寻求；忘却我心灵中乐观与悲观的斗争；忘却我攀登文艺高峰的艰辛；忘却刹那的启示与彻悟之神奇；忘却我生命潮流之骤转；忘却我陷落在危险的旋涡中之幸与不幸；忘却我追忆不完全的梦境；忘却我大海底里埋首的秘密；忘却曾经刳割我灵魂的利刃，炮烙我灵魂的烈焰，摧毁我灵魂的狂飚与暴雨；忘却我的深刻的怨与艾；忘却我的冀与愿；忘却我的恩泽与惠感；忘却我的过去与现在……

　　过去的实在，渐渐的膨胀，渐渐的模糊，渐渐的不可辨认；现在的实在，渐渐的收缩，逼成了意识的一线，细极狭极的一线，又裂成了无数不相联续的黑点……黑点亦渐次的隐翳？幻术似的灭了，灭了，一个可怕的黑暗的空虚……

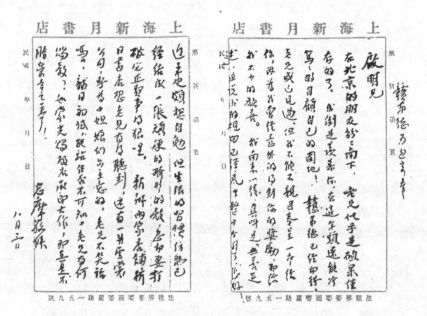

◎ 徐志摩给周作人的信

赏析

　　散文的星空，璀璨迷人，那是一颗颗睿智的星辰。写情绘景，朝花夕拾，游踪山川名城，叫人流连忘返；更让人动心的还有坦率地剖露心灵——那洞天其中的瑰丽世界，读者在那里可神游八极，心驰万仞，得到无穷的心理和艺术上的享受。《北戴河海滨的幻想》理当是这样一篇美文，然而，翻阅几册"徐志摩作品集"之类的书籍，编者大都归之于旅游散文之列。

　　这是有点牵强的。编者大致出于两种考虑；一是题目的景名是很醒目的；二是文章中着实也三言五语地说了那里的一点话。然而，依题而论其实，是不妥的。且说写景吧，在我看来，作者并无意要把北戴河的风光美景写出，更无意写出其异于他地之处，心力明显落在喧闹，以衬其所得境地之寂静而已。北戴河并不重要，当然也可是南戴河，还可是虚名山，只要能给徐志摩在热烈中带一点静思的氛围就中意了。

　　它委实是一篇坦露心迹，迸射思想火花的佳作。

　　徐志摩是一个情感热烈的作家，喜欢象征着活力的运动。他说："我是个好动的人；每回我身体行动的时候，我的思想也仿佛就跟着跳荡"，"是动，不论是什么性质，就是我的兴趣，我的灵感。是动就会催快我的呼吸，加添我的生命[①]。"动，被他提到生命意义的高度，可见动与徐志摩的轻重。然而，本文却对静投入了心思——"难得是寂寞的环境，难得是静定的意境；寂寞中有不可言传的和谐，静默中有无限的创造。"不用说，作者心中有不吐不快的郁结。

───────────────

①见徐志摩《落叶》。

青年永远热情似火，富有反叛和冒险精神，对未来有无穷的幻想。熄灭他们的理想之火，无异于窒息他年轻的生命。然而，正如作者清醒地意识到，"纯粹的，猖狂的热情之火，不同阿拉伯的神灯，只能放射一时的焰舌，不能永久的朗照。"此言，一针见血地指出青年人致命的弱点。青年人一旦失败，将会"流水润，明星没，露珠散灭，电闪不再！"作此文时（1924年），作者依旧年青，我们不难从中窥见他自己痛苦的心迹。不然，他也不会那么忘情于"艳丽的日辉"、"有福的山谷"、"安乐的村"，正是有这般自然与人生的大和谐，才有继之而来的无限的解脱。

他既忘却纷纭尘世的种种"意绪"，又忘却自身的"幸与不幸"，使自己沉浸在消失了"过去""现在"的虚幻之中。

徐志摩是一位具有浓厚西方资产阶级人文思想的诗人和作家。对自然的崇尚和热爱是他重要的思想内涵之一。在剑桥求学期间，他结识了英国著名的女作家曼斯菲尔德，她那反传统、爱人类、爱自由，眷恋大自然的本色美的思想，浸染了徐志摩的心灵，伟大的思想家卢梭对大自然的倾慕，也时时拨动着徐志摩的灵魂之弦，热爱自然，凝视大自然的和谐与安乐是他无尚的幸福。

笔触一与自然接通，徐志摩就那样忘情而充满鲜活的灵性。本文写冥想前的喧闹，倒是给我们绘了浓丽的彩图："廊前的马樱、紫荆、藤萝、青翠的叶与鲜明的花，都将他们的妙影映印在水汀上，幻出幽媚的情态无数"，"海波亦似被晨曦唤醒，黄蓝相间的波光，在欣然舞蹈。"

返璞归真的自然和谐的世态，徐志摩寄寓它无限的心灵的慰藉。正是因为有了这些，有了"远处的人间，有无限的平安和快乐，无限的春光"，才能忘却人间纷争，忘却自己的恩恩怨怨，抖落身上沉重的征尘。

田园风光的抒写处于文章的中段，不仅具有结构上的意义，更重要的，它完成了两种思想、两种心绪的转折和过渡，它是作者平静心灵痛苦和烦恼的港湾，安抚灵魂的春风——说它是文心是决不过分的。寥寥数笔，恣情于日辉、山间、农舍，作者把它推到这么高的位置，其用心是可明读的。

语言的多姿重彩，对一篇散文来说，是进入那瑰丽艺术世界的媒介；同时，又是它神工妙艺，在你的眼前，在你的心中幻化出欲滴的露、摇曳的青枝、坎坷的心路……本文使读者真正享受到语言酣畅淋漓的快意。

徐志摩善于用形象生动的语言描写难以把握的精神和情感。人失望和情绪低落时，难免要遥望激昂的昨天，这种忧郁痛苦的心境，他这样写道："我的心灵，比如海滨，生平初度的怒潮，已经渐次的消黯，只剩下有疏松的海砂中偶尔的回响，""此时摸索潮余的斑痕，追想汹涌的情景，是梦或是真。"在我们凝望浪涌浪回的鳞鳞波光中，徐志摩的心有谁人不解呢？

写景状物，空灵挥洒，徐志摩对他珍之爱之的自然和远村就是这样。他很少用写实的笔触描摹其色其质，而是以意写之，如淡墨山水，袅袅如云，物象飘然纷呈，"妙龄的村姑"和"自制的春裙"、"口衔烟斗的农夫"和"预度秋收的丰盈"等等，从春到秋，从妙龄到须眉，全在他笔下享融融之乐。

文中的最后两段，用了大量的排比，500多字，有23个忘却，然意犹未尽，末尾还留下"……"真是情急意浓。借助这些排比，他极力渲染了情绪，既宣泄了他对如此世风日下的人间的诅咒，又集中展露了自己情感和心灵的历史、思想的变迁。

（张国义）

◎《落叶》旧版本

天目山中笔记

多奇异的力量！多奥妙的启示！包容一切冲突性的现象，扩大刹那间的视域，这单纯的音响，于我是一种智灵的洗净。

佛于大众中　说我尝作佛　闻如是法音　疑悔悉已除
初闻佛所说　心中大惊疑　将非魔作佛　恼乱我心耶

——莲华经譬喻品

山中不定是清静。庙宇在参天的大木中间藏着，早晚间有的是风，松有松声，竹有竹韵，鸣的禽，叫的虫子，阁上的大钟，殿上的木鱼，庙身的左边右边都安着接泉水的粗毛竹管，这就是天然的笙箫，时缓时急的参和着天空地上种种的鸣籁。静是不静的；但山中的声响，不论是泥土里的蚯蚓叫或是桥夫们深夜里"唱宝"的异调，自有一种各别处：它来得纯粹，来得清亮，来得透澈，冰水似的沁入你的脾肺；正如你在泉水里洗濯过后觉得清白些，这些山籁，虽则一样是音响，也分明有洗净的功能。

夜间这些清籁摇着你入梦，清早上你也从这些清籁的怀抱中苏醒。

山居是福，山上有楼住更是修得来的。我们的楼窗开处是一片葱葱的林海，林海外更有云海！日的光，月的光，星的光：全是你的。从这三尺方的窗户你接受自然的变幻；从这三尺方的窗户你散放你情感的变幻。自在；满足。

今早梦回时睁眼见满帐的霞光。鸟雀们在赞美；我也加入一份。它们的是清越的歌唱，我的是潜深一度的沉默。

钟楼中飞下一声宏钟，空山在音波的磅礴中震荡。这一声钟激起了我的思潮。不，潮字太夸；说思流罢。耶教人说阿门，印度教人说"欧

◎ 浙江海宁市徐志摩研究会会长章景曙（右一）与本书责编在硖石镇东山（徐志摩墓所在地）的"志摩小道"上合影。这三十四级台阶代表着徐志摩生年的三十四岁。

姆"（O-m），与这钟声的嗡嗡，同是从撮口外摄到阖口内包的一个无限的波动：分明是外扩，却又是内潜；一切在它的周缘，却又在它的中心；同时是皮又是核，是轴亦复是廓。"这伟大奥妙的"（O-m）使人感到动，又感到静；从静中见动，又从动中见静。从安住到飞翔，又从飞翔回复安住；从实在境界超入妙空，又从妙空化生实在：

"闻佛柔软音，深远甚微妙。"

多奇异的力量！多奥妙的启示！包容一切冲突性的现象，扩大刹那间的视域，这单纯的音响，于我是一种智灵的洗净。花开，花落，天外的流星与田畦间的飞萤，上缩云天的青松，下临绝海的巉岩，男女的爱，珠宝的光，火山的熔液：一婴儿在它的摇篮中安眠。

这山上的钟声是昼夜不间歇的，平均五分钟时一次。打钟的和尚独自在钟头上住着，据说他已经不间歇的打了十一年钟，他的愿心是打到他不能动弹的那天。钟楼上供着菩萨，打钟人在大钟的一边安着他的"座"，他每晚是坐着安神的，一只手挽着钟槌的一头，从长期的习惯，不叫睡眠耽误他的职司。"这和尚"，我自忖，"一定是有道理的！和尚是没道理的多：方才那知客僧想把七窍蒙充六根，怎么算总多了一个鼻孔或是耳孔；那方丈师的谈吐里不少某督军与某省长的点缀；那管半山亭的和尚更是贪嗔的化身，无端摔破了两个无辜的茶碗。但这打钟和尚，他一定不是庸流不能不去看看！"他的年岁在五十开外，出家有二十几年，这钟楼，不错，是他管的，这钟是他打的（说着他就过去撞了一下），他每晚，也不错，是坐着安神的，但此外，可怜，我的俗眼竟看不出什么异样。他拂拭着神龛、神坐、拜垫，换上香烛掇一盂水，洗一把青菜，捻一把米，擦干了手接受香客的布施，又转身去撞一声钟。他脸上看不出修行的清癯，却没有失眠的倦态，倒是满满的不时有笑容的展露；念什么经；不，就念阿弥陀佛，他竟许是不认识字的。"那一带是什么山，叫什么，和尚？"这里是天目山"，他说，"我知道，我说的是那一带的。"我手点着问。"我不知道。"他回答。

山上另有一个和尚，他住在更上去昭明太子①读书台的旧址，盖着几间屋，供着佛像，也归庙管的。叫作茅棚，但这不比得普陀山上的真茅棚，那看了怕人的，坐着或是偎着修行的和尚没一个不是鹄形鸠面，鬼似的东西。他们不开口的多，你爱布施什么就放在他跟前的篓子或是盘子里，他们怎么也不睁眼，不出声，随你给的是金条或是铁条。人说得更奇了。有的半年没有吃过东西，不曾挪过窝，可还是没有死，就这冥冥的坐着。他们大约离成佛不远了，单看他们的脸色，就比石片泥土不差什么，一样这黑刺刺，死僵僵的。"内中有几个，"香客们说，"已经成了活佛，我们的祖母早三十年来就看见他们这样坐着的！"

但天目山的茅棚以及茅棚里的和尚，却没有那样的浪漫出奇。茅棚是尽够蔽风雨的屋子，修道的也是活鲜鲜的人，虽则他并不因此减却他给我们的趣味。他是一个高身材，黑面目，行动迟缓的中年人；他出家将近十年，三年前坐过禅关，现在这山上茅棚里来修行；他在俗家时是个商人，家中有父母兄弟姊妹，也许还有自身的妻子；他不曾明说他中年出家的缘由。他只说"俗业太重了，还是出家从佛的好"。但从他沉着的语音与持重的神态中可以觉出他不仅是曾经在人事上受过磨折，并且是在思想上能分清黑白的人。他的口，他的眼，都泄漏着他内里强自抑制，魔与佛交斗的痕迹；说他是放过火杀过人的忏悔者，可信；说他是个回头的浪子，也可言。他不比那钟楼上人的不着颜色，不露曲折；他分明是色的世界里逃来的一个囚犯。三年的禅关，三年的草棚，还不曾压倒，不曾灭净，他肉身的烈火。"俗业太重了，不如出家从佛的好。"这话里岂不颤栗着一往忏悔的深心？我觉着好奇，我怎么能得知他深夜趺坐时意念的究竟？

佛于大众中　说我尝作佛　闻如是法音　疑悔悉已除
初闻佛所说　心中大惊疑　将非魔所说　恼乱我心耶

①昭明太子，即南朝梁武帝长子萧统，立为太子，未及位而卒，谥号昭明。他信佛能文，曾招聚文人学士，编集《文选》。

◎ 剑桥大学古老的圆教堂

但这也许看太奥了。我们承受西洋人生观洗礼的，容易把做人看太积极，入世的要求太猛烈，太不肯退让，把住这热虎虎的一个身子一个心放进生活的轧床去，不叫他留存半点汁水回去；非到山穷水尽的时候，决不肯认输，退后，收下旗帜；并且即使承认了绝望的表示，他往往直接向生存本体的取决，不来半不阑珊的收回了步子向后退：宁可自杀，干脆的生命的断绝，不来出家，那是生命的否认。不错，西洋人也有出家做和尚做尼姑的，例如亚佩腊^①与爱洛绮丝^②，但在他们是情感方面的转变，原来对人的爱移作对上帝的爱，这知感的自体与它的活动依旧不含糊的在着；在东方人，这出家是求情感的消灭，皈依佛法或道法，目的在自我一切痕迹的解脱。再说，这出家或出世的观念的老家，是印度不是中国，是跟着佛教来的；印度可以会发生这类思想，学者们自有种种哲理上乃至物理上的解释，也尽有趣味的。中国何以能容留这类思想，并且在实际上出家做尼僧的今天不比以前 少(我新近一个朋友差一点做了小和尚)！这问题正值得研究，因为这分明不仅仅是个知识乃至意识的浅深问题，也许这情形尽有极有趣味的解释的可能，我见闻浅，不知道我们的学者怎样想法，我愿意领教。

十五年九月

---

①亚佩腊，未详。
②爱洛绮丝，十二世纪时一位法国青年女子，因与她的老师阿卜略尔恋爱而导致一场悲剧，终而遁世。

赏析

　　题为《天目山中笔记》。既曰"笔记"，则不一定与山有关，或许只因是在山中所记而已。不过，山也并非和本文主旨完全无干。天目是浙西名胜，山色秀雅，多奇峰竹林。所谓"天下名山僧占多"，天目当然是名山，因此与佛与禅息息相关。从作为题记的那段偈语，我们就能对本文的用意有所体察。

　　劈头一句"山中不定是清静"：有松声，有竹韵，有啸风，有鸣禽——"静是不静的"，因为有"声"。有"声"，却不是俗世的营营嗡嗡，是天然的笙箫，纯粹、清亮、透澈，是天籁，不污人耳聪倒使人心宁意远，不静反是静。"声"之后写"色"——目所能及的一切：林海，云海，日光，月光和星光，并非纷扰熙攘的百丈红尘，故而人处其中自在而满足。

　　读到这里我们似乎能感觉到那么一点点志摩的境界了，却依然怀疑距离那则有"佛"和"法音"等字样的偈文太远。直到他在对山中钟音一番颂赞之后感叹："闻佛柔软音，深远甚微妙。"钟这种单纯的音响，是一种洗净智灵的启示，它包容了万世万物于其怀中安眠，是大音、大相，无始，亦无终，无声，亦无色。

　　本文的重心其实是写了与佛有关的两个人物，也就是天目山中的两个和尚。

　　由宏大微妙的钟声自然就联想到了打钟的人。钟是昼夜不歇、片刻一次的，打钟的和尚也已不间歇地打了十一年，连每晚打坐安神也挽着钟槌，他脸上看不出修行的痕迹或失眠的倦态，倒有自在的笑意；不刻意念什么经更或竟不识字，只知身处天目而对其他细节无所关心（志摩在这里设计了一个绝妙的问答）——这一切都使我们想起了佛陀在《经集》中所云："那些超越疑虑，背离苦恼，乐在涅槃，驱除贪嗔，导向诸天世界的人，乃是行道的胜者。"这种"胜者"，也是"圣者"，志摩感到是他的（也是我们的）"俗眼竟看不出什么异样"来的。

无忧无欢，无智无聪，圣者证道于平常，这是志摩所能设想的佛家的最高境界，却绝不是志摩所能企及的。志摩所能企及的（也就是自感能以身处的）是另一种和尚：他不是如前一位平常而悠远的那种，也不是冥坐苦修、鹄形鸠面的那种。他住在茅棚里，家中尚有亲人竟或还曾有过妻子，至于向佛的缘由他只肯解释说"俗业太重"；他人事上受过磨折、思想上能分清黑白，禅坐和草棚尚难压倒其肉身的烈火，是个修道者也是个活鲜鲜的人，他或许是个忏悔者，是个回头的浪子，是佛与魔在内心交战的逃离色界的囚犯，出家仅为了情感的解脱或自我痕迹的消灭——这也许倒像志摩本人某种心境的写照——这样的佛徒能使志摩尤为感喟，正如脸有风霜的妇人往往比明眸皓齿的少女更令人销魂是一个道理。

很难再具体考证志摩在二六年秋写下此文时的心态，恐怕也没有这个必要。志摩一向被视为一个情感充溢的、踊跃入世的诗人，这固然不错，但此文也确实见出诗人心灵的又一层面。我们这样说还有另外一个例证，那就是志摩在其名诗《常州天宁寺闻礼忏声》中对佛音梵呗的顶礼和咏赞。

（龙清涛）

◎ 徐志摩故居院中

曼殊斐儿①

　　美感的记忆，是人生最可珍的产业，认识美的本
能是上帝给我们进天堂的一把秘钥。

　　　　　这心灵深处的欢畅，

　　　　　这情绪境界的壮旷；

　　　　　任天堂沉沦，地狱开放，

　　　　　毁不了我内府的宝藏！

　　　　　　　　　　——《康河晚照即景》

　　美感的记忆，是人生最可珍的产业，认识美的本能是上帝给我们进天堂的一把秘钥。

　　有人的性情，例如我自己的，如以气候喻，不但是阴晴相间，而且常有狂风暴雨，也有最艳丽蓬勃的春光。有时遭逢幻灭，引起厌世的悲观，铅般的重压在心上，比如冬令阴霾，到处冰结，莫有微生气；那时便怀疑一切；宇宙、人生、自我，都只是幻的妄的；人情、希望、理想也只是妄的幻的。

Ah, human nature, how,

If utterly frail thou art and vile,

If dust thou art and ashes, is thy heart so great?

If thou art noble in part,

How are thy loftiest impulses and thoughts

By so ignobles causes kindled and put out?

"Sopra un ritratto di una bella donna." ②

徐志摩　散文　229　名作欣赏

---

①曼殊斐尔，通译曼斯菲尔德（1888~1923），英国女作家。生于新西兰的惠灵顿，年轻时到伦敦求学，后在英国定居。

②这首诗译述如下："啊，人性，如果你是绝对脆弱和邪恶，／如果你是尘埃和灰烬，／你的情感何以如此高尚？／如果你多少称得上崇高，／你高尚冲动和思想何以如此卑微而转瞬即逝？"

◎ 曼殊斐儿

这几行是最深入的悲观派诗人理巴第[①](Leopardi)的诗；一座荒坟的墓碑上，刻着冢中人生前美丽的肖像，激起了他这根本的疑问——若说人生是有理可寻的何以到处只是矛盾的现象，若说美是幻的，何以他引起的心灵反动能有如此之深切，若说美是真的，何以可以也与常物同归腐朽，但理巴第探海灯似的智力虽则把人间种种事物虚幻的外象——褫剥连宗教都剥成了个赤裸的梦，他却没有力量来否认美！美的创现他只能认为是称奇的，他也不能否认高洁的精神恋，虽则他不信女子也能有同样的境界，在感美感恋最纯粹的一刹那间，理巴第不能不承认是极乐天国的消息，不能不承认是生命中最宝贵的经验，所以我每次无聊到极点的时候，在层冰般严封的心河底里，突然涌起一股消融一切的热流，顷刻间消融了厌世的结晶，消融了烦闷的苦冻。那热流便是感美感恋最纯粹的一俄顷之回忆。

To see a world in a grain of sand,
And a Heaven in a wild flower,
Hold lnfinity in the palm of your hand
And eternity in an hour
Auguries of Muveence William Glabe
从一颗沙里看出世界，
天堂的消息在一朵野花，
将无限存在你的掌上。

徐志摩 散文 名作欣赏

---

①理巴第，通译为莱奥帕尔迪（1793～1837），意大利诗人、学者。

这类神秘性的感觉，当然不是普遍的经验，也不是常有的经验，凡事只讲实际的人，当然嘲讽神秘主义，当然不能相信科学可解释的神经作用，会发生科学所不能解释的神秘感觉。但世上"可为知者道不可与不知者言"的情事正多着哩！

　　从前在十六世纪，有一次有一个意大利的牧师学者到英国乡下去，见了一大片盛开的苜蓿(Clover)在阳光中只似一湖欢舞的黄金，他只惊喜得手足无措，慌忙跪在地上，仰天祷告，感谢上帝的恩典，使他得见这样的美，这样的神景。他这样发疯似的举动当时一定招起在旁乡下人的哗笑，我这篇里要讲的经历，恐怕也有些那牧师狂喜的疯态，但我也深信读者里自有同情的人，所以我也不怕遭乡下人的笑话！

　　去年七月中有一天晚上，天雨地湿，我独自冒着雨在伦敦的海姆司堆特(Hampstead)问路惊问行人，在寻彭德街第十号的屋子。那就是我初次，不幸也是末次，会见曼殊斐儿——"那二十分不死的时间！"——的一晚。

　　我先认识麦雷君[①](John Middleton Murry)，Athenaeum[②]的总主笔，诗人，著名的评衡家，也是曼殊斐儿一生最后十余年间最密切的伴侣。

　　他和她自一九一三年起，即夫妇相处，但曼殊斐儿却始终用她到英国以后的"笔名"(Penname)Miss Katherine Mansfield。她生长于纽新兰[③](New Zealand)，原名是Kathleen Beanchamp，是纽新兰银行经理Sir Harold Beanchamp的女儿，她十五年前离开了本乡，同着她三个小妹子到英国，进伦敦大学院读书。她从小即以美慧著名，但身体也从小即很怯弱。她曾在德国住过，那时她写她的第一本小说"In a German Pension"[④]。大战期内她在法国的时候多，近几年她也常在瑞士、意大利及法国南部。她所以常在外国，就为她身体太弱，禁不得英伦的雾迷雨苦的天时，麦雷为了伴她也只得把一部分的事业放弃(Athenaeum之所以并入London Nation[⑤]就为此)，跟着他安琪儿似的爱妻，寻求健康，据说可怜的曼殊斐儿战后得了肺病，证明以后，医生明说她不过三两年的寿限，

①麦雷，即约翰·米德尔顿·默里（1889~1973），英国诗人，评论家，也做过记者、编辑。曼斯菲尔德与第一个丈夫离异后，一直与他同居。
②Athenaeum，即《雅典娜神庙》杂志，创刊于1828年，十九世纪一直是英国颇有权威的文艺刊物。
③纽新兰，通译新西兰。
④"In a German Pension"，即《在德国公寓里》。
⑤London Nation，即伦敦的《国民》杂志。

所以麦雷和她相处有限的光阴，真是分秒可数，多见一次夕照，多经一度朝旭，她优昙似的余荣，便也消灭了如许的活力，这颇使想起茶花女一面吐血一面纵酒恣欢时的名句："You know I have no long to live, therefore I will livefast!"——"你知道我是活不久长的，所以我存心活他一个痛快！"我正不知道多情的麦雷，对着这艳丽无双的夕阳，渐渐消翳，心里"爱莫能助"的悲感，浓烈到何等田地！

但曼殊斐儿的"活他一个痛快"的方法，却不是像茶花女的纵酒恣欢，而是在文艺中努力；她像夏夜榆林中的鹃鸟，呕出缕缕的心血来制成无双的情曲，便唱到血枯音嘶，也还不忘她的责任，是牺牲自己有限的精力，替自然界多增几分的美，给苦闷的人间，几分艺术化精神的安慰。

她心血所凝成的便是两本小说集，一本是"Bliss"①，一本是去年出版的"Garden Party"②。凭这两部书里的二三十篇小说，她已经在英国的文学界里占了一个很稳固的位置。一般的小说只是小说，她的小说却是纯粹的文学，真的艺术；平常的作者只求暂时的流行，博群众的欢迎，她却只想留下几小块"时灰"掩不暗的真晶，只要得少数知音者的赞赏。

但唯其是纯粹的文学，她著作的光彩是深蕴于内而不是显露于外者，其趣味也须读者用心咀嚼，方能充分的理会。我承作者当面许可选译她的精品，如今她已去世，我更应珍重实行我翻译的特权，虽则我颇怀疑我自己的胜任，我的好友陈通伯③他所知道的欧洲文学恐怕在北京比谁都更渊博些，他在北大教短篇小说，曾经讲过曼殊斐儿的，很使我欢喜。他现在答应也来选择几篇，我更要感谢他了。关于她短篇艺术的长处，我也希望通伯能有机会说一点。

现在让我讲那晚怎样的会晤曼殊斐儿，早几天我和麦雷在 Charing Cross④背后一家嘈杂的A．B．C．茶店里，讨论英法文坛的状况。我乘便说起近几年中国文艺复兴的趋向，在小说里感受俄国作者的影响最深，他几乎跳了起来，因为他们夫妻最崇拜俄国的几位大家，他曾经特别研究过道施滔庵符斯基⑤著有一本"Dostoyevsky：A Critical Study Martin

---

① "Bliss"，即《幸福》。
②Garden Party，即《园会》。
③陈伯通，即陈源（西滢）。
④Charing Cross可译作查玲十字架路。这是伦敦一个街区的名称，英王爱德华一世曾在此建立一个大十字架以纪念他的王后。
⑤道施滔庵符斯基，通译陀思妥耶夫斯基（1821～1881），俄国作家，著有《罪与罚》《卡拉马佐夫兄弟》等长篇小说。

Secker"①，曼殊斐儿又是私淑契高夫②(Chekhov)的。他们常在抱憾俄国文学始终不会受英国人相当的注意，因之小说的质与式，还脱不尽维多利亚时期的Philistinism③。我又乘便问起曼殊斐儿的近况，他说她这一时身体颇过得去，所以此次敢伴着她回伦敦来住两个星期，他就给了我他们的住址，请我星期四，晚上去会她和他们的朋友。

所以我会见曼殊斐儿，真算是凑巧的凑巧，星期三那天我到惠尔思④(H. G. Wells)乡里的家去了(Easten Clebe)⑤。下一天和他的夫人一同回伦敦，那天雨下得很大，我记得回寓时浑身都淋湿了。

他们在彭德街的寓处，很不容易找，（伦敦寻地方总是麻烦的，我恨极了那个回街曲巷的伦敦。）后来居然寻着了，一家小小一楼一底的屋子，麦雷出来替我开门，我颇狼狈的拿着雨伞还拿着一个朋友还我的几卷中国字画，进了门。我脱了雨具。他让我进右首一间屋子，我到那时为止对于曼殊斐儿只是对一个有名的年轻女作家的景仰与期望；至于她的"仙姿灵态"我那时绝对没有想到，我以为她只是与Rose Macaulay⑥，Virginia Woolf⑦，Roma Wilson⑧，Mrs. Lueas⑨，Vanessa Bell⑩几位女文学家的同流人物。平常男子文学家与美术家，已经尽够怪僻，近代女子文学家更似乎故意养成怪僻的习惯，最显著的一个通习是装饰之务淡朴，务不入时，"背女性"：头发是剪了的，又不好好的收拾，一团和糟的散在肩上；袜子永远是粗纱的；鞋上不是有泥就有灰，并且大都是最难看的样式；裙子不是异样的短就是过分的长，眉目间也许有一两圈"天才的黄晕"，或是带着最可厌的美国式龟壳大眼镜，但她们的脸上却

①这本书名直译为：《马丁·塞克批评研究》。
②契高夫，通译契诃夫（1860~1904），俄国作家，以短篇小说和戏剧创作著称。
③Philistinisrm，即庸俗主义。
④惠尔思，通译威尔斯(1866~1946)，英国作家，历史学家，著有《时间机器》《隐身人》等。
⑤Easten Clebe，译作伊斯坦克利本，伦敦附近的一个地方。
⑥Rose Macaulay，通译罗斯·麦考利（1881~1958），英国女作家，著有《愚者之言》《他们被击败了》等。
⑦Virginia Woolf，通译弗吉尼亚·伍尔芙（1882~1941），英国女作家，著有《海浪》《到灯塔去》等。她是"意识流"小说的早期探索者之一。
⑧Roma Wilson，通译罗默·威尔逊（1891~1930)英国女作家其文学生涯虽短暂，却卓有成就。著有长篇小说《现代文响乐》等。
⑨Mrs，Lueas，未详。
⑩Vanessa Bell，通译文尼莎·贝尔（1879~1961），英国女作家。她是弗吉尼亚·伍尔芙姐姐，著名艺术理论家克莱夫·贝尔的妻子。他们同属于"布卢姆斯伯里"艺术圈子。

从不见脂粉的痕迹，手上装饰亦是永远没有的，至多无非是多烧了香烟的焦痕，哗笑的声音十次里有九次半盖过同座的男子；走起路来也是挺胸凸肚的，再也辨不出是夏娃的后身；开起口来大半是男子不敢出口的话；当然最喜欢讨论的是Freudian Complex[1]，Birth Control[2]或是George Moore[3]与James Joyce[4]私人印行的新书，例如"A Story-teller's Holiday"[5] "Ulysses"[6]。总之她们的全人格只是妇女解放的一幅讽刺画(Amy Lowell[7]听说整天的抽大雪茄!)和这一班立意反对上帝造人的本意的"唯智的"女子在一起，当然也有许多有趣味的地方。但有时总不免感觉她们矫揉造作的痕迹过深，引起一种性的憎忌。

我当时未见曼殊斐儿以前，固然并没有预想她是这样一流的Futuristic[8]，但也绝对没有梦想到她是女性的理想化。

所以我推进那房门的时候，我就盼望她——一个将近中年和蔼的妇人——笑盈盈的从壁炉前沙发上站起来和我握手问安。

但房里——一间狭长的壁炉对门的房——只见鹅黄色恬静的灯光，壁上炉架上杂色的美术的陈设和画件，几张有彩色画套的沙发围列在炉前，却没有一半个人影。麦雷让我一张椅上坐了，伴着我谈天，谈的是东方的观音和耶教的圣母，希腊的Virgin Diana[9]，埃及的Isis[10]，波斯的Mithrais[11]里的Virgin[12]等等之相仿佛，似乎处女的圣母是所有宗教里一个不可少的象征……我们正讲着，只听得门上一声剥啄，接着进来了一位年轻女郎，含笑着站在门口，"难道她就是曼殊斐儿——这样的年轻……"我心里在疑惑。她一头的褐色卷发，盖着一张的小圆脸，眼极活泼，口也

①Freudian Complex，直译为"弗洛伊德情结"，但这个说法显然有误，应为"俄狄浦斯情结"。
②Birth Control，即"人口控制"。
③George Moore，通译乔治·穆尔（1852~1933），爱尔兰作家。
④James Joyce，通译詹姆斯·乔伊斯（1882~1941），爱尔兰作家，现代主义文学奠基人之一。
⑤A story-teller's Holiday，直译为《一位故事大师的假日》，但詹姆斯·乔伊斯并没有这样一部著作，疑为他的长篇小说《一个青年艺术家的画像》之误。
⑥"Ulysses"，即《尤利西斯》，詹姆斯·乔伊斯最重要的一部小说。
⑦Amy Lowell，通译埃米·洛威尔（1874~1925），美国女作家，意象派诗歌的代表人物之一。
⑧Futuristic，即"未来派"、"未来主义"或"未来派作家"，但这里是形容词，似可按现代文坛上一个流行字眼"前卫"理解。
⑨Virgin Diana，即圣女狄安娜。
⑩Isis，即埃及女神伊希斯。
⑾Mithraism，即密特拉教。
⑿Virgin，即圣女。

很灵动，配着一身极鲜艳的衣裳——漆鞋，绿丝长袜，银红绸的上衣，紫酱的丝绒围裙——亭亭的立着，像一颗临风的郁金香。

麦雷起来替我介绍，我才知道她不是曼殊斐儿，而是屋主人，不知是密司Beir还是Beek[①]我记不清了，麦雷是暂寓在她家的；她是个画家，壁挂的画，大都是她自己的，她在我对面的椅上坐了，她从炉架上取下一个小发电机似的东西拿在手里，头上又戴了一个接电话生戴的听箍，向我凑得很近的说话，我先还当是无线电的玩具，随后方知这位秀美的女郎，听觉和我自己的视觉仿佛，要借人为方法来补充先天的不足。（我那时就想起聋美人是个好诗题，对她私语的风情是不可能的了！）

她正坐定，外面的门铃大响——我疑心她的门铃是特别响些，来的是我在法兰[②]先生(Roger Fry)家里会过的Sydney Waterloo[③]极诙谐的一位先生，有一次他从他巨大的袋里一连摸出了七八枝的烟斗，大的小的长的短的各种颜色的，叫我们好笑。他进来就问麦雷，迦赛林[④](Katherine)今天怎样。我竖起了耳朵听他的回答，麦雷说"她今天不下楼了，天太坏，谁都不受用……"华德鲁就问他可否上楼去看他，麦说可以的，华又问了密司B的允许站了起来，他正要走出门，麦雷又赶过去轻轻的说Sydney, don't talk too much."[⑤]

楼上微微听得出步响，W已在迦赛林房中了。一面又来了两个客，一个短的M才从游希腊回来，一个轩昂的美丈夫就是London Nation and Athenaeum[⑥]里每周做科学文章署名S的Sullivan[⑦]，M就讲他游希腊的情形尽背着古希腊的史迹名胜，Parnassus[⑧]长Mycenae[⑨]短讲个不住。S也问麦雷迦赛林如何，麦说今晚不下楼W现在楼上。过了半点钟模样，W笨重的足音下来了，S就问他迦赛林倦了没有，W说："不，不像倦，可是

---

①密司Beir还是Beek ，贝尔小姐或比克小姐，即后文中的"密司B"。

②法兰，通译罗杰·弗赖（1866~1934），英国画家、艺术评论家。

③Sydney Waterloo，未详。

④迦赛林，通译凯瑟琳，即曼斯菲尔德的名。

⑤这句英文意为："悉尼，另谈得太多。"

⑥London Nation and Athenaeum，即伦敦《国民》杂志和《雅典娜神庙》杂志。

⑦Sullivan，未详。

⑧Parnassus，帕那萨斯，希腊南部的一座山，古时被当作太阳神和文艺女神们的灵地。

⑨Mycenae，迈锡尼，阿果立特史前的希腊城市。自十九世纪七十年代被发现以来，一直被认为是希腊大陆青铜晚期的遗址。

我也说不上，我怕她累，所以我下来了。"再等一歇 S 也问了麦雷的允许上楼去，麦也照样的叮嘱他不要让她乏了。麦问我中国的书画，我乘便就拿那晚带去的一幅赵之谦[①]的"草书法画梅"，一幅王觉斯[②]的草书，一幅梁山舟[③]的行书，打开给他们看，讲了些书法大意，密司 B 听得高兴，手捧着她的听盘，挨近我身旁坐着。

但我那时心里却颇有些失望，因为冒着雨存心要来一会Bliss的作者，偏偏她又不下楼；同时 W．S．麦雷的烘云托月，又增加了我对她的好奇心，我想运气不好，迦赛林在楼上，老朋友还有进房去谈的特权，我外国人的生客，一定是没有份的了，时已十时过半了，我只得起身告别，走出房门，麦雷陪出来帮我穿雨衣。我一面穿衣，一面说我很抱歉，今晚密司曼殊斐儿不能下来，否则我是很想望会她的。但麦雷却很诚恳的说"如其你不介意，不妨请上楼去一见。"我听了这话喜出望外，立即将雨衣脱下，跟着麦雷一步一步的上楼梯……

上了楼梯，叩门，进房，介绍，S告辞，和M一同出房，关门，她请我坐了，我坐下，她也坐下……这么一大串繁复的手续，我只觉得是像电火似的一扯过，其实我只推想应有这么些逻辑的经过，却并不曾亲切的一一感到；当时只觉得一阵模糊，事后每次回想也只觉得是一阵模糊，我们平常从黑暗的街里走进一间灯烛辉煌的屋子，或是从光薄的屋子里出来骤然对着盛烈的阳光，往往觉得耀光太强，头晕目眩的要定一定神，方能辨认眼前的事物，用英文说就是Senses overwhelmed by excessive light[④]，不仅是光，浓烈的颜色，有时也有"潮没"官觉的效能。我想我那时，虽不定是被曼殊斐儿人格的烈光所潮没，她房里的灯光陈设以及她自身衣饰种种各品浓艳灿烂的颜色，已够使我不预防的神经，感觉刹那间的淆惑，那是很可理解的。

她的房给我的印象并不清切，因为她和我谈话时不容我分心去认记房中的布置，我只知道房是很小，一张大床差不多就占了全房大部分的地位，壁是用画纸裱的，挂着好几幅油画大概也是主人画的，她和我同坐在

徐志摩 散文 236 名作欣赏

①赵之谦（1829~1884），清代书画家、篆刻家。
②王觉斯，即王铎（1592~1652），明末清初书法家。
③梁山舟，即梁同书（1723~1815），清代书法家。
④这句话中的英文意为"光线太强以致淹没了知觉"。

床左贴壁一张沙发榻上。因为我斜倚她正坐的缘故，她似乎比我高得多，（在她面前哪一个不是低的，真的!）我疑心那两盏电灯是用红色罩的，否则何以我想起那房，便联想起，"红烛高烧"的景象！但背景究属不甚重要，重要的是给我最纯粹的美感的——The purest aesthetic feeling——她；是使我使用上帝给我那管进天堂的秘钥的——她；是使我灵魂的内府里又增加了一部宝藏的——她。但要用不驯服的文字来描写那晚。她，不要说显示她人格的精华，就是忠实地表现我当时的单纯感象，恐怕就够难的一个题目。从前有一个人一次做梦，进天堂去玩了，他异样的欢喜，明天一起身就到他朋友那里去，想描摹他神妙不过的梦境。但是！他站在朋友面前，结住舌头，一个字都说不出来，因为他要说的时候，才觉得他所学的人间适用的字句，绝对不能表现他梦里所见天堂的景色，他气得从此不开口，后来就抑郁而死。我此时妄想用字来活现出一个曼殊斐儿，也差不多有同样的感觉，但我却宁可冒猥渎神灵的罪，免得像那位诚实君子活活的闷死。她也是铄亮的漆皮鞋，闪色的绿丝袜，枣红丝绒的围裙，嫩黄薄绸的上衣，领口是尖开的，胸前挂一串细珍珠，袖口只齐及肘弯。她的发是黑的，也同密司B一样剪短的，但她栉发的式样，却是我在欧美从没有见过的，我疑心她有心仿效中国式，因为她的发不但纯黑而且直而不卷，整整齐齐的一圈，前面像我们十余年前的"刘海"梳得光滑异常，我虽则说不出所以然我只觉她发之美也是生平所仅见。

至于她眉目口鼻之清之秀之明净，我其实不能传神于万一，仿佛你对着自然界的杰作，不论是秋月洗净的湖山，霞彩纷披的夕照，南洋里莹澈的星空，或是艺术界的杰作，培德花芬[1]的沁芳南[2]，怀格纳[3]的奥配拉[4]，密克朗其罗[5]的雕像，卫师德拉[6]（Whistler）或是柯罗[7]（Corot）的画；你只觉得他们整体的美，纯粹的美，完全的美，不能分析的美，可感不可说的美；你仿佛直接无碍的领会了造作最高明的意志，你在最伟大深刻的戟刺

---

①培德花芬，通译贝多芬（1770~1827），德国作曲家。
②沁芳南，即交响乐一词Sinfonie（德语）、Sinfonia（意大利）、Symphonie（法语）的音译。
③怀格纳，通译瓦格纳（1813~1883），德国作曲家。
④奥配拉，即歌剧一词opera的音译。
⑤密克朗其罗，通译米开朗琪罗（1475~1564），意大利文艺复兴盛期的雕塑家、画家。
⑥卫师德拉，通译惠斯勒（1834~1930），美国画家，长期侨居英国。
⑦柯罗（1796~1875），法国画家。

中经验了无限的欢喜，在更大的人格中解化了你的性灵，我看了曼殊斐儿像印度最纯澈的碧玉似的容貌，受着她充满了灵魂的电流的凝视，感着她最和软的春风似神态，所得的总量我只能称之为一整个的美感。她仿佛是个透明体，你只感讶她粹极的灵澈性，却看不见一些杂质。就是她一身的艳服，如其别人穿着也许会引起琐碎的批评，但在她身上，你只是觉得妥贴，像牡丹的绿叶，只是不可少的衬托，汤林生，她生前的一个好友，以阿尔帕斯山巅万古不融的雪，来比拟她清极超俗的美，我以为很有意味的；她说：——

> 曼殊斐儿以美称，然美固未足以状其真，世以可人为美，曼殊斐儿固可人矣，然何其脱尽尘襄气，一若高山琼雪，清澈重霄，其美可惊，而其凉亦可感，艳阳被雪，幻成异彩，亦明明可识，然亦似神境在远，不隶人间，曼殊斐儿肌肤明皙如纯牙，其官之秀，其目之黑，其颊之腴，其约发环整如鬏，其神态之闲静，有华族桀者之明粹，而无西艳伉杰之容。其躯体尤苗约，绰如也，若明蜡之静焰，若晨星之淡妙，就语者未尝不自讶其吐息之重浊，而虑是静且淡者之且神化……

汤林生又说她锐敏的目光，似乎直接透入你灵府深处将你所蕴藏的秘密一齐照彻，所以他说她有鬼气，有仙气，她对着你看，不是见你的面之表，而是见你的心之底，但她却大是侦刺你的内蕴，并不是有目的搜罗而只是同情的体贴。你在她面前，自然会感觉对她无慎密的必要；你不说她也有数，你说了她也不会惊讶。她不会责备，她不会怂恿，她不会奖赞，她不会代出什么物质利益的主意，她只是默默的听，听完了然后对你讲她自己超于美恶的见解——真理。

这一段从长期交谊中出来深入的话，我与她仅一二十分钟的接近当然不会体会到，但我敢说从她神灵的目光里推测起来，这几句话不但是不能，而且是极近情的。

所以我那晚和她同坐在蓝丝绒的榻上，幽静的灯光，轻笼住她美妙的全体，我像受了催眠似的，只是痴对她神灵的妙眼，一任她利剑似的光波，妙乐似的音浪，狂潮骤雨似的向着我灵府泼淹，我那时即使有自觉的感觉，也只似开茨①(Keats)听鹃啼时的：

> My heart aches,and a drowsy numbness pains
> My sense,as though of hemlock I had drunk
> ......
>
> "This not through envy of thy happy lot,
> But being too happy in thy happiness."②

　　曼殊斐儿音声之美，又是一个Miracle③。一个个音符从她脆弱的声带里颤动出来，都在我习于尘俗的耳中，启示一种神奇的意境。仿佛蔚蓝的天空中一颗一颗的明星先后涌现。像听音乐似的，虽则明明你一生从不曾听过，但你总觉得好像曾经闻到过的也许在梦里，也许在前生。她的，不仅能引起你听觉的美感，而竟似直达你的心灵底里，抚摩你蕴而不宣的苦痛，温和的你半僵的希望，洗涤你窒碍性灵的俗累，增加你精神快乐的情调；仿佛凑住你灵魂的耳畔私语你平日所冥想不得的仙界消息。我便此时回想，还不禁内动感激的悲慨，几于零泪；她是去了，她的音声笑貌也似虹彩似的一翳不再，我只能学Abt Vogler④之自慰，虔信：

> Whose voice has gone forth, but each
> survives for the melodies when eternity affirms
> the conception of an hour.
> ......
>
> Enough that he heard it once; we shall hear it by and by.⑤

---

①开茨，通译济慈（1795~1821），英国诗人。
②济慈的这几句诗大意为："我的心在悸痛，／瞌睡与麻木折磨着我的感官／就像我已吞下了毒芹／……／不是因为嫉妒你的幸运／而是在你的快乐中得到了太多的欢愉。"
③Miracle，奇迹，令人惊奇的事。
④Abt Vogler，通译阿布特·沃格勒（1749-1814），法国作曲家。
⑤这段话意思是："她的声音已经远去，但我们人人都为了这悦耳的声音而活着，当永恒证明了时间的存在……这声音他听到过一次就足够了；我们不久还将听到。"

◎ 徐志摩、林徽因与泰戈尔摄于1924年5月。

曼殊斐儿，我前面说过，是病肺痨的，我见她时，正离她死不过半年。她那晚说话时，声音稍高，肺管中便如吹荻管似的呼呼作响。她每句语尾收顿时，总有些气促，颧颊间便也多添一层红润，我当时听出了她肺弱的音息，便觉得切心的难过，而同时她天才的兴奋，偏是逼迫她音度的提高，音愈高，肺嘶亦更历历，胸间的起伏亦隐约可辨，可怜！我无奈何只得将自己的声音特别的放低，希冀她也跟着放低些，果然很灵效，她也放低了不少，但不久她又似内感思想的戟刺，重复节节的高引，最后我再也不忍因为而多耗她珍贵的精力，并且也记得麦雷再三叮嘱W与S的话，就辞了出来。总计我自进房至出房——她站在房门口送我——不过二十分的时间。

我与她所讲的话也很有意味，但大部分是她对于英国当时最风行的几个小说家的批评——例如Riberea West[1]，RomerWilson[2]，Hutchingson[3]，Swinnerton[4]）等——恐怕因为一般人不稔悉，那类简约的评语不能引起相当的兴味。麦雷自己是现在英国中年的评论家最有学有识之一人，——他去年在牛津大学讲的"The Problem of Style"[5]有人誉为安诺德[6]（Matthew Arnold）以后评衡界里最重要的一部贡献——而他总常常推尊曼殊斐儿说她是评衡的天才，有言必中肯的本能。所以我此刻要

①Riberea West,通译吕贝亚·威斯特（1892–？），英国女小说家、批评家、记者。原名塞西利·伊莎贝尔·费尔菲尔德。
②Romer Wilson,通译罗默·威尔逊（1891–1930），英国女小说家。
③Hutchingson,通译哈钦森（1907–），英国小说家。
④Swinnerton,通译斯温纳顿（1884–？），英国小说家、文学批评家。
⑤"The Problem of Style"，风格问题。
⑥安诺德，通译阿诺德（1822–1888），英国诗人、文艺批评家，曾任牛津大学教授。

把她简评的珠沫，略过不讲，很觉得有些可惜。她说她方才从瑞士回来，在那边和罗素夫妇的寓处相距颇近，常常谈起东方好处，所以她原来对于中国的景仰，更一进而为爱慕的热忱。她说她最爱读Arthur　Waley①所翻的中国诗，她说那样的诗艺在西方真是一个Wonderful　Revelation②。她说新近Amy　Lowell译的很使她失望，她这里又用她爱用的短句——"That's　not　the　thing！"③她问我译过没有，她再三劝我应得试试，她以为中国诗只有中国人能译得好的。

她又问我是否也是写小说的，她又殷切问中国顶喜欢契高夫的哪几篇，译得怎么样，此外谁最有影响。

她问我最喜读那几家小说，哈代、康拉德，她的眉梢耸了一耸笑道——

"Isn't　it！We　have　to　go　back　to　the　old　masters　for　good　literature　the　real　thing！"④

她问我回中国去打算怎么样，她希望我不进政治，她愤愤的说现代政治的世界，不论哪一国，只是一乱堆的残暴和罪恶。

后来说起她自己的著作。我说她的太是纯粹的艺术，恐怕一般人反而不认识，她说：

"That's　just　it．Then　of　course，popularity　is　never　the　thing　for　us．"⑤

我说我以后也许有机会试翻她的小说，很愿意先得作者本人的许可。她很高兴的说她当然愿意，就怕她的著作不值得翻译的劳力。

---

①Arthur　Waley，通译阿瑟·韦利（1889-1966），英国汉学家、汉语和日语翻译家。他翻译的东方古典著作对叶芝、庞德等现代诗人有深刻影响。
②Wonderful　Revelation，"极妙的启示录"。
③"That's　not　the　thing！""那算什么东西！"
④这句话的意思是："不是吗，我们不得不到过去的文学名著中去寻找优秀的文学，真正的东西（艺术）！"
⑤这句话意思是："是啊，当然，大众性不是我们所追求的。"

她盼望我早日回欧洲，将来如到瑞士再去找她，她说怎样的爱瑞士风景，琴妮湖怎样的妩媚，我那时就仿佛在湖心柔波间与她荡舟玩景：

　　Clear, placid Leman!
　　……Thy soft murmuring
　　Sounds sweet　as　if a sister's　voice　reproved.
　　That I with stem delights should ever
　　have been　so　moved……Lord Byron[①]

我当时就满口的答应，说将来回欧一定到瑞士去访她。

末了我说恐怕她已经倦了，深恨与她相见之晚，但盼望将来还有再见的机会，她送我到房门口，与我很诚挚地握别……。

将近一月前，我得到消息说曼殊斐儿已经在法国的芳丹卜罗[②]去世。这一篇文字，我早已想写出来，但始终为笔懒，延到如今，岂知如今却变了她的祭文！下面附的一首诗也许表现我的悲感更亲切些。

哀曼殊斐儿

　　我昨夜梦入幽谷，
　　听子规在百合丛中泣血，
　　我昨夜梦登高峰，
　　见一颗光明泪自天坠落。

　　罗马西郊有座墓园，
　　芝罗兰静掩着客殇的诗骸；

①这里引的是拜伦的诗句，大意是："清澈、平静的莱蒙湖（日内瓦湖）！/……你轻柔的低语/有如一位女子甜蜜的嗓音/这快乐定然使人永远激动不已。"
②芳丹卜罗，通译枫丹白露，巴黎远郊的一处森林风景区。

百年后海岱士(Hades)黑辇之轮。

又喧响于芳丹卜罗榆青之间。

说宇宙是无情的机械，

为甚明灯似的理想闪耀在前；

说造化是真善美之创现，

为甚五彩虹不常住天边？

我与你虽仅一度相见——

但那二十分不死的时间！

谁能信你那仙姿灵态，

竟已朝露似的永别人间？

非也！生命只是个实体的幻梦；

美丽的灵魂，永承上帝的爱宠；

三十年小住，只似昙花之偶现，

泪花里我想见你笑归仙宫。

你记否伦敦约言，曼殊斐儿！

　今夏再见于琴妮湖之边；

琴妮湖永抱着白朗矶的雪影，

　此日我怅望云天，泪下点点！

徐志摩

散文

243

名作欣赏

我当年初临生命的消息，

　　梦觉似的骤感恋爱之庄严；

生命的觉悟是爱之成年，

　　我今又因死而感生与恋之涯沿！

因情是掼不破的纯晶，

　　爱是实现生命之唯一途径：

死是座伟秘的洪炉，此中

　　凝炼万象所从来之神明。

我哀思焉能电花似的飞骋，

　　感动你在天日遥远的灵魂？

我洒泪向风中遥送，

　　问何时能戳破生死之门？

赏析

在深秋落叶缓缓告别蓝天，卧在大地的依恋里，在静夜蓦然看到自己蓝幽幽的双眼已镀上一层灰蒙色的愕然中，在向前匆忙赶去停下来喘息的疲惫时分，在斑驳的灰色城墙前，我千万次的问自己，活着是为什么？我也千万次地回答，为了美的存在。是的，就是为了美。美是无法抗拒的生的要义，美是生命的依托，美是人类不死的精灵。

徐志摩早以用他短暂的一生这样回答过。我不是在抄袭答案，这是挡不住的诱惑，是别无选择，是生命主题的对应，是超越时空的共鸣，因此，在一个灰蒙蒙的黄昏，夜色苍茫恰似英伦三岛不散的浓雾缠绕的时分。我将视线从窗外移到了手中的书页上，那是徐志摩的《曼殊斐儿》。

读《曼殊斐儿》不同于读《再别康桥》和《雪花的快乐》。在清晨阳光抚摸含苞的百合花时，在你仰卧草地听鸽哨忽地响过蓝天时，当漫山的枫叶把你的面颊映得绯红时，你不要去读《曼殊斐儿》。只有在没有艳丽晚霞的暮色里。在静夜里理查德的《淡紫色的海面》回旋在耳畔，或是玫瑰上的夜露在清冷的月光里滴落时，才适合去捧着《曼殊斐儿》。

曼殊斐儿周身裹着轻纱白雾，在雾气的回绕里，她已幻化为一个流动的雕像，那是令人眩晕震颤的美，一个美的精灵。

徐志摩说，美是人生最可珍的产业，是进入天堂的秘钥。我们双手空空来到人间，当我们滑进坟墓的时辰，金钱和功名像一缕轻烟散得无踪无影，唯有曾创造的、不经意中酿成的美不死在人间。

曼殊斐儿的美是徐志摩产业的重要部分，是他内府宝藏耀眼的光芒。因着曼殊斐儿的美，徐志摩也给我们留下了一篇弥足珍藏的美文。人的美和文的美引诱我们开始爬上美的山颠。

山的底坐。最深入的悲观派诗人理巴第(LeoPardi)探海似的智力虽则把人间种种事物虚幻的外象——褫夺连宗教都剥成了个赤裸的梦，他却没有力量来否认美。

山腰景区。之一，雨中惊问行人，找到彭德街第十号。之二，记述麦雷，曼殊斐儿的伴侣与她的相伴相依。之三，曼殊斐儿像夏夜榆林中的娟鸟唱到血枯音嘶，为她不再存留的人间增几分美。之四，粗野的女文学家、夏娃变异的后代簇拥着冰清玉洁的曼殊斐儿。

峰回路转。之一，郁金香亭亭立在眼前，她不是曼殊斐儿。之二，曼珠斐儿病弱不下楼，作者只得告辞。

峰顶。曼殊斐儿默默地出现了。山雾缭绕，白云相依；露珠点点，霞光凄迷。那是"整体的美，完全的美，不能分析的美，可感不可说的美，你仿佛直接无碍的领会了造作最高明的意志，你在最伟大深刻的乾刺中经验了无限的欢喜，在更大的人格中解化了你的性灵"。

不经意间，徐志摩营造了一座引人入胜、巧夺天工的山，爬上去就是一段美的历程，不要说曼殊斐儿还藏在山顶。

让我们走回平地，回首遥看。此时，"子规在百合丛中泣血，光明泪自天缀落"。可在曼殊斐儿闪现的刹那，我们已摄下她的精灵。任凭时间的潮水冲刷，她不朽的歌永在我们的心底轻吟。

常在夜半时分，心底回旋一串凄惋的音符，将似乎沉睡百年的深情唤出，我披衣坐起。曼殊斐儿已化作我壁上的一幅油画，我在她迷蒙的肖像前站立。怅望无边的黑夜，遥想当年她给徐志摩那二十分不死的时间，和她倾刻在人世肉身的不见，我不禁泪下点点。

曼殊斐儿，我已融化在你的美里。

（王利芬）

泰戈尔[①]

爱你的爱，崇拜你的崇拜，是人情不是隈
尊，是勇敢不是懦怯！

◎ 泰戈尔

我有几句话想趁这个机会对诸君讲，不知道你们有没有耐心听。泰戈尔先生快走了，在几天内他就离别北京，在一两个星期内他就告辞中国。他这一去大约是不会再来的了。也许他永远不能再到中国。

他是六七十岁的老人，他非但身体不强健，他并且是有病的。所以他要到中国来，不但他的家属，他的亲戚朋友，他的医生，都不愿意他冒险，就是他欧洲的朋友，比如法国的罗曼罗兰，也都有信去劝阻他。他自己也曾经踌躇了好久，他心里常常盘算他如果到中国来，他究竟能不能够给我们好处，他想中国人自有他们的诗人、思想家、教育家，他们有他们的智慧、天才、心智的财富与营养，他们更用不着外来的补助与载刺。我只是一个诗人，我没有宗教家的福音，没有哲学家的理论，更没有科学家实利的效用，或是工程师建设的才能，他们要我去做什么，我自己又为什么要去，我有什么礼物带去满足他们的盼望。他真的很觉得迟疑，所以他延迟了他的行期。但是他也对我们说到冬天完了春风吹动的时候（印度的春风比我们的吹得早），他不由的感觉了一种内迫的冲动，他面对着逐渐滋长的青草与鲜花，不由的抛弃了，忘却了他应尽的职务，不由的解放了他的歌唱的本能，和着新来的鸣雀，在柔软的南风中开怀的讴吟。同时他收到我们催请的信，我们青年盼

①本文是徐志摩1924年5月12日在北京真光剧场的演讲。

徐志摩

散文

247

名作欣赏

◎ 1924年5月8日，泰戈尔生日这天，北京学界为他举行祝寿会，会上上演泰戈尔的英文剧《齐德拉》。

望他的诚意与热心，唤起了老人的勇气。他立即定夺了他东来的决心。他说趁我暮年的肢体不曾僵透，趁我衰老的心灵还能感受，决不可错过这最后唯一的机会，这博大、从容、礼让的民族，我幼年时便发心朝拜，与其将来在黄昏寂静的境界中萎衰的惆怅，毋宁利用这夕阳未暝时的光芒，了却我晋香人的心愿？

　　他所以决意的东来，他不顾亲友的劝阻，医生的警告，不顾自身的高年与病体，他也撇开了在本国一切的任务，跋涉了万里的海程，他来到了中国。

　　自从四月十二在上海登岸以来，可怜老人不曾有过一半天完整的休息，旅行的劳顿不必说，单就公开的演讲以及较小集会时的谈话，至少也有了三四十次！他的，我们知道，不是教授们的讲义，不是教士们的讲道，他的心府不是堆积货品的栈房，他的辞令不是教科书的喇叭。他是灵活的泉水，一颗颗颤动的圆珠从他心里兢兢的泛登水面都是生命的精液；他是瀑布的吼声，在白云间，青林中，石罅里，不住的欢响；他是百灵的歌声，他的欢欣、愤慨、响亮的谐音，弥漫在无际的晴空。但是他是倦了。终夜的狂歌已经耗尽了子规的精力，东方的曙色亦照出他点点的心血染红了蔷薇枝上的白露。

老人是疲乏了。这几天他睡眠也不得安宁，他已经透支了他有限的精力。他差不多是靠散拿吐瑾①过日的。他不由的不感觉风尘的厌倦，他时常想念他少年时在恒河边沿拍浮的清福，他想望椰树的清荫与曼果的甜瓤。

但他还不仅是身体的衰劳，他也感觉心境的不舒畅。这是很不幸的。我们做主人的只是深深的负歉。他这次来华，不为游历，不为政治，更不为私人的利益，他熬着高年，冒着病体，抛弃自身的事业，备尝行旅的辛苦，他究竟为的是什么？他为的只是一点看不见的情感，说远一点，他的使命是在修补中国与印度两民族间中断千余年的桥梁。说近一点，他只想感召我们青年真挚的同情。因为他是信仰生命的，他是尊崇青年的，他是歌颂青春与清晨的，他永远指点着前途的光明。悲悯是当初释迦牟尼证果的动机，悲悯也是泰戈尔先生不辞艰苦的动机。现代的文明只是骇人的浪费，贪淫与残暴，自私与自大，相猜与相忌，飓风似的倾覆了人道的平衡，产生了巨大的毁灭。芜秽的心田里只是误解的蔓草，毒害同情的种子，更没有收成的希冀。在这个荒惨的境地里，难得有少数的丈夫，不怕阻难，不自馁怯，肩上抗着铲除误解的大锄，口袋里满装着新鲜人道的种子，不问天时是阴是雨是晴，不问是早晨是黄昏是黑夜，他只是努力的工作，清理一方泥土，施殖一方生命，同时口唱着嘹亮的新歌，鼓舞在黑暗中将次透露的萌芽。泰戈尔先生就是这少数中的一个。他是来广布同情的，他是来消除成见的。我们亲眼见过他慈祥的阳春似的表情，亲耳听过他从心灵底里迸裂出的大声，我想只要我们的良心不曾受恶毒的烟煤熏黑，或是被恶浊的偏见污抹，谁不曾感觉他至诚的力量，魔术似的，为我们生命的前途开辟了一个神奇的境界，燃点了理想的光明？所以我们也懂得他的深刻的懊怅与失望，如其他知道部分的青年不但不能容纳他的灵感，并且存心的诬毁他的热忱。我们固然奖励思想的独立，但我们决不敢附和误解的自由。他生平最满意的成绩就在他永远能得青年的同情，不论在德国，在丹麦，在美国，在日本，青年永远是他最忠心的朋友。他也曾经遭受种种的误解与攻击，政府的猜疑与报纸的诬捏与守旧派的讥评，不论如

① 散拿吐瑾，一种药物。

徐志摩
散文
249
名作欣赏

何的谬妄与剧烈，从不曾扰动他优容的大量，他的希望，他的信仰，他的爱心，他的至诚，完全的托付青年。我的须，我的发是白的，但我的心却永远是青的，他常常的对我们说，只要青年是我的知己，我理想的将来就有着落，我乐观的明灯永远不致黯淡。他不能相信纯洁的青年也会坠落在怀疑、猜忌、卑琐的泥溷，他更不能信中国的青年也会沾染不幸的污点。他真不预备在中国遭受意外的待遇。他很不自在，他很感觉异样的怆心。

因此精神的懊丧更加重他躯体的倦劳。他差不多是病了。我们当然很焦急的期望他的健康，但他再没有心境继续他的讲演。我们恐怕今天就是他在北京公开讲演最后的一个机会。他有休养的必要。我们也决不忍再使他耗费有限的精力。他不久又有长途的跋涉，他不能不有三四天完全的养息。所以从今天起，所有已经约定的集会，公开与私人的，一概撤销，他今天就出城去静养。

我们关切他的一定可以原谅，就是一小部分不愿意他来作客的诸君也可以自喜战略的成功。他是病了，他在北京不再开口了，他快走了，他从此不再来了。但是同学们，我们也得平心的想想，老人到底有什么罪，他有什么负心，他有什么不可容赦的犯案?公道是死了吗?为什么听不见你的声音?

他们说他是守旧，说他是顽固。我们能相信吗?他们说他是"太迟"，说他是"不合时宜"，我们能相信吗?他自己是不能信，真的不能信。他说这一定是滑稽家的反调。他一生所遭逢的批评只是太新，太早，太急进，太激烈，太革命的，太理想的，他六十年的生涯只是不断的奋斗与冲锋，他现在还只是冲锋与奋斗。但是他们说他是守旧，太迟，太老。他顽固奋斗的对象只是暴烈主义、资本主义、帝国主义、武力主义、杀灭性灵的物质主义；他主张的只是创造的生活，心灵的自由，国际的和平，教育的改造，普爱的实现。但他说他是帝国政策的间谍，资本主义的助力，亡国奴族的流民，提倡裹脚的狂人!肮脏是在我们的政客与暴徒的心里，与我们的诗人又有什么关系?昏乱是在我们冒名的学者与文人的脑里，与我们的诗人又有什么亲属?我们何妨说太阳是黑的，我们何妨说苍蝇是真理?同学们，听信我的话，像他的这样伟大的声音我们也许一辈子再不会听着的了。留神目前的机会，预防将来的惆怅!他的人格我们只能到历史上去搜寻比拟。

他的博大的温柔的灵魂我敢说永远是人类记忆里的一次灵绩。他的无边的想象是辽阔的同情使我们想起惠德曼[①]；他的博爱的福音与宣传的热心使我们记起托尔斯泰；他的坚韧的意志与艺术的天才使我们想起造摩西[②]像的密仡郎其罗[③]；他的诙谐与智慧使我们想象当年的苏格拉底与老聃！他的人格的和谐与优美使我们想念暮年的葛德[④]；他的慈祥的纯爱的抚摩，他的为人道不厌的努力，他的磅礴的大声，有时竟使我们唤起救主的心像，他的光彩，他的音乐，他的雄伟，使我们想念奥林必克[⑤]山顶的大神。他是不可侵凌的，不可逾越的，他是自然界的一个神秘的现象。他是三春和暖的南风，惊醒树枝上的新芽，增添处女颊上的红晕。他是普照的阳光。他是一派浩瀚的大水，来从不可追寻的渊源，在大地的怀抱中终古的流着，不息的流着，我们只是两岸的居民，凭借这慈恩的天赋，灌溉我们的田稻，苏解我们的消渴，洗净我们的污垢。他是喜马拉雅积雪的山峰，一般的崇高，一般的纯洁，一般的壮丽，一般的高傲，只有无限的青天枕藉他银白的头颅。

人格是一个不可错误的实在，荒歉是一件大事，但我们是饿惯了的，只认鸠形与鹄面是人生本来的面目，永远忘却了真健康的颜色与彩泽。标准的低降是一种可耻的堕落：我们只是踞坐在井底青蛙，但我们更没有怀疑的余地。我们也许揣详东方的初白，却不能非议中天的太阳。我们也许见惯了阴霾的天时，不耐这热烈的光焰，消散天空的云雾，暴露地面的荒芜，但同时在我们心灵的深处，我们岂不也感觉一个新鲜的影响，催促我们生命的跳动，唤醒潜在的想望，仿佛是武士望见了前峰烽烟的信号，更不踌躇的奋勇前向？只有接近了这样超轶的纯粹的丈夫，这样不可错误的实在，我们方始相形的自愧我们的口不够阔大，我们的嗓音不够响亮，我们的呼吸不够深长，我们的信仰不够坚定，我们的理想不够莹澈，我们的自由不够磅礴，我们的语言不够明白，我们的情感不够热烈，我们的努力不够勇猛，我们的资本不够充实……

①惠德曼，通译惠特曼（1819～1892），美国诗人，著有《草叶集》等。
②摩西，《圣经》故事中古代犹太人的领袖。
③密仡郎其罗，通译米开朗琪罗（1475～1564），意大利文艺复兴时期的雕塑家、画家。
④葛德，通译歌德（1749～1832），德国诗人。
⑤奥林必克，通译奥林匹斯，希腊东北部的一座高山，古代希腊人视为神山，希腊神话中的诸神都住在山顶。

◎ 徐志摩与友人接待泰戈尔。

我自信我不是恣滥不切事理的崇拜，我如其曾经应用浓烈的文字，这是因为我不能自制我浓烈的感想。但是我最急切要声明的是，我们的诗人，虽则常常招受神秘的徽号，在事实上却是最清明，最有趣，最诙谐，最不神秘的生灵。他是最通达人情，最近人情的。我盼望有机会追写他日常的生活与谈话。如其我是犯嫌疑的，如其我也是性近神秘的(有好多朋友这么说)，你们还有适之①先生的见证，他也说他是最可爱最可亲的个人：我们可以相信适之先生绝对没有"性近神秘"的嫌疑！所以无论他怎样的伟大与深厚，我们的诗人还只是有骨有血的人，不是野人，也不是天神。唯其是人，尤其是最富情感的人，所以他到处要求人道的温暖与安慰，他尤其要我们中国青年的同情与情爱。他已经为我们尽了责任，我们不应，更不忍辜负他的期望。同学们！爱你的爱，崇拜你的崇拜，是人情不是罪孽，是勇敢不是懦怯！

十二日在真光讲

①适之，即胡适（1891-1962），当时是北京大学教授。

赏析

本文是徐志摩在一九二四年五月泰戈尔即将离华前所作的一次关于泰戈尔的讲演。既是讲演，就要求词锋犀利直捷，语言酣畅淋漓。而这篇《泰戈尔》，恰恰是感情充沛、陈词恳切，华丽而不流于堆砌，有所指斥又不失其优雅，是一则极为成功的讲演，恐怕也正是直出于徐志摩那种热情洋溢、言为心声的浪漫派诗人的真性情。

泰戈尔是一位深为我们熟悉、喜爱的印度诗人，他的作品在中国流传极广、影响巨大，甚至可以这样说：中国新诗的发展有着泰戈尔极其重要的功绩——正是他的影响使得繁星春水般的"小诗"茁生在中国新诗在早期白话诗之后难以为继的荒野上。"小诗"的代表诗人冰心就自承是受泰戈尔诗歌的启发而开始写作的。郑振铎在其译《飞鸟集》初版序中说："小诗的作者大半都是直接或间接受泰戈尔此集的影响的"，郭沫若也表示无论是创作还是思想都受到了泰戈尔的影响（参见《沫若文集》之《序我的诗》《太戈尔来华之我见》等篇）。泰戈尔出身孟加拉贵族，受到印式和英式双重教育，他参加领导了印度的文艺复兴运动，深入研究了解印度自己的优秀文化，然后用孟加拉文字写出素朴美丽的诗文，曾获一九一三年度诺贝尔文学奖，被誉为"孟加拉的雪莱"。

泰戈尔来华访问，受到了当时中国文学界的热烈欢迎。但事情总是多方面的。泰戈尔爱其祖国，反对西方殖民文化，故而热心提倡所谓"东方的精神文明"，其本意是积极的，但惜乎与当时中国破旧求新的时代气候不甚相符，而且当时确实有些守旧派试图利用泰戈尔为自己造声势，因此知识界对泰访华确有否定意见；另外，泰戈尔早年曾参加反殖民的政治运动，后因不满于群众的盲目行为而退出，这种作派也与当时中国运动热情高涨的激进知识分子相左。在这种情况下，徐志摩的讲演当然不是无的放矢。现在回头来看，当时对泰戈尔的某种激烈态度恐怕还是误解的成分居多，而徐的讲演作为一位诗人对另一位诗人的理解和辩护，亦愈来愈显出其识见的可贵之处。

徐志摩在讲演一开始就采取了以情动人的策略。首先是告诉听众"泰戈尔先生快走了"。以"他这一去大约是不会再来的了，也许他永远不能再到中国"之语抓住听众的情感之后，开始铺陈老人来华之艰难程度及其不易的决心：年高体迈，远行不啻是一种冒险，亲友的善意劝阻，似乎缺乏必然的精神动力——正因如此，老人的到来恰见出其对中国的美好感情。而到中国后，奔波讲演使老人疲乏劳顿到只能借助药品来维持其精力。

当此听众的同情心已自然萌生之时，话头突然一转："但他还不仅是身体的惫劳，他更感觉心境的不舒畅。"志摩指出："这是很不幸的！"接着说明泰戈尔来华的目的是"修补中国与印度两民族间中断千余年的桥梁。"和"感召我们青年真挚的同情"，在说明老诗人的爱心是完全的托付与了青年之后，指出青年更不当以偏见和诬毁来排斥一位慈祥的老人的善意。

◎ 1924年5月12日，泰戈尔于北京真光剧场发表了他访华的最后一场演讲。5月19日，徐志摩写下散文《泰戈尔》。

下来又是一折："精神的懊丧更加重他躯体的倦劳"。虽则老人相信中国的青年不会沾染疑忌卑琐的污点，但他还是决定暂时脱离公众去静养。徐志摩的有所斥刺的话语犹如针在绵中一样锋芒内敛：

"我们关切他的一定可以原谅，就是有一小部分不愿意他来作客的诸君也可以自喜战略的成功。他是病了，他在北京不再开口了，他快走了，他从此不再来了。但是同学们，我们也得平心的想想，老人到底有什么罪？他有什么负心？他有什么不可容赦的犯案？公道是死了吗？为什么听不见你的声音？"

句子短促有力，语调铿锵，可以想象，一连五个问号的效果无疑是满场寂静，厅内回荡的是讲演者的激愤。

徐志摩抓住这个时机把讲演的感情推向了高潮。在紧接着的篇幅相当长而又一气贯注的一段中，志摩用了一连串的问句、感叹句和排比句来反驳关于老诗人"顽固"、"守旧"的不实之词，指出老人一生都在与暴力主义、帝国主义和杀灭性灵的物质主义作斗争，并热情地赞扬老人伟大的人格，比之为摩西、苏格拉底等历史上的伟人，比之为救主和大神宙斯，又比之为自然界的和风、新芽、阳光、瀚水和喜马拉雅的雪峰——凡此种种，都是为了形象地说明老人人格的高洁和壮丽。

然后志摩告诫不要因为自己的卑琐而怀疑他人的伟大。接着又是一转：也许你们会因为我徐志摩是个诗人来讲这话而有所疑忌，那么胡适是一个沉厚稳重的人选来说明老人的伟大与深厚，既伟大深厚、又是最富感情的人，"所以他到处求人道的温暖与安慰，他尤其要我们中国青年的同情与爱"！

整篇讲演峰回路转，一波三折，又直截了当、一气呵成。缜密的结构、精妙的语言，再加上讲演者的气质风度，当年诗人徐志摩在真光剧场热情洋溢、顾盼神飞的姿态宛然在目。

（龙清涛）

谒见哈代的一个下午^①

*我不讳我的"英雄崇拜"。山，我们爱踹高的；
人，我们为什么不愿意接近大的？*

一

"如其你早几年，也许就是现在，到道
骞司德的乡下，你或许碰得到'裘德'^②的作
者，一个和善可亲的老者，穿着短裤便服，精
神飒爽的，短短的脸面，短短的下颏，在街道
上闲暇的走着，照呼着，答话着，你如其过去
问他卫撒克士小说里的名胜，他就欣欣的从详
指点讲解；回头他一扬手，已经跳上了他的自
行车，按着车铃，向人丛里去了。我们读过他
著作的，更可以想象这位貌不惊人的圣人，在
卫撒克士广大的，起伏的草原上，在月光下，
或在晨曦里，深思地徘徊着，天上的云点，草

◎ 哈代

里的虫吟，远处隐约的人声都在他灵敏的神经里印下不磨的痕迹；或在残
败的古堡里拂拭乱石上的苔青与网结；或在古罗马的旧道上，冥想数千年
前铜盔铁甲的骑兵曾经在这日光下驻踪：或在黄昏的苍茫里，独倚在枯老
的大树下，听前面乡村里的青年男女，在笛声琴韵里，歌舞他们节会的欢
欣；或在济茨^③或雪莱或史文庞^④的遗迹，悄悄的追怀他们艺术的神奇……
在他的眼里，像在高蒂闲^⑤(Theuophile Gautier)的眼里，这看得见的世界

---

①本文发表时作为《汤麦士哈代》一文的附录，其实是一篇独立的散文，这里另置一题。
②"裘德"，即哈代的长篇小说《无名的裘德》。
③济茨，通译济慈（1795～1821），英国诗人。
④史文庞，通译史文朋（1837～1909），英国诗人。
⑤高蒂闲，通译戈蒂埃（1811～1872），英国诗人。

是活着的；在他的'心眼'(The Inward Eye)里，像在他最服膺的华茨华士^①的心眼里，人类的情感与自然的景象是相联合的；在他的想象里，像在所有大艺术家的想象里，不仅伟大的史绩，就是眼前最琐小最暂忽的事实与印象，都有深奥的意义，平常人所忽略或竟不能窥测的。从他那六十年不断的心灵生活，——观察、考量、揣度、印证，——从他那六十年不懈不弛的真纯经验里，哈代，像春蚕吐丝制茧似的，抽绎他最微妙最桀傲的音调，纺织他最缜密最经久的诗歌——这是他献给我们可珍的礼物。"

二

上文是我三年前慕而未见时半自想象半自他人传述写来的哈代。去年七月在英国时，承狄更生^②先生的介绍，我居然见到了这位老英雄，虽则会面不及一小时，在余小子已算是莫大的荣幸，不能不记下一些踪迹。我不讳我的"英雄崇拜"。山，我们爱踹高的；人，我们为什么不愿意接近大的?但接近大人物正如爬高山，往往是一件费劲的事；你不仅得有热心，你还得有耐心。半道上力乏是意中事，草间的刺也许拉破你的皮肤，但是你想一想登临危峰时的愉快!真怪，山是有高的，人是有不凡的!我见曼殊斐儿^③，比方说，只不过二十分钟模样的谈话，但我怎么能形容我那时在美的神奇的启示中的全生的震荡?

> 我与你虽仅一度相见——
> 但那二十分不死的时间^④

果然，要不是那一次巧合的相见，我这一辈子就永远见不着她——会面后不到六个月她就死了。自此我益发坚持我英雄崇拜的势利，在我有力量能爬的时候，总不教放过一个"登高"的机会。我去年到欧洲完全是一

徐志摩
散文
257
名作欣赏

---

①华茨华士，通译华兹华斯（1770~1850），英国诗人。
②狄更生，英国学者，曾任剑桥大学王家学院教授。
③曼殊斐儿，通译曼斯菲尔德（1888~1923），英国女小说家。
④这两句诗见本书《曼殊斐儿》一文附诗《哀曼殊斐儿》。

次"感情作用的旅行";我去是为泰戈尔,顺便我想去多瞻仰几个英雄。我想见法国的罗曼罗兰;意大利的丹农雪乌①,英国的哈代。但我只见着了哈代。

在伦敦时对狄更生先生说起我的愿望,他说那容易,我给你写信介绍,老头精神真好,你小心他带了你到道骞斯德林子里去走路,他仿佛是没有力乏的时候似的!那天我从伦敦下去到道骞斯德,天气好极了,下午三点过到的。下了站我不坐车,问了 Max Gate② 的方向,我就欣欣的走去。他家的外园门正对一片青碧的平壤,绿到天边,绿到门前;左侧远处有一带绵邈的平林。进园径转过去就是哈代自建的住宅,小方方的壁上满爬着藤萝。有一个工人在园的一边剪草,我问他哈代先生在家不,他点一点头,用手指门。我拉了门铃,屋子里突然发一阵狗叫声,在这宁静中听得怪尖锐的,接着一个白纱抹头的年轻下女开门出来。

"哈代先生在家,"她答我的问,"但是你知道哈代先生是'永远'不见客的。"

我想糟了。"慢着,"我说,"这里有一封信,请你给递了进去。""那末请候一候,"她拿了信进去,又关上了门。

她再出来的时候脸上堆着最俊俏的笑容。"哈代先生愿意见你,先生,请进来。"多俊俏的口音!"你不怕狗吗,先生,"她又笑了。"我怕,"我说。"不要紧,我们的梅雪就叫,她可不咬,这儿生客来得少。"

我就怕狗的袭来!战兢兢的进了门,进了客厅,下女关门出去,狗还不曾出现,我才放心。壁上挂着沙琴德③(John Sargent)的哈代画像,一边是一张雪莱的像,书架上记得有雪莱的大本集子,此外陈设是朴素的,屋子也低,暗沉沉的。

我正想着老头怎么会这样喜欢雪莱,两人的脾胃相差够多远,外面楼梯上一阵急促的脚步声和狗铃声下来,哈代推门进来了。我不知他身材

①丹农雪乌,通译邓南遮(1863~1938),意大利作家。
②Max Gate,即马克斯门。哈代1885年在英国西南部多塞特郡多切斯特郊区建立的住宅,他在此定居直至逝世。
③莎琴德,通译约翰·萨金特(1856-1925),意大利裔的美国画家,晚年在伦敦定居。

实际多高，但我那时站着平望过去，最初几乎没有见他，我的印象是他是一个矮极了的小老头儿。我正要表示我一腔崇拜的热心，他一把拉了我坐下，口里连着说"坐坐"，也不容我说话，仿佛我的"开篇"辞他早就有数，连着问我，他那急促的一顿顿的语调与干涩的苍老的口音，"你是伦敦来的?""狄更生是你的朋友?""他好?""你译我的诗?""你怎么翻的?""你们中国诗用韵不用?"前面那几句问话是用不着答的(狄更生信上说起我翻他的诗)，所以他也不等我答话，直到末一句他才收住了。他坐着也是奇矮，也不知怎的，我自己只显得高，私下不由的踟蹰，似乎在这天神面前我们凡人就在身材上也不应分占先似的!(啊，你没见过萧伯纳——这比下来你是个蚂蚁!)这时候他斜着坐，一只手搁在台上头微微低着，眼往下看，头顶全秃了，两边脑角上还各有一鬈也不全花的头发；他的脸盘粗看像是一个尖角往下的等边形三角，两颧像是特别宽，从宽浓的眉尖直扫下来束住在一个短促的下巴尖；他的眼不大，但是深窈的，往下看的时候多，不易看出颜色与表情。最特别的，最"哈代的"，是他那口连着两旁松松往下坠的夹腮皮。如其他的眉眼只是忧郁的深沉，他的口脑的表情分明是厌倦与消极。不，他的脸是怪，我从不曾见过这样耐人寻味的脸。他那上半部，秃的宽广的前额，着发的头角，你看了觉得好玩，正如一个孩子的头，使你感觉一种天真的趣味，但愈往下愈不好看，愈使你觉着难受，他那皱纹龟驳的脸皮正使你想起一块苍老的岩石，雷电的猛烈，风霜的侵陵，雨雷的剥蚀，苔藓的沾染，虫鸟的斑斓，什么时间与空间的变幻都在这上面遗留着痕迹! 你知道他是不抵抗的，忍受的，但看他那下颊，谁说这不泄露他的怨毒，他的厌倦，他的报复性的沉默!他不露一点笑容，你不易相信他与我们一样也有喜笑的本能。正如他的脊背是倾向伛偻，他面上的表情也只是一种不胜压迫的伛偻。喔哈代!

回讲我们的谈话。他问我们中国诗用韵不。我说我们从前只有韵的散文，没有无韵的诗，但最近……但他不要听最近，他赞成用韵，这道理是不错的。你投块石子到湖心里去，一圈圈的水纹漾了开去，韵是波纹。少不得。抒情诗 (Lyric) 是文学的精华的精华。颠不破的钻石，不论多小。磨不灭的光彩。我不重视我的小说。什么都没有做好的小诗难〔他背了莎"Tell me where is Fancy bred"①，朋琼生(Ben Jonson)的"Drink to me only with thine eyes②高兴的说子③）。我说我爱他的诗因为它们不仅结构严密像建筑，同时有思想的血脉在流走，像有机的整体。我说了Organic④这个字；他重复说了两遍："Yes, Organic yes, Organic：A poem ought to be a living thing."⑤练习文字顶好学写诗；很多人从学诗写好散文，诗是文字的秘密。

他沉思了一晌。"三十年前有朋友约我到中国去。他是一个教士，我的朋友，叫莫尔德，他在中国住了五十年，他回英国来时每回说话先想起中文再翻英文的！他中国什么都知道，他请我去，太不便了，我没有去。但是你们的文字是怎么一回事？难极了不是？为什么你们不丢了它，改用英文或法文，不方便吗？"哈代这话骇住了我。一个最认识各种语言的天才的诗人要我们丢掉几千年的文字！我与他辩难了一晌，幸亏他也没有坚持。

说起我们共同的朋友。他又问起狄更生的近况，说他真是中国的朋友。我说我明天到康华尔去看罗素。谁？罗素？他没有加案语。我问起勃伦腾⑥(Edmund Blunden)，他说他从日本有信来，他是一个诗人。讲起麦雷⑦(John M.Murry)他起劲了。"你认识麦雷？"他问。"他就住在这儿道骞斯德海边，他买了一所古怪的小屋子，正靠着海，怪极了的小屋子，什么时候那可以叫海给吞了去似的。他自己每天坐一部破车到镇上来买菜。他是有能干的。他会写。你也见过他从前的太太曼殊菲儿？他又娶了，你知道不？我说给你听麦雷的故事。曼殊斐儿死了，他悲伤得很，无聊极了，他办了他的报(我怕他的报维持不了)，还是悲伤。好了，有一天有一个女的投稿几首诗，麦雷觉得有意思，写信叫她去看他，她去看他，一个年轻的女子，两人说投机了，就结了婚，现在大概他不悲伤了。"

---

①莎士比亚的这句话是，"告诉我是什么培养了想象力"。

②本·琼生的这句话是，"为你的观察力干杯"。

③"说子"，江浙方言，犹如"说道"。

④Organic，有机的。

⑤这句话意为："是的，有机的，是的，有机：诗必须是活的东西。"

⑥勃伦腾，通译布伦登(1896～1974)，英国诗人，二十年代大部分时间在日本教书。

⑦麦雷，通译默里(1889～1956)，英国批评家，编辑，曾是曼斯菲尔德同居的男友。

他问我那晚到那里去。我说到
Exete^①看教堂去，他说好的，他就
讲建筑，他的本行^②。我问你小说
里常有建筑师，有没有你自己的影
子？他说没有。这时候梅雪出去了
又回来，咻咻的爬在我的身上乱抓，
哈代见我有些窘，就站起来呼开梅
雪，同时说我们到园里去走走吧，
我知道这是送客的意思。我们一起
走出门绕到屋子的左侧去看花，梅
雪摇着尾巴咻咻的跟着。我说哈代
先生，我远道来你可否给我一点小
纪念品。他回头见我手里有照相机，

◎ 徐志摩称罗素为"20世纪的伏尔泰"。
1925年7月，徐志摩在英伦最南端的康华尔
拜见罗素夫妇。

他赶紧他的步子急急的说，我不爱照相，有一次美国人来给了我很多的麻烦，
我从此不叫来客照相，——我也不给我的笔迹（Autograph），你知道？他
脚步更快了，微偻着背，腿微向外弯一摆一摆的走着，仿佛怕来客要强抢
他什么东西似的！"到这儿来，这儿有花，我来采两朵花给你做纪念，好
不好？"他俯身下去到花坛里去采了一朵红的一朵白的递给我："你暂时插
在衣襟上吧，你现在赶六点钟车刚好，恕我不陪你了，再会，再会——来，来，
梅雪：梅雪……"老头扬了扬手，径自进门去了。

吝刻的老头，茶也不请客人喝一杯！但谁还不满足，得着了这样难得的
机会？往古的达文謇^③、莎士比亚、歌德、拜伦，是不回来了的；——哈代！
多远多高的一个名字！方才那头秃秃的背弯弯的腿屈屈的，是哈代吗？太奇
怪了！那晚有月亮，离开哈代家五个钟头以后，我站在哀克刹脱^④教堂的门
前玩弄自身的影子，心里充满着神奇。

①Exeter，通译埃克塞特，英国德文郡一区（城市），历史名城。
②哈代早年学过建筑。
③达文謇，通译达·芬奇（1452–1519），意大利文艺复兴时期画家、雕塑家。
④哀克刹脱，通译埃克塞特，即上文中提到的Exeter。

赏析

在这篇散文里，作者带领着我们完成了一个走近英雄的精神典仪。

诗人曾经说过，在没有英雄的年代里，我只想做一个人。在没有英雄或英雄遭难的年代里，我们最大也是最卑微的渴望，只是做一个人。然而，在上世纪三十年代，灾难与希望并存的中华民族却在渴求着英雄，人民期待着英雄带来福音。因此，尽管那不是一个空前宽容的时代，一方面愚昧与暴政在无情地摧残着英雄，但另一方面，它却仍然哺育了大量的文化英雄，有着不同的政治、文化观点的英雄们仍然在专制的缝隙中昂然生长。那是历史转型期灿烂的文化奇观。而徐志摩，便是那一时代奉献给历史的一个英雄，一个诗人英雄、文化英雄。

作为我们民族一个年轻的、既具理想主义色彩又有浪漫情怀的文化英雄，又成长于那样一个需要出现英雄的乱世，徐志摩自然免不了对比他更为伟大的"老英雄"的崇拜，而作为英国文豪的哈代对深受英国文化熏染的徐志摩可能就更具魅力了。

徐志摩从不避讳他的"英雄崇拜"心理。他说：

"我不讳我的'英雄崇拜'。山，我们爱踹高的；人，我们为什么不愿意接近大的？"

在对英雄的崇拜之中，自信的人并不会丧失自我，相反却会获得进一步的自信，领会自我的尊严。在与英雄的亲近之中，自我得到了提升，生命得到了进一步的充实与敞亮。因为正如卡莱尔所言："英雄生活于万物的内在境界里，生活于真正的、神圣的、永恒的境界之中，而大多数世俗的、平凡的人是见不到这些长存不灭的境界的，而他正是生活于这中间，用语言或行动向外界显示自己，同时也显示这个境界。"走近英雄，就是走向这种境界，走向永恒。也许正因为此，徐志摩才不辞劳苦，数次游历欧美，遍访那一时代的文化巨人。为了走近英雄，领略"登临危峰时的愉快"，他在"有力量能爬的时候，总不教放过一个'登高'的机会"。

那么，作者带领我们攀登的，是怎样一座高山，怎样一位文化英雄呢？

散文《谒见哈代的一个下午》发表于1928年3月《新月》第一卷第一期，当时是作为同一期的散文《汤麦斯哈代》的附录发表的，在后一篇文章中，作者向我们较为全面地介绍了哈代其人。

在作者的心目中，哈代分明是那一时代的伟大圣哲，他和法朗士一样，"分明是十九世纪末叶以来人类思想界的重镇"，他"担着一肩思想的重负"（徐志摩：《猛虎集·哈代》），"再没有人在思想上比他更严肃，更认真"的了，即使在"最烦闷最黑暗的时刻，他也不放弃他为他的思想寻求一条出路的决心——为人类前途寻求一条出路的决心"。凭着"他在思想上的忠实与勇敢"，真正实现了阿诺德的至理名言——"运用思想到人生上去"。

在《谒见》一文中，徐志摩带领我们一道拜谒的，便是这样一位世纪级的文化英雄和思想圣哲。

散文第一部分，作者给我们描绘了他"三年前慕而未见时半自想象半自他人传述写来"的哈代。他一方面以诗意的想象表现了自己对于哈代的景仰与崇敬，另一方面作者故意将此置于篇首，利用读者的"证实愿望"和"期待心理"激发我们的好奇心与想象力，以增强我们的阅读兴趣，并且给全文笼罩了一层浪漫、机趣而又洒脱的诗的氛围。

散文的主体是第二部分。在这一部分里，我们带着被作者激发起来的好奇心，怀着虔敬的心情跟着作者去一同拜谒哈代。然而，作者并不急于让我们开始拜谒的旅途，而是先发了一通关于"英雄崇拜"的议论，让我们一方面明白走向圣哲的不易，"接近大人物正如爬高山，往往是一件费劲的事，你不仅得有热心，你还得有耐心"，另一方面又告诉我们，虽然在爬山的中途往往乏力，"草间的刺也许拉破你的皮肤"，但是只要你有热情、有耐心，我们一定会获得"登临危峰时的愉快"。至此，我们急于拜谒哈代，想见庐山真面目的渴望被进一步强化，而且还获得了"理性"的支撑。

　　在经过一系列的曲笔之后，接下去作者才开始踏上谒见哈代之途。然而，接近圣哲又是何其不易？当作者经人介绍，来到道骞斯德的哈代门前时，却没料到哈代原来又是不愿见客的，而且作者写得极富情趣：哈代谢客的消息来自一个俊俏的女佣之口，而且还有一只可爱的小狗从中干扰。这不仅进一步表现了作者急于见到哈代的急切心情，而且也把我们阅读者的心给"提"了起来。当作者终于得以进屋，耐心地等待哈代时，我们和作者一样，在长长的热烈期待和艰辛的拜谒之旅之后，进入了平静的心境。然而这又是何其伟大的时刻，在这静寂之中，"忽然"外面楼梯上一阵急促的脚步声和狗铃声下来，哈代推门进来了。在一系列的曲笔、铺垫和渲染之后，曲终人现，我们终于等来了我们想要拜谒的伟大圣哲。

　　接下去作者便开始了对哈代生动逼真的性格刻画。我们面前的哈代原来并不是作者预想的那样沉稳飘逸、有着拒人于千里之外的冷漠，相反，却是一个热情如火的"急性子"。哈代刚一进门，"当我正要表示我一腔崇拜的热心，他一把拉了我坐下，口里连连说'坐坐'，也不容我说话，仿佛我的'开篇'辞他早就有数，连着问我。"而他的一连串问题也不等我的回答。当作者想为这次会面留下纪念时，"他回头见我手里有照相机，他赶紧他的步子急急地说，我不爱照相"，并且"仿佛怕来客要抢他什么东西似的"，急促地摆着步子，去摘花赠于作者，也不等客人的告辞，便径自说道"恕我不陪你了，再会，再会——"扬了扬手，径自进门去了。

　　哈代对朋友的关心和与客人的热情交谈表现了哈代不仅有着雷电暴雨一样的急促猛烈的性格，而且还有一副火热的心肠。

　　作者对会见场景的描写虽然占了文章的很大篇幅，但却具有很强的速度感，这与会见前的缓慢铺垫形成了鲜明的反差，不仅有利于更为鲜明地凸现哈代的急促性格，而且给我们的阅读带来了很大的美学享受。是的，哈代，多么神奇的圣哲，"多远多高的一个名字！"当我们读完全篇，不会和作者一样产生神奇而景仰的心情么？

（何言宏）

自剖

我是个好动的人；每回我身体行动的时候，我的思想也仿佛就跟着跳荡。

我是个好动的人；每回我身体行动的时候，我的思想也仿佛就跟着跳荡。我做的诗，不论它们是怎样的"无聊"，有不少是在行旅期中想起的。我爱动，爱看动的事物，爱活泼的人，爱水，爱空中的飞鸟，爱车窗外掣过的田野山水。星光的闪动，草叶上露珠的颤动，花须在微风中的摇动，雷雨时云空的变动，大海中波涛的汹涌，都是在在触动我感兴的情景。是动，不论是什么性质，就是我的兴趣，我的灵感。是动就会催快我的呼吸，加添我的生命。

近来却大大的变样了。第一我自身的肢体，已不如原先灵活；我的心也同样的感受了不知是年岁还是什么的拘絷。动的现象再不能给我欢喜，给我启示。先前我看着在阳光中闪烁的金波，就仿佛看见了神仙宫阙——什么荒诞美丽的幻觉，不在我的脑中一闪闪的掠过；现在不同了，阳光只是阳光，流波只是流波，任凭景色怎样的灿烂，再也照不化我的呆木的心灵。我的思想，如其偶尔有，也只似岩石上的藤萝，贴着枯干的粗糙的石面，极困难的蜒着；颜色是苍黑的，姿态是崛强的。

我自己也不懂得何以这变迁来得这样的兀突，这样的深彻。原先我在人前自觉竟是一注的流泉，在在有飞沫，在在有闪光；现在这泉眼，如其还在，仿佛是叫一块石板不留余隙的给镇住了。我再没有先前那样蓬勃的情趣，每回我想说话的时候，就觉着那石块的重压，怎么也掀不动，怎么也推不开，结果只能自安沉默！"你再不用想什么了，你再没有什么可想的了"；"你再不用开口了，你再没有什么话可说的了，"我常觉得我沉闷的心府里有这样半嘲讽半吊唁的谆嘱。

说来我思想上或经验上也并不曾经受什么过分剧烈的戟刺。我处境是向来顺的，现在如其有不同，只是更顺了的。那么为什么这变迁？远的不说，就比如我年前到欧洲去时的心境：啊！我那时还不是一只初长毛角的野鹿？什么颜色不激动我的视觉，什么香味不奋兴我的嗅觉？我记得我在意大利写游记的时候，情绪是何等的活泼，兴趣何等的醇厚，一路来眼见耳听心感的种种，哪一样不活栩栩的业集在我的笔端，争求充分的表现！如今呢？我这次到南方去，来回也有一个多月的光景，这期内眼见耳听心感的事物也该有不少。我未动身前，又何尝不自喜此去又可以有机会饱餐西湖的风色，邓尉的梅香——单提一两件最合我脾胃的事。有好多朋友也曾期望我在这闲暇的假期中采集一点江南风趣，归来时，至少也该带回一两篇爽口的诗文，给在北京泥土的空气中活命的朋友们一些清醒的消遣。但在事实上不但在南中时我白瞪着大眼，看天亮换天昏，又闭上了眼，拼天昏换天亮，一枝秃笔跟着我涉海去，又跟着我涉海回来，正如岩洞里的一根石笋，压根儿就没一点摇动的消息；就在我回京后这十来天，任凭朋友们怎样的催促，自己良心怎样的责备，我的笔尖上还是滴不出一点墨沈来。我也曾勉强想想，勉强想写，但到底还是白费！可怕是这心灵骤然的呆顿。完全死了不成？我自己在疑惑。

说来是时局也许有关系。我到京几天就逢着空前的血案。五卅事件发生时我正在意大利山中，采茉莉花编花篮儿玩，翡冷翠[①] 山中只见明星与流萤的交唤，花香与山色的温存，俗氛是吹不到的。直到七月间到了伦敦，我才理会国内风光的惨淡，等得我赶回来时，设想中的激昂，又早变成了明日黄花，看得见的痕迹只有满城黄墙上墨彩斑斓的"泣告"。

这回却不同。屠杀的事实不仅是在我住的城子里发见，我有时竟觉得是我自己的灵府里的一个惨象。杀死的不仅是青年们的生命，我自己的思想也仿佛遭着了致命的打击，比是国务院前的断胚残肢，再也不能回复生动与连贯。但这深刻的难受在我是无名的，是不能完全解释的。这回事变的奇惨性引起愤慨与悲切是一件事，但同时我们也知道在这根本起变态作用的社会里，什么怪诞的情形都是可能的。屠杀无辜，还不是年来最平常的现象。自从内战纠结以来，在受战祸的区域内，哪一处村落不曾分到过遭奸污的女性，屠残的骨肉，供牺牲的生命财产？这无非是给冤氛团结的地

---

①翡冷翠，通译佛罗伦萨。

面上多添一团更集中更鲜艳的怨毒。再说哪一个民族的解放史能不浓浓的染着Martyrs①的腔血？俄国革命的开幕就是二十年前冬宫的血景。只要我们有识力认定，有胆量实行，我们理想中的革命，这回羔羊的血就不会是白涂的。所以我个人的沉闷决不完全是这回惨案引起的感情作用。

爱和平是我的生性。在怨毒、猜忌、残杀的空气中，我的神经每每感受一种不可名状的压迫。记得前年奉直战争时我过的那日子简直是一团黑漆，每晚更深时，独自抱着脑壳伏在书桌上受罪，仿佛整个时代的沉闷盖在我的头顶——直到写下了"毒药"那几首不成形的咒诅诗以后，我心头的紧张才渐渐的缓和下去。这回又有同样的情形；只觉着烦，只觉着闷，感想来时只是破碎，笔头只是笨滞。结果身体也不舒畅，像是蜡油涂抹住了全身毛窍似的难过，一天过去了又是一天，我这里又在重演更深独坐箍紧脑壳的姿势，窗外皎洁的月光，分明是在嘲讽我内心的枯窘！

不，我还得往更深处挖。我不能叫这时局来替我思想骤然的呆顿负责，我得往我自己生活的底里找去。

平常有几种原因可以影响我们的心灵活动。实际生活的牵掣可以劫去我们心灵所需要的闲暇，积成一种压迫。在某种热烈的想望不曾得满足时，我们感觉精神上的烦闷与焦躁，失望更是颠覆内心平衡的一个大原因；较剧烈的种类可以麻痹我们的灵智，淹没我们的理性。但这些都合不上我的病源；因为我在实际生活里已经得到十分的幸运，我的潜在意识里，我敢说不该有什么压着的欲望在作怪。

但是在实际上反过来看另有一种情形可以阻塞或是减少你心灵的活动。我们知道舒服、健康、幸福，是人生的目标，我们因此推想我们痛苦的起点是在望见那些目标而得不到的时候。我们常听人说"假如我像某人那样生活无忧我一定可以好好的做事，不比现在整大的精神全花在琐碎的烦恼上。"我们又听说"我不能做事就为身体太坏，若是精神来得，那就……"我们又常常设想幸福的境界，我们想"只要有一个意中人在跟前那我一定奋发，什么事做不到？"但是不，在事实上，舒服、健康、幸福，不但不一定是帮助或奖励心灵生活的条件，它们有时正得相反的效果。我们看不起有钱人，在社会上得意人，肌肉过分发展的运动家，也正在此；

---

①Martyrs，英文"殉难者"、烈士"（加s为复数）

至于年少人幻想中的美满幸福，我敢说等得当真有了红袖添香，你的书也就读不出所以然来，且不说什么在学问上或艺术上更认真的工作。

那末生活的满足是我的病源吗？

"在先前的日子"，一个真知我的朋友，就说："正为是你生活不得平衡，正为你有欲望不得满足，你的压在内里的Libido^①就形成一种升华的现象，结果你就借文学来发泄你生理上的郁结(你不常说你从事文学是一件不预期的事吗?)这情形又容易在你的意识里形成一种虚幻的希望，因为你的写作得到一部分赞许，你就自以为确有相当创作的天赋以及独立思想的能力。但你只是自冤自，实在你并没有什么超人一等的天赋，你的设想多半是虚荣，你的以前的成绩只是升华的结果。所以现在等得你生活换了样，感情上有了安顿，你就发见你向来写作的来源顿呈萎缩甚至枯竭的现象；而你又不愿意承认这情形的实在，妄想到你身子以外去找你思想枯窘的原因，所以你就不由的感到深刻的烦闷。你只是对你自己生气，不甘心承认你自己的本相。不，你原来并没有三头六臂的!

"你对文艺并没有真兴趣，对学问并没有真热心。你本来没有什么更高的志愿，除了相当合理的生活，你只配安分做一个平常人，享你命里铸定的'幸福'；在事业界，在文艺创作界，在学问界内，全没有你的位置，你真的没有那能耐。不信你只要自问在你心里的心里有没有那无形的'推力'，整天整夜的恼着你，逼着你，督着你，放开实际生活的全部，单望着不可捉模的创作境界里去冒险?是的，顶明显的关键就是那无形的推力或是冲动(The Impulse)，没有它人类就没有科学，没有文学，没有艺术，没有一切超越功利实用性质的创作。你知道在国外(国内当然也有，许没那样多)有多少人被这无形的推力驱使着，在实际生活上变成一种离魂病性质的变态动物，不但人间所有的虚荣永远沾不上他们的思想，就连维持生命的睡眠饮食，在他们都失了重要，他们全部的心力只是在他们那无形的推力所指示的特殊方向上集中应用。怪不得有人说天才是疯癫；我们在巴黎、伦敦不就到处碰得着这类怪人?如其他是一个美术家，恼着他的就只怎样可以完全表现他那理想中的形体；一个线条的准确，某种色彩的调谐，在他会得比他生身父母的生死与国家的存亡更重要，更迫切，更要

徐志摩

散文
268

名作欣赏

①Libilo，通译里比多，心理学名词。

求注意。我们知道专门学者有终身掘坟墓的，研究蚊虫生理的，观察亿万万里外一个星的动定的。并且他们决不问社会对于他们的劳力有否任何的认识，那就是虚荣的进路；他们是被一点无形的推力的魔鬼蛊定了的。

"这是关于文艺创作的话。你自问有没有这种情形。你也许经验过什么'灵感'，那也许有，但你却不要把刹那误认作永久的，虚幻认作真实。至于说思想与真实学问的话，那也得背后有一种推力，方向许不同，性质还是不变。做学问你得有原动的好奇心，得有天然热情的态度去做求知识的工夫。真思想家的准备，

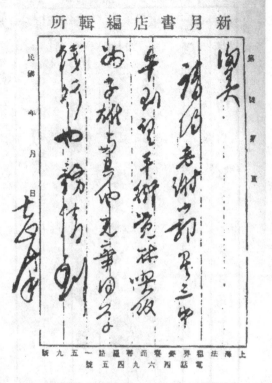

◎ 徐志摩给邵洵美的信

除了特强的理智，还得有一种原动的信仰；信仰或寻求信仰，是一切思想的出发点；极端的怀疑派思想也只是期望重新位置信仰的一种努力。从古来没有一个思想家不是宗教性的。在他们，各按各的倾向，一切人生的和理智的问题是实在有的；神的有无，善与恶，本体问题，认识问题，意志自由问题，在他们看来都是含逼迫性的现象，要求合理的解答——比山岭的崇高，水的流动，爱的甜蜜更真，更实在，更耸动。他们的一点心灵，就永远在他们设想的一种或多种问题的周围飞舞、旋绕，正如灯蛾之于火焰：牺牲自身来贯彻火焰中心的秘密，是他们共有的决心。

"这种惨烈的情形，你怕也没有吧？我不说你的心幕上就没有思想的影子；但它们怕只是虚影，像水面上的云影，云过影子就跟着消散，不是石上的溜痕越日久越深刻。

"这样说下来，你倒可以安心了！因为个人最大的悲剧是设想一个虚无的境界来谎骗你自己；骗不到底的时候你就得忍受'幻灭'的莫大的苦痛。与其那样，还不如及早认清自己的深浅，不要把不必要的负担，放上支撑不住的肩背，压坏你自己，还难免旁人的笑话！朋友，不要迷了，定下心来享你现成的福分吧；思想不是你的分，文艺创作不是你的分，独立的事业更不是你的分！天生抗了重担来的那也没法想(哪一个天才不是活受罪！)你是原来轻松的，这是多可羡慕，多可贺喜的一个发见！算了吧，朋友！"

三月二十五至四月一日

◎《自剖》封面

赏析

　　散文的魅力之一，在于它的真实，真实的思想、真实的情感、真实的体验。百味人生，经散文家的妙笔，都能使人如嚼槟榔，孜孜品尝。可以说，没有哪种文体像散文的写作，敞开心扉，更是对着自己慢慢道来，读者在何处已无足轻重了；加上大多是情感、冲动使之，理念的动力多少变得有些苍白。正是这样，散文方原滋原味，令人着魔不已。

　　人类从荒昧中走出，自有文明以后，就开始掩饰自己的身躯和心灵，进步的同时，掘出了人类相互隔膜的鸿沟，从此，渴望理解和理解他人成为人类生生不息的欲念和理想。在这个意义上，遥望悠悠文学长河，卢梭的《忏悔录》是震撼灵魂的，它以坦露灵魂的勇气和真诚，在文学史上放射着异彩，可见自剖者永恒的意义。

　　沐浴着散文美学真实的光芒，带着对人类潜在渴求沟通的欲望的诱惑，徐志摩的《自剖》成为一篇隽永的散文佳作。

　　人生有许多境遇，纵然有马跑平川的快意，更有肠路孤灯的愁结，作者把我们的心悬搁在他思想的转折路口——痛苦、困惑，然后层层道来，像是与读者促膝倾心。此时此刻，让人难以保持常日的矜持，只有侧耳静心听他诉说。

　　徐志摩是爱自由的，又是极富灵感和才气的诗人，游学美欧后，他以二十几岁的韶华，在中国文坛驰骋笔墨，古老的国度，因而有缕带有异域气息的和风，其作者自然被引向瞩目的地位。说他此时春风得意是不过分的。人生的意义，在于价值的实现，徐志摩当已醉饮这杯甘露！

然而，此时喷涌的泉眼为顽石所覆，扬帆的远轮蓦然帆坠雾罩，这对山涧仙子、远航的舵手来说，无疑是不幸和痛苦的。徐志摩正处在这难以排解的当儿。徐志摩绝非苦吟诗人，而是洋溢着才子之气，喜欢新异的思想，感触鲜活的事物，社会和大自然的异彩纷纭，都能激起他美好的畅想——当前，他却不再如此了，他面对的是思维的枯萎，灵感停滞的难捱困境。这对一个诗人来说，是多么难言的苦衷！

　　——徐志摩把它捧了出来，好大的勇气！而且，还引着我们一路追根而来……

　　先从处境上分析。比起先前，"现在如其有不同，只是更顺了的"，不得其解。

　　与时局的关系呢，在他看来，其"个人沉闷决不完全是这回惨案引起的感情作用。"

　　再往生活深处找去。与其说生活的牵掣可以使心灵产生压抑，作者更认为是生活的顺意反倒弱化人的思维和意志，阻塞或是减少心灵的活动。

　　到此，作者袒露心迹，剖析自身的、外界的病因，似已正本清源。然而，作为吃过正宗洋面包的徐志摩，非要把这把解剖刀伸进潜意识中，并把笔墨集中到最后一个"病源"的分析上来。在域外数年的游学生涯，培养了他一定的西式思维方式。在这里，似乎对科学的心理分析颇为着重，并把弗洛伊德的力比多(Libido)压抑说也拉了出来，注意所谓的生命意志的冲动(The Impulse)。最后，在"个人最大的悲剧是设想一个虚无的境界来谎骗自己"的安慰中，缓缓停下追问的执著。

　　作为诗人的徐志摩，散文也作得瑰丽多彩，传神入微。心灵的律动，是难以捕捉的，又是难以传达的。直抒不易表其深奥，形象化又不便于了解其真髓，徐志摩则巧妙地利用对比，使各种难言的体悟和思绪，涓涓流来。"语言是痛苦的"，然而，高明的作者一定程度上医治了语言的创伤。

　　作者是从痛苦和困惑中，开始挖掘心灵的谜底。他这样写道："先前我看着在阳光中闪烁的金波，就仿佛看见了神仙官阙——什么荒诞美丽的幻觉，不在我的脑中一闪闪的掠过；现在不同了，阳光只是阳光，流波只是流波，任凭景色怎样的灿烂，再也照不化我的呆木的心灵。"心灵前后巨大的反差，同时，也是本文创作的原动因，读者可在两种历时的心灵空间的对比中，想象着主人公灵魂的焦虑，并对他产生深刻的同

◎ 徐志摩著作《秋》早期版本

情和理解。至于他写作的呆滞，从他初走欧洲的心境与此次南方之行的鲜明对比中，是可了然于目的，为此，我们甚至要为作者感到悲哀了。

谈到时局的变化，作者拿五卅事件与眼前的"屠杀的事实"(三·一八惨案)作比，前者发生时，作者正浪漫流连于意大利山中，"俗氛是吹不到的"，而后者对他则是有影响的，正如作者所言，面对眼前的事实，"有时竟觉得是我自己的灵府里的一个惨象。"

就连人们对幸福境地的种种理想和幸福到来的真实情况，作者也要拿来比较，让读者信服他的剖析——"舒服、健康、幸福，不但不一定是帮助或奖励心灵生活的条件，它们有时正得相反的效果。"

可以说，对比被徐志摩用得遍地开花，可谓文中一大景观。

此外，还需一提的是徐志摩对本文最后一部分的特殊处理，他突然转换了时空，改变了陈述的角度，入微的分析来自"先前的日子""一个真知我的朋友"那里，而把自己悄然隐去。其实，这不难理解。此时，徐志摩正面临一次精神危机，他是带着对英国的开明民主的信仰和"康桥"式的浪漫回到祖国的，然而，在国内他的"康桥理想"和现实生活发生深刻的悖离，因此，他绝望地感觉到原先自觉是一注清泉似的心灵，"骤然的呆顿了，似乎是完全的死。"对于浪漫不羁的徐志摩早年的留学生活，似乎成为他心灵的家园，灵魂的避难所，只有回到过去的时空，在那种情境中，他才有灵性，才能得到真正的自我意识。"一个真知我的朋友"就这样诞生了。

（张国义）

我的祖母之死

所以不曾经历过精神或心灵的大变的人们，只是在生命的户外徘徊，也许偶尔猜想到几分墙内的动静，但总是浮的浅的，不切实的，甚至完全是隔膜的。

一

一个单纯的孩子，
过他快活的时光，
兴匆匆的，活泼泼的，
何尝识别生存与死亡？

这四行诗是英国诗人华茨华斯(William Wordsworth)一首有名的小诗叫做"我们是七人"(We are Seven)的开端，也就是他的全诗的主意。这位爱自然，爱儿童的诗人，有一次碰着一个八岁的小女孩，发鬓蓬松的可爱，他问她兄弟姊妹共有几人，她说我们是七个，两个在城里，两个在外国，还有一个姊妹一个哥哥，在她家里附近教堂的墓园里埋着。但她小孩的心理，却不分清生与死的界限，她每晚携着她的干点心与小盘皿，到那墓园的草地里，独自的吃，独自的唱，唱给她的在土堆里眠着的兄姊听，虽则他们静悄悄的莫有回响，她烂漫的童心却不曾感到生死间有不可思议的阻隔；所以任凭华翁多方的譬解，她只是睁着一双灵动的小眼，回答说：

"可是，先生，我们还是七人。"

二

其实华翁自己的童真。也不让那小女孩的完全：他曾经说"在孩童时期，我不能相信我自己有一天也会得悄悄的躺在坟里，我的骸骨会得变成尘土。"又一次他对人说"我做孩子时最想不通的，是死的这回事将来也会得轮到我自己身上。"

孩子们天生是好奇的，他们要知道猫儿为什么要吃耗子，小弟弟从哪里变出来的，或是究竟先有鸡还是先有鸡蛋；但人生最重大的变端——死的现象与实在，他们也只能含糊的看过，我们不能期望一个个小孩子们都是搔头穷思的丹麦王子。他们临到丧故，往往跟着大人啼哭；但他只要眼泪一干，就会到院子里踢毽子，赶蝴蝶，就使在屋子里长眠不醒了的是他们的亲爹或亲娘，大哥或小妹，我们也不能盼望悼死的悲哀可以完全翳蚀了他们稚羊小狗似的欢欣。你如其对孩子说，你妈死了，你知道不知道——他十次里有九次只是对着你发呆；但他等到要妈叫妈，妈偏不应的时候，他的嫩颊上就会有热泪流下。但小孩天然的一种表情，往往可以给人们最深的感动。我生平最忘不了的一次电影，就是描写一个小孩爱恋已死母亲的种种天真的情景。她在园里看种花，园丁告诉她这花在泥里，浇下水去，就会长大起来。那天晚上天下大雨，她睡在床上，被雨声惊醒了，忽然想起园丁的话，她的小脑筋里就发生了绝妙的主意。她偷偷的爬出了床，走下楼梯，到书房里去拿下桌上供着的她死母的照片，一把揣在怀里，也不顾倾倒着的大雨，一直走到园里，在地上用园丁的小锄掘松了泥土，把她怀里的亲妈，谨慎的取了出来，栽在泥里，把松泥掩护着；她做完了工就蹲在那里守候——一个三四岁的女孩，穿着白色的睡衣，在深夜的暴雨里，蹲在露天的地上，专心笃意的盼望已经死去的亲娘，像花草一般，从泥土里发长出来！

三

我初次遭逢亲属的大故，是二十年前我祖父的死，那时我还不满六岁。那是我生平第一次可怕的经验，但我追想当时的心理，我对于死的见解也不见得比华翁的那位小姑娘高明。我记得那天夜里，家里人吩咐祖父病重，他们今夜不睡了，但叫我和我的姊妹先上楼睡去，回头要我们时他们会来叫的。我们就上楼去睡了，底下就是祖父的卧房，我那时也不十分明白，只知道今夜一定有很怕的事，有火烧、强盗抢、做怕梦，一样的可怕。我也不十分睡着，只听得楼下的急步声、碗碟声、唤婢仆声、隐隐的哭泣声，不息的响音。过了半夜，他们上来把我从睡梦里抱了下去，我醒过来只听得一片的哭声，他们已经把长条香点起来，一屋子的烟，一屋子的人，围拢在床前，哭的哭，喊的喊，我也捱了过去，在人丛里偷看大床里的好祖父。忽然听说醒了醒了，哭喊声也歇了，我看见父亲爬在床里，把病父抱持在怀里，祖父倚在他的身上，双眼紧闭着，口里衔着一块黑色的药物他说话了，很轻的声音，虽则我不曾听明他说的什么话，后来知道他经过了一阵昏晕，他又醒了过来对家人说："你们吃吓了，这算是小死。"他接着又说了好几句话，随讲音随低，呼气随微，去了，再不醒了，但我却不曾亲见最后的弥留，也许是我记不起，总之我那时早已跪在地板上，手里擎着香，跟着大众高声的哭喊了。

四

此后我在亲戚家收殓虽则看得不少，但死的实在的状况却不曾见过。我们念书人的幻想力是比较的丰富，但往往因为有了幻想力，就不管生命现象的实在，结果是书呆子，陆放翁说的"百无一用是书生"。人生的范围是无穷的：我们少年时精力充足什么都不怕尝试，只愁没有出奇的事情做，往往抱怨这宇宙太窄，青天太低，大鹏似的翅膀飞不痛快，但是……但是平心的说，且不论奇的、怪的、特别的、离奇的，我们姑且试问人生里最基本的事实，最单纯的、最普遍的、最平庸的、最近人情的经验，我们究竟能有多少的把握，我们能有多少深彻的了解，我们是否都亲身经历过?譬如说：生产、恋爱、痛苦、悲、死、妒、恨、快乐、真疲倦、真饥饿、渴、毒焰似的渴、真的幸福、冻的刑罚、忏悔，种种的情热。我可以说，我们平常人生观、人类、人道、人情、真理、哲理、本能等等名词不离口吻的念书人们，什么文学家，什么哲学家——关于真正人生基本的事实的实在，知道的——恐怕是极微至鲜，即使不等于圆圈。我有一个朋友，他和他夫人的感情极厚，一次他夫人临到难产，因为在外国，所以进医院什么都得他自己照料，最后医生宣言只有用手术一法，但性命不能担保，他没有法子，只好和他半死的夫人诀别(解剖时亲属不准在旁的)。满心毒魔似的难受，他出了医院，走在道上，走上桥去，像得了离魂病似的，心脉春臼似的跳着，最后他听着了教堂和缓的钟声，他就不自主的跟着钟声，进了教堂，跟着在做礼拜的跪着、祷告、忏悔、祈求、唱诗、流泪(他并不是信教的人），他这样的捱过时刻，后来回转医院时，一步步都是惨酷的磨难，比上行刑场的犯人，加倍的难受，他怕见医生与看护妇，仿佛他的命运是在他们的手掌里握着。事后他对人说："我这才知道了人生一点子的意味！"

五

所以不曾经历过精神或心灵的大变的人们，只是在生命的户外徘徊，也许偶尔猜想到几分墙内的动静，但总是浮的浅的，不切实的，甚至完全是隔膜的。人生也许是个空虚的幻梦，但在这幻象中，生与死，恋爱与痛苦，毕竟是陡起的奇峰，应得激动我们徬徨者的注意，在此中也许有可以感悟到一些幻里的真，虚中的实，这浮动的水泡不曾破裂以前，也应得饱吸自由的日光，反射几丝颜色！

我是一只不羁的野驹，我往往纵容想象的猖狂，诡辩人生的现实；比如凭借凹折的玻璃，觉察当前景色。但时而复再，我也能从烦嚣的杂响中听出清新的乐调，在眩耀的杂彩里，看出有条理的意匠。这次祖母的大故，老家庭的生活，给我不少静定的时刻，不少深刻的反省。我不敢说我因此感悟了部分的真理，或是取得了若干的智慧；我只能说我因此与实际生活更深了一层的接触，益发激动我对于人生种种好奇的探讨，益发使我惊讶这迷谜的玄妙，不但死是神奇的现象，不但生命与呼吸是神奇的现象，就连日常的生活与习惯与迷信，也好像放射着异样的光闪，不容我们擅用一两个形容词来概状，更不容我们倡言什么主义来抹煞——一个革新者的热心，碰着了实在的寒冰！

六

我在我的日记里翻出一封不曾写完不曾付寄的信，是我祖母死后第二天的早上写的。我时在极强烈的极鲜明的时刻内，很想把那几日经过感想与疑问，痛快的写给一个同情的好友，使他在数千里外也能分尝我强烈的鲜明的感情。那位同情的好友我选中了通伯[①]。但那封信却只起了一个呆重的头，一为丧中忙，二为我那时眼热不耐用心，始终不曾写就，一直挨

①通伯，即陈源（西滢）。

到现在再想补写，恐怕强烈已经变弱，鲜明已经透暗，逃亡的囚逋，不易追获的了。我现在把那封残信录在这里，再来追摹当时的情景。

通伯：

我的祖母死了！从昨夜十时半起，直到现在，满屋子只是号啕呼抢的悲音，与和尚、道士、女僧的礼忏鼓磬声。二十年前祖父丧时的情景，如今又在眼前了。忘不了的情景！你愿否听我讲些？

我一路回家，怕的是也许已经见不到老人，但老人却在生死的交关仿佛存心的弥留着，等待她最钟爱的孙儿——即不能与他开言诀别，也使他尚能把握她依然温暖的手掌，抚摩她依然跳动着的胸怀，凝视她依然能自开自阖虽则不再能表情的目睛。她的病是脑充血的一种，中医称为"卒中"（最难救的中风）。她十日前在暗房里踬仆倒地，从此不再开口出言，登仙似的结束了她八十四岁的长寿，六十年良妻与贤母的辛勤，她现在已经永远的脱辞了烦恼的人间，还归她清净自在的来处。我们承受她一生的厚爱与荫泽的儿孙，此时亲见，将来追念，她最后的神化，不能自禁中怀的摧痛，热泪暴雨似的盆涌，然痛心中却亦隐有无穷的赞美，热泪中依稀想见她功成德备的微笑，无形中似有不朽的灵光，永远的临照她绵衍的后裔……

七

旧历的乞巧那一天，我们一大群快活的游踪，驴子灰的黄的白的，轿子四个脚夫抬的，正在山海关外纡回的、曲折的绕登角山的栖贤寺，面对着残圮的长城，巨虫似的爬山越岭，隐入烟霭的迷茫。那晚回北戴河海滨住处，已经半夜，我们还打算天亮四点钟上莲峰山去看日出，我已经快上床，忽然想起了，出去问有信没有，听差递给我一封电报，家里来的四等电报。我就知道不妙，果然是"祖母病危速回"！我当晚就收拾行装，赶早上六时车到天津，晚上才上津浦快车。正嫌路远车慢，半路又为水发冲坏了轨道过不去，一停就停了十二点钟有余，在车里多过了一夜，直到第三天的中午方才过江上沪宁车。这趟车如其准点到上海，刚好可以接上沪杭的夜车，谁知道又误了点，误了不多不少的一分钟，一面我们的车进站，他们的车头呜的一声叫，别断别断的去了！我若然是空身子，还可以冒险跳

◎ 徐志摩给胡适的信

车，偏偏我的一双手又被行李雇定了，所以只得定着眼睛送它走。

所以直到八月二十二日的中午我方才到家。我给通伯的信说"怕是已经见不着老人"，在路上那几天真是难受，缩不短的距离没有法子，但是那急人的水发，急人的火车，几面凑拢来，叫我整整的迟一昼夜到家！试想病危了的八十四岁的老人，这二十四点钟不是容易过的，说不定她刚巧在这个期间内有什么动静，那才叫人抱憾哩！但是结果还算没有多大的差池——她老人家还在生死的交关等着！

八

奶奶——奶奶——奶奶！奶——奶！你的孙儿回来了，奶奶！没有回音。老太太阖着眼，仰面躺在床里，右手拿着一把半旧的雕翎扇很自在的扇动着。老太太原来就怕热，每年暑天总是扇子不离手的，那几天又是特别的热。这还不是好好的老太太，呼吸顶匀净的，定是睡着了，谁说危险！奶奶，奶奶！她把扇子放下了，伸手去摸着头顶上挂着的冰袋，一把抓得紧紧的，呼了一口长气，像是暑天赶道儿的喝了一碗凉汤似的，这不是她明明的有感觉不是?我把她的手拿在我的手里，她似乎感觉我手心的热，可是她也让我握着，她开眼了! 右眼张得比左眼开些，瞳子却是发呆，我拿手指在她的眼前一挑，她也没有瞬，那准是她瞧不见了——奶奶，奶奶，——她也真没有听见，难道她真是病了，真是危险，这样爱我疼我宠我的好祖母，难道真会得……我心里一阵的难受，鼻子里一阵的酸，滚热的眼泪就迸了出来。这时候床前已经挤满了人，我的这位，我是那位，我一眼看过去，只见一片惨白忧愁的面色，一双双装满了泪珠的眼眶。我的妈更看的憔悴。她们已经伺候了六天六夜，妈对我讲祖母这回不幸的情形，怎样的她夜饭前还在大厅上吩咐事情，怎样的饭后进房去自己擦脸，不知怎样的闪了下去，外面人听着响声才进去，已经是不能开口了，怎样的请医生，一直到现在还没有转机……

一个人到了天伦骨肉的中间，整套的思想情绪，就变换了式样与颜色。你的不自然的口音与语法没有用了;你的耀眼的袍服可以不必穿了;你的洁白的天使的翅膀，预备飞翔出人间到天堂的，不便在你的慈母跟前自由的开豁;你的理想的楼台亭阁，也不轻易的放进这二百年的老屋;你的佩剑、要塞、以及种种的防御，在争竞的外界即使是必要的，到此只是可笑的累赘。在这里，不比在其余的地方，他们所要求于你的，只是随熟的声音与笑貌，只是好的，纯粹的本性，只是一个没有斑点子的赤裸裸的好心。在这些纯爱的骨肉的经纬中心，不由得你不从你的天性里抽出最柔糯亦最有力的几缕丝线来加密或是缝补这幅天伦的结构。

所以我那时坐在祖母的床边，念着两朵热泪，听母亲叙述她的病况，我脑中发生了异常的感想，我像是至少逃回了二十年的光阴，正如我膝前子侄辈一般的高矮，回复了一片纯朴的童真，早上走来祖母的床前，揭开帐子叫一声软和的奶奶，她也回叫了我一声，伸手到里床去摸给我一个蜜枣或是三片状元糕，我又叫了一声奶奶，出去玩了，那是如何可爱的辰光，如何可爱的天真，但如今没有了，再也不回来了。现在床里躺着的，还不是我的亲爱的祖母，十个月前我伴着到普陀登山拜佛清健的祖母，但现在何以不再答应我的呼唤，何以不再能表情，不再能说话，她的灵性哪里去了，她的灵性哪里去了?

九

一天，一天，又是一天——在垂危的病榻前过的时刻，不比平常飞驶无碍的光阴，时钟上同样的一声的嗒，直接的打在你的焦急的心里，给你一种模糊的隐痛——祖母还是照样的眠着，右手的脉自从起病以来已是极微仅有的，但不能动弹的却反是有脉的左侧，右手还是不时在挥扇，但她的呼吸还是一例的平匀，面容虽不免瘦削，光泽依然不减，并没有显著的衰象，所以我们在旁边看她的，差不多每分钟都盼望她从这长期的睡眠中醒来，打一个呵欠，就开眼见人，开口说话——果然她醒了过来，我们也不会觉得离奇，像是原来应当似的。但这究竟是我们亲人绝望中的盼望，实际上所有的医生，中医、西医、针医，都已一致的回绝，说这是"不治之症"。中医说这脉象是凭证，西医说脑壳里血管破裂，虽则植物性机能——呼吸、消化——不曾停止，但言语中枢已经断绝——此外更专门更玄学更科学的理论我也记不得了。所以暂时不变的原因，就在老太太本来的体元太好了，拳术家说的"一时不能散工"，并不是病有转机的兆头。

我们自己人也何尝不明白这是个绝症；但我们却总不忍自认是绝望：这"不忍"便是人情。我有时在病榻前，在凄悒的静默中，发生了重大的疑问。科学家说人的意识与灵感，只是神经系最高的作用，这复杂，微妙的机械，只要部分有了损伤或是停顿，全体的动作便发生相当的影响；如其最重要的部分受了扰乱，他不是变成反常的疯癫，便是完全的失去意识。照这一说，体即是用，离了体即没有用；灵魂是宗教家的大谎，人的身体一死什么都完了。这是最干脆不过的说法，我们活着时有这样有那样已经够够麻烦，尽够受，谁还有兴致，谁还愿意到坟墓的那一边再去发生关系，地狱也许是黑暗的，天堂是光明的，但光明与黑暗的区别无非是人类专擅的假定，我们只要摆脱这皮囊，还归我清静，我就不愿意头戴一个黄色的空圈子，合着手掌跪在云端里受罪！

再回到事实上来，我的祖母———位神智最清明的老太太——究竟在哪里?我既然不能断定因为神经部分的震裂她的灵感性便永远的消减，但同时她又分明的失却了表情的能力，我只能设想她人格的自觉性，也许比平时消淡了不少，却依旧是在着，像在梦魇里将醒未醒时似的，明知她的儿女孙曾不住的叫唤她醒来，明知她即使要永别也总还有多少的嘱咐，但是可怜她的睛球再不能反映外界的印象，她的声带与口舌再不能表达她内心的情意，隔着这脆弱的肉体的关系，她的性灵再不能与他最亲的骨肉自由的交通——也许她也在整天整夜的伴着我们焦急，伴着我们伤心，伴着我们出泪，这才是可怜，这才真叫人悲感哩！

✝

到了八月二十七那天，离她起病的第十一天，医生吩咐脉象大大的变了，叫我们当心，这十一天内每天她只咽入很困难的几滴稀薄的米汤，现在她的面上的光泽也不如早几天了，她的目眶更陷落了，她的口部的筋肉也更宽弛了，她右手的动作也减少了，即使拿起了扇子也不再能很自然的扇动了——她的大限的确已经到了。但是到晚饭后，反是没有什么显象。同时一家人着了忙，准备寿衣的、准备冥银的、准备香灯等等的。我从里走出外，又从外走进里，只见匆忙的脚步与严肃的面容。这时病人的大动脉已经微细的不可辨，虽则呼吸还不至怎样的急促。这时一门的骨肉已经齐集在病房里，等候那不可避免的时刻。到了十时光景，我和我的父亲正坐在房的那一头一张床上，忽然听得一个哭叫的声音说——"大家快来看呀，老太太的眼睛张大了！"这尖锐的喊声，仿佛是一大桶的冰水浇在我的身上，我所有的毛管一齐竖了起来，我们踉跄的奔到了床前，挤进了人丛。果然，老太太的眼睛张大了，张得很大了！这是我一生从不曾见过，也是我一辈子忘不了的眼见的神奇。(恕罪我的描写!)不但是两眼，面容也是绝对的神变了(transfigured)，她原来皱缩的面上，发出一种鲜润的彩泽，仿佛半淤的血脉，又一度充

◎ 徐志摩、陆小曼夫妇用过的青花盂

满了生命的精液，她的口，她的两颊，也都回复了异样的丰润；同时她的呼吸渐渐的上升，急进的短促，现在已经几乎脱离了气管，只在鼻孔里脆响的呼出了。但是最神奇不过的是一双眼睛！她的瞳孔早已失去了收敛性，呆顿的放大了。但是最后那几秒钟！不但眼眶是充分的张开了，不但黑白分明，瞳孔锐利的紧敛了，并且放射着一种不可形容，不可信的辉光，我只能称他为"生命最集中的灵光"！这时候床前只是一片的哭声，子媳唤着娘，孙子唤着祖母，婢仆争喊着老太太，几个稚龄的曾孙，也跟着狂叫太太……但老太太最后的开眼，仿佛是与她亲爱的骨肉，作无言的诀别，我们都在号泣的送终，她也安慰了，她放心的去了。在几秒时内，死的黑影已经移上了老人的面部，遏灭了生命的异彩，她最后的呼气，正似水泡破裂，电光杳灭，菩提的一响，生命呼出了窍，什么都止息了。

十一

我满心充塞了死象的神奇，同时又须顾管我有病的母亲，她那时出性的号啕，在地板上滚着，我自己反而哭不出来；我自己也觉得奇怪，眼看着一家长幼的涕泪滂沱，耳听着狂沸似的呼抢号叫，我不但不发生同情的反应，却反而达到了一个超感情的，静定的，幽妙的意境，我想象的看见祖母脱离了躯壳与人间，穿着雪白的长袍，冉冉的上升天去，我只想默默的跪在尘埃，赞美她一生的功德，赞美她一生的圆寂。这是我的设想！我们内地人却没有这样纯粹的宗教思想；他们的假定是不论死的是高年厚德的老人或是无知无愆的幼孩，或是罪大恶极的凶人，临到弥留的时刻总是一例的有无常鬼、摸壁鬼、牛头马面、赤发獠牙的阴差等等到门，拿着镣链枷锁，

◎ 徐志摩、陆小曼夫妇用过的青花洗

来捉拿阴魂到案。所以烧纸帛是平他们的暴戾，最后的呼抢是没奈何的诀别。这也许是大部分临死时实在的情景，但我们却不能概定所有的灵魂都不免遭受这样的凌辱。譬如我们的祖老太太的死，我只能想象她是登天，只能想象她慈祥的神化——像那样鼎沸的号啕，固然是至性不能自禁，但我总以为不如匍伏隐泣或默祷，较为近情，较为合理。

理智发达了，感情便失了自然的浓挚；厌世主义的看来，眼泪与笑声一样是空虚的，无意义的。但厌世主义姑且不论，我却不相信理智的发达，会得妨碍天然的情感；如其教育真有效力，我以为效力就在剥削了不合理性的"感情作用"，但决不会有损真纯的感情；他眼泪也许比一般人流得少些，但他等到流泪的时候，他的泪才是应流的泪。我也是智识愈开流泪愈少的一个人，但这一次却也真的哭了好几次。一次是伴我的姑母哭的，她为产后不曾复元，所以祖母的病一直瞒着她，一直到了祖母故后的早上方才通知她。她扶病来了，她还不曾下轿，我已经听出她在啜泣，我一时感觉一阵的悲伤，等到她出轿放声时，我也在房中歔欷不住。又一次是伴祖母当年的赠嫁婢哭的。她比祖母小十一岁，今年七十三岁，亦已是个白发的婆子，她也来哭他的"小姐"，她是见着我祖母的花烛的唯一个人，她的一哭我也哭了。

再有是伴我的父亲哭的。我总是觉得一个身体伟大的人，他动情感的时候，动人的力量也比平常人伟大些。我见了我父亲哭泣，我就忍不住要伴着淌泪。但是感动我最强烈的几次，是他一人倒在床里，反复的啜泣着，叫着妈，像一个小孩似的，我就感到最热烈的伤感，在他伟大的心胸里浪涛似的起伏，我就感到母子的感情的确是一切感情的起原与总结，等到一失慈爱的荫庇，仿佛一生的事业顿时莫有了根柢，所有的快乐都不能填平这唯一的缺陷；所以他这一哭，我也真哭了。

但是我的祖母果真是死了吗？她的躯体是的。但她是不死的。诗人勃兰恩德[①](Bryant)说：

So live, that when thy summons comes to join the innumerable caravan which moves to that mysterious realm

---

① 勃兰恩德，通译布赖恩特（1794–1878），美国诗人。

徐志摩

散文

284

名作欣赏

where each one takes his chamber in the silent halls of
death, then go not, like the quarry slave at night scourged
to his dungeon, but sustained and soothed.

By an unfaltering truth, approach thy grave like one that
wraps the drapery or his couch, about him, and lies, down to
pleasant dreams. ②

　　如果我们的生前是尽责任的，是无愧的，我们就会安坦的走近我们的
坟墓，我们的灵魂里不会有惭愧或悔恨的啮痕。人生自生至死，如勃兰恩
德的比喻，真是大队的旅客在不尽的沙漠中进行，只要良心有个安顿，到
夜里你卧倒在帐幕里也就不怕噩梦来缠绕。

　　我的祖母，在那旧式的环境里，到我们家来五十九年，真像是做了长
期的苦工，她何尝有一日的安闲，不必说子女的嫁娶，就是一家的柴米油
盐，扫地抹桌，哪一件事不在八十岁老人早晚的心上！我的伯父快近六十岁
了，但他的起居饮食，还差不多完全是祖母经管的，初出世的曾孙如其有
些身热咳嗽，老太太晚上就睡不安稳；她爱我宠我的深情，更不是文字所
能描写；她那深厚的慈荫，真是无所不包，无所不蔽。但她的身心即使劳
碌了一生，她的报酬却在灵魂无上的平安；她的安慰就在她的儿女孙曾，
只要我们能够步她的前例，各尽天定的责任，她在冥冥中也就永远的微笑
了。

十一月二十四日

徐志摩 散文 285 名作欣赏

①这段英文大意是："这样的生命力，一旦得到召唤，便加入到绵延不断的大篷车队，驶向那神秘王国。
在笼罩着死亡的寂静的宅第里，每个人羁守他自己的房间，再也无法脱身。如同采矿的奴隶夜间在地牢中
被无情地鞭笞，却只有平静和忍耐。
　　"一个永恒不变的真理，走近坟墓就像一个人掩上他床边的帷幕，然后躺下进入愉快的梦乡。"

赏析

　　诗人徐志摩是一个至情至性的人，这种"天生是感情性"（《落叶》）的胆汁质气质使他成为"爱"的歌手，朋友之爱、情人之爱、父子之爱都在他笔下被层层铺张，反复渲染。与其著名的爱情诗之缠绵徘恻情调不同的，则是《自剖》集中的一组总名为"风雨故人"的散文。这些散文表达的是对去世的亲人和挚友的无尽哀思和怀念之情。其中，《我的祖母之死》无疑是动人至深的篇章。

　　可以想象，重"情"的徐志摩与祖母之间有着比常人更为浓烈、深挚的感情。然而，他却只能默默而无能为力地眼看着奶奶生命力的渐渐萎缩，这无疑是徐志摩情感历程中一次极其惨痛的经历。

　　文章中，徐志摩详细地陈述"我"接到祖母病危的加急电报后，回家途中时间的演进和地点的转换，表达出作者那种归心似箭的心情，从而使人自然地意识到祖母在作者心目中的地位与份量。当风尘仆仆回到阔别多年的大宅院时，声声撕心肺的"奶奶—奶奶"声中包含着思念、哀痛、无奈等诸多复杂情感，似乎要把奶奶从阴曹地府的勾魂鬼手中喊回来、拉回来，夺回来，要让奶奶与她钟爱的孙子再细细地见上一面，让她再好好地活一回。在这种场合，爱的力量仿佛使徐志摩的大脑中枢神经发出了错误的信号，理智的堤坝也在情感的洪潮面前全线崩溃了，以至于"我"不愿承认既定的事实，一厢情愿地从种种迹象中寻找奶奶"定是睡着了"的证据。面对着"阖着眼，仰面躺在床上"失去了生气的奶奶，"我""至少逃回了二十年的光阴"，那时有纯朴的"我"、慈爱的奶奶，还有奶奶的状元糕、蜜枣，"那时是如何可爱的辰光，如何可爱的天真，但如今没有了"。岁月的流逝只能使这些成为回忆的内容，在"我"隐隐约约地感觉到的那种爱和被爱的甜蜜中，不觉地掺进了一丝伤感和苦涩，不禁使人黯然神伤。

古老的大宅院的石瓦缝里，漏进了一丝丝残晖，孤伶伶地照在被磨得光滑的老式而又厚重的红木椅上，显得斑剥陆离；晚风吹起着窗帷，轻轻摇曳，笨重的壁钟发出的无精打采的"嗒嗒"声"给你一种模糊的隐痛"，香炉里游出的一股股檀香与暮气掺和在一起，弥漫着一种神秘的氛围……徘徊在生与死之间的奶奶"呼吸还是一例的平匀，面容虽不免瘦削，光泽依然不减，并没有显著的衰相"，这些多少有些带主观色彩的一厢情愿的表面迹象，在医生的无情诊断面前失去了意义。守候在床边的"我"及亲人们只能寄希望于奇迹的发生，这当然是渺茫之极的希望。

产生这种心情的原因，徐志摩在文中说得很清楚，那便是"人情"，这种"人情"甚至使被西方的"民主"和"科学"的思想洗礼过的徐志摩对"体即是用，离了体即没有用"的科学说法表示怀疑。与此同时，他又似乎悲哀于人的情意的传达受制于肉体的羁绊："隔着这肉体的关系，她的性灵不再能与她最亲的骨肉自由的交通……这才是可怜，这才真叫人悲哀哩！"

"离她(奶奶)起病的第十一天"是这种马拉松式的精神折磨的终点。一声尖锐的喊声使人从种种期望的云端一下子坠落到了绝望的地狱，"仿佛是一大桶的冰水浇在我的身上，我所有的毛管一齐竖了起来。"时间仿佛在这里停止，作者的脑海里呈现一片茫然的空白，是不相信？是解脱？是悲哀？是绝望？恐怕兼而有之。茫然之余，"我"踉跄奔到床前，看到了祖母"生命最集中的灵光"，这最后的一幕深深地烙在徐志摩的脑海中，以致于事后，他将款款思念之情融入笔端，或工笔细描、或重彩渲染、或大笔写意，画出了祖母一生中最美的色彩。这种精致、生动而形象的描写，只有那种心怀刻骨铭心之爱者才能为之，这其中恐怕绝非仅仅凭笔力就可以，更重要的，还是感情。

人们常说，徐志摩是新诗人中最善于创造罗曼蒂克的情爱氛围的情歌手，同样，他也是最善于创造凄凉、哀婉意境的悲吟诗人。

当然，《我的祖母之死》并非纯粹意义上的悼念文字。散文这种体裁的自由、宽泛，不受内容、格律限制的特性，给徐志摩这匹神思飞扬的"野马"以纵横驰骋的天地。他似乎从不约束和羁绊自己情感的任意呓发，他完全以感情的眼光体验世界，又借助外界的事物来表达自我的心绪和情感。所以从这个角度说，我们不能受徐志摩散文文本表层意义的蛊惑，而应更深潜入其情感指向的内核。事实上，亲眼目睹了祖母从生到死这一幻灭过程的徐志摩，不自觉地陷入了生与死的冥想。

文章一开头就借用英国湖畔派诗人华兹华斯的诗来切入生与死这一主题的讨论。徐志摩认为，孩童的一言一行都显得内外明彻、纯任本然，光明洞澈、澄莹中立，"没有烦恼，没有忧虑，一天只知道玩，肢体是灵活的，精神是活泼的"（《卢梭与幼稚教育》），这是因为他们根本没有体验到生的烦恼与死的恐惧。

有关孩童的讨论与文章的中心有何联系呢?我们知道，1923年的徐志摩正处于他情感的"蜕变期"(1923~1924)。他在"冲动期"(1921~1922)所营构的绝对乐观、积极入世"宁馨儿"般的乌托邦理想，很快在残酷的现实面前遭受幻灭的必然命运。以故，疲惫的徐志摩在文中流露出对这种单纯的儿童生活的向往，自然是不足为奇的。然而，迷恋于纯朴的童心世界毕竟只能是一时的情感的避风港，毕竟"过去的已经过去"（《卢梭与幼稚教育》），如果不积极地体验生命，而沉溺于种种不切实际的幻想，那"只是泄漏你对人生欠缺认识……是一种知识上的浅陋。"(同上)这对于以"生命的信徒"（《迎上前去》）自居的徐志摩是不屑为之的。

因此，沿着这条线索，我们就比较容易掌握徐志摩在文中的情感脉络：他不愿让自己苦心经营的生命支点轻易地毁灭，他似乎竭力将自己从悲观绝望的深渊中拯救出来，所以他在痛苦地等待、茫然地期盼、歇斯底里的挣扎："这浮动的水泡不曾破裂以前，也得饱吸自由的日光，反射几丝颜色"，"我只能说我因此与实际生活更深了一层——不但死是神奇的现象，不但生命与呼吸是神奇的现象……"他似乎要开掘和深化人类生命特有而神奇的心理世界。

需要指出的是，徐志摩在此所作的种种努力，只不过是"在绝望的边缘搜求着希望的根芽"（《迎上前去》）。事实上，从康桥温馨典雅的文化环境中孕育出来的徐志摩是难以接受满目疮痍、卑污苟且的旧中国现实的，阴云已在徐志摩心头蔓延、内心已对生命充满怀疑，昂扬乐观已化为激愤、信心已在动摇。他只得用叔本华的生命哲学为武器，竭力阻挡"暮气"的来临。

因此，在蜕变期，徐志摩的情感是相当复杂的。在他身上，昂扬与颓丧、奋进与退缩、希望与绝望、充实与虚无都交杂在一起，且在情感的天平上左右摇摆。而这种思想矛盾表现在《我的祖母之死》中则必然体现为出世与入世的犹豫，生与死的徘徊。一方面，徐志摩竭力赞美祖母的死："我想象的看见祖母脱离了躯壳与人间，穿着雪白的长袍，冉冉的升天去。"在这里，死亡被诗意化了，在神秘与宁静中揭示着诗人对死亡的感悟：那并非是枯寂空虚的沙漠，也并非是阴森可怖的地狱，生与死只不过是历劫轮回中的一个浮枢，"天地万物生于有，有生于无"（《老子》四十）而"复归于无物"，奶奶只不过是"还归她清静自在的来处。"在富有宗教意味的顿悟中，混沌了生命与死亡的界线，混沌了生命本身与自然的界线，并力图超越时间与死亡。

然而这种对死亡的坦然并非是无条件的，"如果我们生前是尽责任的，是无愧的，我们就会安坦的走近我们的坟墓，我们的灵魂不会有惭愧或悔恨的齿痕。"言下之意，如果生前不是尽责任的和无愧的，那么夜里"噩梦"将来"缠绕"，死变成了生命的消蜕。我们也许可以这样认为：在徐志摩看来，如果执着地追求生命真实的本义，生命终极就不是消极、退缩和虚无，而是一道绚丽多彩的光芒，是一种美丽的归宿。

由此看来，希望与绝望的搏杀、生与死的徘徊形成了诗人蜕变期的特殊心态，而这种矛盾调和的结果，用他自己在文中引用勃兰恩德的比喻来说，即为："人生自生至死，真是大队的旅客在不尽的沙漠中进行，只要良心有个安顿，到夜里就不会有叠梦来缠绕"——这无疑是至诚、至理之言。

（翁志鸿）

吸烟与文化

（牛津）

我的眼是康桥教我睁的，我的求知欲是康桥给我拨动的，我的自我的意识是康桥给我胚胎的。

◎ 叼烟卷的徐志摩

一

牛津是世界上名声压得倒人的一个学府。牛津的秘密是它的导师制。导师的秘密，按利卡克[①]教授说，是"对准了他的徒弟们抽烟"。真的，在牛津或康桥[②]地方要找一个不吸烟的学生是很费事的——先生更不用提。学会抽烟，学会沙发上古怪的坐法，学会半吞半吐的谈话——大学教育就够格儿了。"牛津人""康桥人"：还不彀中吗？我如其有钱办学堂的话，利卡克说，第一件事情我要做的是造一间吸烟室，其次造宿舍，再次造图书室；真要到了有钱没地方花的时候再来造课堂。

二

怪不得有人就会说，原来英国学生就会吃烟，就会懒惰。臭绅士的架子！臭架子的绅士！难怪我们这年头背心上刺刺的老不舒服，原来我们中间也来了几个叫土巴菰[③]烟臭熏出来的破绅士！

这年头说话得谨慎些。提起英国就犯嫌疑。贵族主义！帝国主义！走狗！挖个坑埋了他！

实际上事情可不这么简单。侵略、压迫，该咒是一件事，别的事情可不跟着走。至少我们得承认英国，就它本身说，是一个站得住的国家，英

①利卡克，未详。

②康桥，通译剑桥，在英国东南部，这里指剑桥大学。

③土巴菰，英文烟草（tobacco）一词的音译。

国人是有出息的民族。它的是有组织的生活，它的是有活气的文化。我们也得承认牛津或是康桥至少是一个十分可羡慕的学府，它们是英国文化生活的娘胎。多少伟大的政治家、学者、诗人、艺术家、科学家，是这两个学府的产儿——烟味儿给熏出来的。

<h1 style="text-align:center">三</h1>

　　利卡克的话不完全是俏皮话。"抽烟主义"是值得研究的。但吸烟室究竟是怎么一回事？烟斗里如何抽得出文化真髓来？对准了学生抽烟怎样是英国教育的秘密？利卡克先生没有描写牛津、康桥生活的真相；他只这么说，他不曾说出一个所以然来。许有人愿意听听的，我想。我也叫名在英国念过两年书，大部分的时间在康桥。但严格的说，我还是不够资格的。我当初并不是像我的朋友温源宁①先生似的出了大金镑正式去请教熏烟的：我只是个，比方说，烤小半熟的白薯，离着焦味儿透香还正远哪。但我在康桥的日子可真是享福，深怕这辈子再也得不到那样蜜甜的机会了。我不敢说康桥给了我多少学问或是教会了我什么。我不敢说受了康桥的洗礼，一个人就会变气息，脱凡胎。我敢说的只是——就我个人说，我的眼是康桥教我睁的，我的求知欲是康桥给我拨动的，我的自我的意识是康桥给我胚胎的。我在美国有整两年，在英国也算是整两年。在美国我忙的是上课，听讲，写考卷，龈橡皮糖，看电影，赌咒，在康桥我忙的是散步，划船，骑自转车，抽烟，闲谈，吃五点钟茶，牛油烤饼，看闲书。如其我到美国的时候是一个不含糊的草包，我离开自由神的时候也还是那原封没有动；但如其我在美国时候不曾通窍，我在康桥的日子至少自己明白了原先只是一肚子颟顸。这分别不能算小。

　　我早想谈谈康桥，对它我有的是无限的柔情。但我又怕亵渎了它似的始终不曾出口。这年头！只要"贵族教育"一个无意识的口号就可以把牛顿、达尔文、米尔顿②、拜伦、华茨华斯、阿诺尔德③、纽门④、罗刹蒂⑤、

---

①温源宁，当时任北京大学英文系主任。后于三十年代初到上海主编英文刊物《天下》。
②米尔顿，通译弥尔顿（1608～1674），英国诗人，著有《失乐园》等。
③阿诺尔德，通译阿诺德（1822～1888），英国诗人、批评家，曾任牛津大学教授。
④纽门，通译纽曼（1801～1890），英国基督教圣公会内部牛津运动领袖，后改奉天主教，成为天主教会领导人。
⑤罗刹蒂，通译罗赛蒂（1828～1882），英国画家、诗人。

格兰士顿①等等所从来的母校一下抹煞。再说年来交通便利了，各式各种日新月异的教育原理教育新制翩翩的从各方向的外洋飞到中华，哪还容得厨房老过四百年墙壁上爬满骚胡髭一类藤萝的老书院一起来上讲坛？

四

但另换一个方向看去，我们也见到少数有见地的人再也看不过国内高等教育的混沌现象，想跳开了蹂烂的道儿，回头另寻新路走去。向外望去，现成有牛津、康桥青藤缭绕的学院招着你微笑；回头望去，五老峰下飞泉声中白鹿洞一类的书院②瞅着你惆怅。这浪漫的思乡病跟着现代教育丑化的程度在少数人的心中一天深似一天。这机械性、买卖性的教育够腻烦了，我们说。我们也要几间满沿着爬山虎的高雪克屋子③来安息我们的灵性，我们说。我们也要一个绝对闲暇的环境好容我们的心智自由的发展去，我们说。

林玉堂④先生在《现代评论》登过一篇文章谈他的教育的理想。新近任叔永⑤先生与他的夫人陈衡哲⑥女士也发表了他们的教育的理想。林先生的意思约莫记得是想仿效牛津一类学府；陈、任两位是要恢复书院制的精神。这两篇文章我认为是很重要的，尤其是陈、任两位的具体提议，但因为开倒车走回头路分明是不合时宜，他们几位的意思并不曾得到期望的回响。想来现在的学者们太忙了，寻饭吃的、做官的，当革命领袖的，谁都不得闲，谁都不愿闲，结果当然没有人来关心什么纯粹教育(不含任何动机的学问)或是人格教育。这是个可憾的现象。

我自己也是深感这浪漫的思乡病的一个；我只要草青人远，一流冷涧……但我们这想望的境界有容我们达到的一天吗？

十五年一月十四日

---

①格兰士顿，未详。
②白鹿洞书院在江西庐山五老峰东南，原是唐代李渤隐居读书的地方，至南唐时建立学馆，称庐山国学。宋太宗时改名白鹿洞书院，有生徒数千人，为当时全国四大书院之一。南宋时，朱熹曾在此掌教。旧时这一类书院，原是私人研究学术和聚徒教授的场所，后经朝廷敕额、赐田、奖书、委官，遂成半民间半官方性质的地方教育中心。
③高雪克屋子，通译哥特式（Gothic）建筑。
④林玉堂，即林语堂（1895~1976），作家，早年留学美国和德国，当时在北京大学、北京女子师范大学任教。
⑤任叔永，即任鸿隽（1886~1961），早年参加同盟会，曾留学日本、美国，二十年代在北京大学、南京东南大学等校任教授。
⑥陈衡哲（1893~1976），作家，笔名莎菲，早年留学美国，当时在北京大学任教。

赏析

　　徐志摩的文章是有名的"跑野马"风格，这篇《吸烟与文化》也不例外。在我们看来，《吸烟与文化》这个题目可能会写成"茶文化"、"酒文化"一类的"烟文化"，那恐怕就免不了一番史籍钩沉的功夫了。尽管可能会写得质实，但恐怕会缺乏灵动，也极容易吃力不讨好。但作者的高明之处就在于避重就轻，从牛津、剑桥(文中作"康桥")的"抽烟主义"竟然扯到了英国传统的"贵族教育"，扯到了中国传统的书院制度，表面上似乎"离题万里"，吸烟不过成了引子；实际上，作者是把抽烟、散步、闲谈、看闲书等都看成了"文化教育"的一部分，并对这种"自由精神"加以鼓吹，同时对那种机械性、买卖性的教育制度加以抨击，这就直接触及到理想的文化教育是什么的大问题了。因此，这一篇也是了解徐志摩留学期间的生活和思想转变的重要文章。

　　徐志摩的文风一向有行云流水之誉，这篇文章就很典型。本文信手写来，涉笔成趣，令人有"如行山阴道工，目不暇接"之感。这固然是优点，但这种散漫的文风也给赏析带来了困难，令人无从措手。可实际上作者的"跑野马"风格并非是"如拆碎七宝楼台，不成片段"，而是"如万斛泉不择地而出"，"常行于所不得不行，止于所不得不止"，有自己的内在逻辑。

　　本文初看起来有些杂乱，但也有自己的内在逻辑。作者并非鼓吹学生吸烟、闲谈，而是欣赏吸烟、闲谈背后的一种文化氛围，一种隐含在其中的自由平等的"人文精神"。吸烟、闲谈等已经超越了表象的常规意义而成为了一种象征。正是在这种意义上，徐志摩才回答了"烟斗里如何抽得出文化真髓来？"的疑问的。作者为点化众生，特意把英美的文化教育作了一番比较，"在美国我忙的是上课，听讲，写考卷，龈橡皮糖，看电影，赌咒，在康桥我忙的是散步，划船，骑自转车，抽烟，闲谈，吃五点钟茶，牛油烤饼，看闲书。如其我到美国的时候是一个不含糊的草包，我离开自由神的时候也还是那原封没有动；但如其我在美国时候不曾通窍，我在康桥的日子至少自己明白了原先只是一肚子颟顸"。显然他把美国的文化教育看成了那种阻碍心智自由发展的机械性、买卖性的教育制度，把英国的文化教育看成了那种适合心智自由发展的纯粹教育和人格教育。所以作者才称"我的眼是康桥教我睁的，我的求知欲是康桥给我拨动的，我的自我意识是康桥给我胚胎的"。因此也就不难理解他为什么赞同恢复古代的书院精神了。在他心目中，那种类似禅林讲学的师生相互质疑问难的传统正是一种自由平等的精神，在这种文化教育下，才能受到真正的纯粹教育和人格教育。

　　徐志摩在康桥接受的人文主义的熏陶是和他的诗人气质分不开的。他想往的境界是"草青人远，一流冷涧"，他崇拜的人物米尔顿、拜伦、华茨华斯等，他的信仰是爱、自由、美，这些都是诗人的"赤子之心"的反映。他甚至主张"诗化生活"，把人生艺术化。他把那种理想的纯粹教育和人格教育称之为"浪漫的思乡病"，也反映了这种人生艺术化的倾向。

　　这篇文章写景、抒情、议论珠联璧合，尤其是情景交融，一直为后人欣赏。本文在结构上也别具匠心，作者欲擒故纵，先盘弓引马故不发，大谈所谓"抽烟主义"，当你情不自禁要问"烟斗里如何抽得出文化真髓来？"时，你已经不知不觉地入彀了。作者笔锋一转谈起了自己的留学经历，并提出什么是理想的文化教育的大问题。最后从国情出发，表达了对书院制度的缅怀和向往，余韵悠然。文章至此才一箭中的。我们不禁对作者这种迂曲委婉、含蓄蕴藉的文风击节叹赏了。

　　这篇文章是他前期的作品，作者的艺术功力还没有达到炉火纯青的境界。除了文风略显散漫外，对语言文字的锤炼也稍欠精致，其中有些用词用语和现代白话文的习惯有所不同；而且一些不必要的情绪化的议论也有伤他自己一贯的温柔敦厚之道，而且那种"闲暇人生"的态度也确实带有浓厚的贵族气息。但这些都不过是白圭之玷，无损整体。

（王志平）

"就使打破了头，
也还要保持我灵魂的自由"

"无理想的民族必亡"，是一句不刊的真言。

照群众行为看起来，中国人是最残忍的民族。

照个人行为看起来，中国人大多数是最无耻的个人。慈悲的真义是感觉人类应感觉的感觉，和有胆量来表现内动的同情。中国人只会在杀人场上听小热昏①，决不会在法庭上贺喜判决无罪的刑犯；只想把洁白的人齐拉入混浊的水里，不会原谅拿人格的头颅去撞开地狱门的牺牲精神。只是"幸灾乐祸"、"投井下石"，不会冒一点子险去分肩他人为正义而奋斗的负担。

从前在历史上，我们似乎听见过有什么义呀侠呀，什么当仁不让，见义勇为的榜样呀，气节呀，廉洁呀，等等。如今呢，只听见神圣的职业者接受蜜甜的"冰炭敬"，磕拜寿祝福的响头，到处只见拍卖人格"贱卖灵魂"的招贴。这是革命最彰明的成绩，这是华族民国最动人的广告！

"无理想的民族必亡"，是一句不刊的真言。我们目前的社会政治走的只是卑污苟且的路，最不能容许的是理想，因为理想好比一面大镜子，若然摆在面前，一定照出魑魅魍魉的丑迹。莎上比亚的丑鬼卡立朋②(Caliban)有时在海水里照出自己的尊容，总是老羞成怒的。

所以每次有理想主义的行为或人格出现，这卑污苟且的社会一定不能容忍；不是拳打脚踢，也总是冷嘲热讽，总要把那三闾大夫③硬推入汨罗江底，他们方才放心。

---

① 小热昏，江浙一带民间的一种曲艺样式。
② 卡立朋，通译凯列班，莎士比亚戏剧《暴风雨》中的人物，一个野蛮而丑怪的奴隶。
③ 三闾大夫，即战国时期楚国的大诗人屈原。

我们从前是儒教国，所以从前理想人格的标准是智仁勇。现在不知道变成了什么国了，但目前最普通人格的通性，明明是愚暗残忍懦怯，正得一个反面。但是真理正义是永生不灭的圣火；也许有时遭被蒙盖掩翳罢了。大多数的人一天二十四点钟的时间内，何尝没有一刹那清明之气的回复？但是谁有胆量来想他自己的想，感觉他内动的感觉，表现他正义的冲动呢？

蔡元培所以是个南边人说的"戆大"，愚不可及的一个书呆子，卑污苟且社会里的一个最不合时宜的理想者。所以他的话是没有人能懂的；他的行为是极少数人——如真有——敢表同情的；他的主张，他的理想，尤其是一盆飞旺的炭火，大家怕炙手，如何敢去抓呢？

◎ 青年时代的徐志摩

"小人知进而不知退，"

"不忍为同流合污之苟安，"

"不合作主义，"

"为保持人格起见……"

"生平仅知是非公道，从不以人为单位。"

这些话有多少人能懂，有多少人敢懂？

这样的一个理想者，非失败不可；因为理想者总是失败的。若然理想胜利，那就是卑污苟且的社会政治失败——那是一个过于奢侈的希望了。

有知识有胆量能感觉的男女同志，应该认明此番风潮是个道德问题；随便彭允彝京津各报如何淆惑，如何谣传，如何去牵涉政党，总不能掩没这风潮里面一点子理想的火星。要保全这点子小小的火星不灭，是我们的责任，是我们良心上的负担；我们应该积极同情这番拿人格头颅去撞开地狱门的精神。

赏析

　　徐志摩散文的艺术风格，整体上有一个令读者熟悉和喜爱的基调，那就是：浓郁鲜明，繁富华丽，轻盈飘逸。

　　《就使打破了头，也还要保持我灵魂的自由》却是一个例外。它所呈现的，是另一种徐志摩散文中极少见的简约质朴的面貌。

　　1922 年冬，当时的北平市财政总长罗文干，因涉嫌卖国纳贿遭到拘捕，不久释放。但又因北洋政府教育总长彭允彝的提议，被重新收禁。一时清浊淆惑，谣传纷纭。罗文干的密友同事，北大校长蔡元培等，因深信罗素日操守廉洁，又不满被称为"代表无耻"的彭允彝干涉司法，蹂躏人权的行径，遂联合知识界发表宣言，抗议此事，掀起风潮，并辞职离京。归国不久的徐志摩，正处于激情澎湃、充满理想的创作兴奋期。他不是一个思想家，也从不直接参与政治。所言所写，用他自己的话说，大都只是"随意即兴"。或者如茅盾所说，仅仅有一些"政治意识"而已。但他于政治的黑暗龌龊，一直有着"纸上谈兵"的兴趣。以他"真率"、"坦然"的性情，脱口而出地议论时事。并且一旦投入，立即表现出其散文创作在情感表达上独特的个性。正如梁实秋在《谈志摩的散文》中归纳的那样，"永远地保持着一个亲热的态度"，"写起文章来任性"和"永远是用心写的"。面对这起与己无关的风潮，徐志摩依然即事兴感，在《努力周报》上撰写此文，以示在人格、正义与公道的立场上对蔡元培及其所代表的进步势力的声援与支持。

　　一篇优秀的散文，"感人心者，莫先乎情"。这篇杂感散文，打破徐志摩散文创作在艺术上的基本格调，一些最具其艺术魅力的东西，诸如修辞技巧的变换，语言辞藻的雕琢，以及色彩的调配等，在这里没有得到丝毫的施展，而统统让位于对其内心涌动不息的燃烧般的激情作最大限度的张扬。作者内心的激情，来源于他对理想的追求。这里所谓的理想、信念，其实际内涵虽然如胡适所说，只是"爱"、"自由"和"美"的会合而已，还缺乏一个真正的内核，但是爱国主义毫无疑问是这些理想的基础。作者正是基于这种对古老民族的深爱与真情，将对理想的追求放在至高无上的地位，并表现了为之舍身奋斗的凛凛锐气。

一个爱国的理想主义者，在那样的社会里，所能用笔去做的，是"制造一些最能刺透心魄的挖苦武器，借此跟现实搏斗"（《1924年2月21日致魏雷信》）。本文作者正是紧紧握住比手术刀还要锋利的挖苦的笔，毫不留情地解剖着社会人生的阴暗和丑恶。

"中国人是最残忍的民族"，

"中国人大多数是最无耻的个人。"

文章一开篇，就以难以置疑的语气下了这两个偏激的结论。如劈空之惊雷，气势突兀、"震耳"惊心。

紧接着，作者连用三组"只……不会"的排比句式，从不同侧面勾勒了国民众生冷酷漠然的卑俗群相。之后，又用古今对照的手法，将历史上尚不少见的"义"、"侠"的气节壮举，对比今日社会到处"拍卖人格"、"贱卖灵魂"的丑恶现实，给尚待引据的两个结论作了具体的注脚。深刻的抨击，配合强烈的挖苦语气，并出之以"革命最彰明的成绩"的反语，更见作者痛之深和恨之切。

"无理想的民族必亡"，这句理想者肺腑心底悲愤的呐喊，在黑云翻墨的阴暗时代，不啻于一声惊醒沉默民族的警钟，一笛激励勇士前行的号角。但作者仍从反面落墨，以三闾大夫的悲剧，以国民愚暗残忍懦怯的通性，以社会政治卑污苟且的本色，来证明这句"不刊的真言"在现实面前的苍白和软弱。

紧接着，蔡元培作为理想的化身，在作者的笔下出现了，他是作为整个阴暗社会唯一的对立面出现的。当日之国人，其侠义气节比古人更见萎缩，而当日之社会，其视理想如仇敌的态度又远甚于古代，如今，这位在"混浊的水里""拿人格的头颅去撞开地狱门"的理想者，端起如"一盆飞旺的炭火"的理想，让人去抓摸亲近，可见其"戆"，其"愚不可及"和"不合时宜"了。

表面上看，作者再次举起了挖苦讽刺之笔，嘲笑了蔡元培的不识时务和愚不可耐，而其真正的潜台词，却讴歌了其为追求理想正义，孤身为天下先的精神勇气，同时也表达了作者自己从孤苦深寂中喷射出的一腔幽愤和激情。

末尾大落大起，是全文的高潮。与前面的"悲观"论调相一致，作者再次以难以置疑的语气，预告了理想者必然失败的命运。但却在文章的结尾义无反顾地站在了注定要失败的理想者一边。不但表示要保全"这风潮里面的一点子火星"，而且还呼吁所有"有知识有胆量能感觉的男女同志"去"积极地同情这番拿人格头颅去撞开地狱大门的精神！"至此，读者已可看出，前文所有看似悲观消极的低调言论，其实都是作者欲扬先抑的铺垫。为其结尾突然坦露的铮铮态度，造成了奇峰突起的气势。

这篇杂感的创作，为了一场偶发的风潮，即事兴感、直抒胸臆，并无很高的艺术价值。因其全无虚情矫饰，体现了徐志摩散文中鲜见的素朴的一面。同时，与诗及徐志摩其他极富音乐美和绘画美并兼有浓郁意境的散文相比，这类率性而成，既忠实于生活又自由自在的文体，由于少了节奏和韵律等形式上的束缚，更毋须考虑意境的构思和辞采的雕琢。因此，可以说使作者获得了心灵更自由的解放。从本文看，确实更好地表达了作者奔放不羁的野马式情感。在这个意义上讲，内容和形式是桴鼓相应的。

本文在写作上值得注意的，是作者有意无意地契合了文章立意构思的某些常用法则。如结尾的观点和文章的题目一呼一应，开合恰到好处。中间左右盘旋，似断实续，脉络可寻。而全文有五分之四的篇幅以反笔落墨，这造成文章结尾在气势上的一大跌宕。正如一条奔跳飞腾的山涧激流，被人为设置的一道闸门暂时锁住了水势。于是，在获得巨大的"落差"之前，它暂时削减了流速。但它蕴蓄着内劲，不断地积累起高水位。终于飞流破闸，澎湃千里。那股如潮的激情和飞动的气势，凭添了文章的情感力度。

（应坚）

◎ 徐志摩与泰戈尔（油画）

附 录

徐志摩作品要目

·诗集·

志摩的诗

翡冷翠的一夜

猛虎集

　　　　新月书店1931年8月出版。

云游

译写白话词12首

集外诗集

集外译诗集

·小说戏剧集·

轮盘小说集

集外小说集

英国曼殊斐儿小说集

涡堤孩

赣第德

玛丽玛丽

集外翻译小说集

卜昆冈

集外翻译戏剧集

·散文集·

落叶

巴黎的鳞爪

自剖文集

秋

集外译文集

集外文集

·书信集日记·

书信集

日记

志摩日记

爱眉小札

　　　上海良友图书印刷公司1936年3月出版。

集外日记

编 后 记

谢　冕

　　编完这本《徐志摩名作欣赏》，我产生了大欣慰，又有大感慨。长期以来，我对这位在中国文坛在此时和去世后都被广泛谈论的人物充满了兴趣。但我却始终未能投入更多的精力为之做些什么。我的欣慰是由于我毕竟做了一件我多年梦想做的事；我的感慨也是由此而发，我深感一个人很难自由地去做某一件自己想做的事。人生的遗憾是失去把握自己的自由。想到徐志摩的时候，我便自然地生发出这种遗憾的感慨。

　　想做诗便做一手好诗，并为新诗创立新格；想写散文便把散文写得淋漓尽致出类拔萃；想恋爱便爱得昏天黑地无所顾忌，这便是此刻我们面对的徐志摩。他的一生没有惊天动地的丰功伟业，那短暂得如同一缕飘向天空的轻烟的一生，甚至没来得及领略中年的成熟便消失了。但即便如此，他却被长久地谈论着而为人们所不忘，从这点看，他的率性天真的短暂比那些卑琐而善变的长久要崇高得多。

　　这是一位传奇性的人物。他与林徽因的友情，他与陆小曼的婚恋，他与泰戈尔等世界文化名人的交往，直至他的骤然消失，那灵动奔放的无羁的一生，都令我们这些后人为之神往。

　　至少也有十多年了，北京出版社约请我写一本《徐志摩传》。编辑廖仲宣和丁宁的信赖和毅力一直让人感动。他们一直没有对我失望，每次见面总重申约请有效。但是一晃十年过去，我却不能回报他们——我没有可能摆脱其他羁绊来做这件我愿意做的事。我多么不忍令他们失望，然而，这几乎是注定的，因为迄今为止我仍然没有看到任何迹象实现这一希望的契机。

　　这次是中国和平出版社计划出版一套这样的书。许树森是该社聘请的特约编辑，他是一位办事坚定的人。他们的约请暗合了我写徐志摩传未能如愿的补偿心理。在他们坚请之下，即使我深知我所能投入的精力极其有

徐志摩

附录
304

名作欣赏

限也还是答应了。当时王光明作为国内访问学者正在北大协助我工作。他按照我的计划帮助我约请了大部分诗的选题。他自己也承担了散文诗的全部以及其他一些选题。王光明办事的认真求实和井然有序是有名的，他离北大后依然在"遥控"他负责的那一部分稿件的收集及审读。王光明走后，我又请研究生陈旭光协助我进行全书的集稿和编辑工作。陈旭光是一位积极热情的年青人，我终于在他极为有效的协助之下，完成此书的最后编选工作。可以说，要是没有这些年青朋友的热情协助，这本书的出世是不可能的，我愿借此机会真诚地感谢他们。

我希望这将是一本有自己特点的书。先决的因素是选目，即所选作品必须是这位作家的名篇佳作。这点我有信心，我相信自己的判断力。作为选家我很注意一种不拘一格的独到的选择。此外，我特别强调析文应当是美文，我厌恶那种八股调子。由于本书析文作者大部都是青年人，我相信那种令人厌恶的文风可能会减少到最低度。

本书欣赏文字的作者除楚楚、荒林等少数特邀者外，基本来自北京大学和福建师范大学两个学校的教授、访问学者、博士生、硕士生、进修教师。这是为了工作上的方便，也因为这两个学校与我联系较多。这可以说是一次青春的聚会。徐志摩这个人就是青春和才华的化身，我们这个聚会也与他的这个身份相吻合。要是阅读本书的读者能够通过那些活泼的思想和不拘一格的艺术分析和文字表达，感受到青春的朝气与活力，我将为此感到欣慰，这正是我刻意追求的。

本书参考引用了《徐志摩诗全编》和《徐志摩散文全编》中的部分注释，特此向上述两书的编者致谢。